光《ひかり》の護《ご》衛《えい》

빛의 호위

チョ・ヘジン
金敬淑 訳

彩流社

This book is published with the support of the Literature Translation
Institute of Korea (LTI Korea).

目次

光の護衛　5
翻訳のはじまり　33
モノとの別れ　61
東の伯の林　91
散策者の幸福　119
じゃあね、お姉ちゃん　145
時間の拒絶　173
ムンジュ　201
小さき者たちの歌　229

解説　彷徨う存在の記憶と光
（文学評論家・韓基煜）　255
作家のことば　273
訳者あとがき　279

光の護衛

入国審査場へと続く、なじみのない空港の混み合う通路で、私はふと足を止めて辺りを見渡した。雪が降る丸くて透明な世界を、優しく包んでいたあのメロディーが、耳元によみがえっていた。

急な悪天候により飛行機が遅れ、おのおのスケジュールに支障が出た乗客たちは、通行の邪魔になる私を手荒く押しのけて通り過ぎていった。空港通路のガラス越しには、雪が積もる暗い滑走路と、窓ごとにかすかな灯りがゆらめく飛行機が見えた。

「雪が降ってたのか」

その時はじめて気付いたように、私はぼそりとつぶやいた。その瞬間、私にだけ聞こえているメロディーのボリュームが、一段階上がったような気がした。クォン・ウンに再会してから、いや、錆びてゆがんだ玄関扉の内側にあった風景を、記憶の領域にそっくり復元するようになってから、そのメロディーはそうやってしばしば長い歳月を通り過ぎ、私が今いる場所へと流れこんでくるのだった。そんなとき私にできることといえば、メロディーが響きわたる世界の内側をじっと覗きこむ、ただそれだけだった。その世界は、台所もトイレもない小さくて寒い部屋だったり、雪が積もった日曜日の運動場だったり、ときには薬のにおいが染みついた病室だったこともあった。そしてその世界にいる住人は、いつもクォン・ウン、ただひとりだった。

一年前、一山《イルサン》にあるブックカフェで二十数年ぶりにクォン・ウンと再会した時、実のところ私は彼女を覚えていなかった。坡州《パジュ》に住んでいるというクォン・ウンに会いにイルサンまで出向いたのは、ただ単にインタビューのためだった。そのころ新聞社系列の時事雑誌出版社の記者だった私は、文化界をけん引していく新鋭たちのインタビューコーナーもひとつ受け持っていて、主に紛争地域で報道写真を撮っていた若き写真家クォン・ウンが、ちょうどその週のインタビューイーだったのだ。その日彼女が私に聞かせてくれた話はおおむね印象的で、いたって感動的な面もあった。友だちがくれたフィルムカメラがきっかけで写真の道に進んだという話は興味深かったし、死と隣り合わせだった紛争地域でのエピソードには、どれもみな彼女の切実な情熱がそのまま投影されていた。

インタビューが終わるころ、ブックカフェの窓越しに大きな雪片が舞うのが見えた。

「すぐに止む雪じゃなさそうだな」

インタビュー原稿を保存しながら独りごとを言う私に、クォン・ウンは小さな声でこう言った。

「ぜんまいが止まればメロディーも終わって、雪も止むでしょうよ」

普通の人にはできそうにない彼女の言い回しが面白くて、なぞなぞですか？といたずらっぽく訊いたが、クォン・ウンは黙って笑うだけで、それ以上何も言わなかった。インタビューを終えてブックカフェを出た私たちは、信号の前でゆるい握手を交わして別れた。何歩か歩いて、何気なく振り向いた時、こうべを垂れたままじっと雪に打たれているクォン・ウンの横顔が見えた。雪は激しさを増していたのに、彼女は動こうとしなかった。近寄って傘でもさしてあげたいと一瞬思ったが、ひとつ傘の下にいるあいだ、ふたりをとり囲む沈黙を思うと気が重かった。私はそのまま地下鉄駅の方へと歩きだし、クォン・ウンの方を再び振り返りはしなかった。

思えばその時彼女が私にした話、たとえば写真に夢中になったきっかけや、ぜんまいとメロディーに関する言及は、ある種のヒントでもあった。冷たい雪の中で身じろぎもせずに佇んでいたその姿さえ、私にとってひとつのシグナルだったのかも知れない。しかしあの日彼女が私に伝えかったことが、忘れていた過去の扉を開ける鍵のようなものだったと、その時の私には見当すらつかなかった。

感覚は、訪れた順に去っていった。メロディーが薄れていくにつれて、ふたりで交わした会話も消え、クォン・ウンが佇んでいた街の風景も次第に遠退いていった。残ったのはアスファルトの表面に、クォン・ウンのコートの襟に、そして彼女の靴の上に舞い降りた、白い雪の欠片だけだった。我に返って顔を上げた時、その雪の欠片は、空港通路のガラス越しに降りしきる雪の中へと瞬く間に消えてしまった。

空港を出てバスでマンハッタン市街に着いたのは、夜の十一時近くだった。夜のネオンサインに目が眩み、原色の看板は果てしなく続いたが、出口のない迷路に放り出されたように、大都会の真ん中で私は何度も方向感覚を失った。予約したホテルに向かうあいだ、このきらびやかな都市がもしや誰かの夢の中なのではという思いが益々強くなった。それは、小さな寒い部屋にひとり座り、スノードームのぜんまいをひたすら巻いて、雪の降る世界に浸りながら涙ひとつぶ流す間もなく眠りに落ちた、ある孤独な少女の夢……それにしてもこの夢の中は、どうしてこんなにも寒いのだろう。

＊

イルサンでのインタビューのあと、クォン・ウンにまた会うことになったのは、おそらくスノードームのせいだろう。インタビュー記事をうれしく読んだという彼女からの電話を受ける前、姪っ子のクリスマスプレゼントを買いに出かけた大型スーパーのキッズコーナーで、私はスノードームを見つけた。姪っ子のプレゼント選びも忘れて、ぜんまいが回っているあいだメロディーが流れていた。その中には、クォン・ウンのなぞなぞを解く手がかりがすべて入っていた。雪が降るその丸くて透明な世界を、私は夢中で眺め続けた。まるで行き場がないように、とめどもなく雪に打たれながらぼんやり佇んでいたクォン・ウンが、その世界の中にいた。その時ようやく私は、あの日街で見た彼女の姿が長いあいだ私の心の一部分を占めていたことに、遅まきながら気付いた。儀礼的な御礼の電話をかけてきたクォン・ウンにお酒でも一杯飲もうと持ちかけたのは、だから、スノードームのせいだとしか説明がつかない。私はそれまでインタビューで知り合った人にプライベートで会ったことが一度もなく、必要性を感じたこともなかった。クォン・ウンとの二度目の出会いがなければ、そしてヘルゲ・ハンセンのドキュメンタリー『人、人々』について聞いていなければ、もしかすると私は一生、彼女が誰なのかわからないまま生きたかも知れない。

今の私は、何も後悔していない。

たしか、クリスマスが過ぎたある日のことだった。ソウルの年末ムードはピークに達して、どこも人出が多かった。出版社から近い地下鉄乙支路《ウルチロ》駅で待ち合わせた私たちは、近くの居酒屋に場所を移した。ビールと軽いつまみが出されると、クォン・ウンは思いがけないことを伝えてきた。一週間後、牧師と宣教師からなるボランティア団体に同行し、報道写真を撮りにシリアの難民キャンプを訪問するという話だった。シリアは以前から内戦が続く国で、外国人を人質として拉致したり、負傷を負わせることでも悪名高かった。確かに心配にはなったものの、考え直してみろだとか、行かない方がいいなどとは言えなかった。それは全てクォン・ウンの問題であって、まだよく知りもしない若い写真家の経歴が私の干渉によって変わるという状況は、どうにもバツが悪かった。カメラさえあればどんな危険も切り抜けられると信じる彼女の純朴な情熱を、むやみに踏みにじるわけにもいかなかった。しかも彼女は、すでに少なくない紛争地域に行ってきた専門写真家なのだった。

「それで、どんな写真を撮るつもりで？」

私は意味もなくビールを何杯も飲み干し、うわの空でそんな質問しかできなかった。

「人を撮らないと」

彼女が答えた。

「戦争の悲劇は、鉄でできた武器や倒壊した建物ではなく、死んだ恋人を思い浮かべながら鏡の前で化粧をする、若い女性の濡れた瞳のようなところに見出されるべきだ。戦争さえなければ、あなたや私と同じ分だけ泣けば済んだはずの平凡な人々が、戦争そのものなのだから」

まるで用意していたように、流れるような文語体で説明を加える彼女を、私は戸惑いの目で眺めた。私の表情がよほど真剣だったのか、彼女はたちまち笑い出して、ある人の言葉を引用して答えただけだと話を続けた。

「ヘルゲ・ハンセンの言葉ですよ」

「ヘルゲ・ハンセン？　それは誰なんですか？」

「私が一番好きな写真記者です。紛争地域に行くようになったのも、彼の影響だと言えますし」

なので、その写真記者が初のドキュメンタリーを撮ったと聞いてからしばらく彼女は、どうしてもその映像が見たくて、複数のミニシアターの上映スケジュールをこまめに確認したり、各種映画関連サイトにアクセスしてはＤＶＤやファイルについて問い合わせもした。けれどもそのドキュメンタリーは国内で上映された例がなく、ＤＶＤやファイルを販売する場所もなかった。彼女がヘルゲ・ハンセンの唯一のドキュメンタリー『人、人々』を見ることができたのは、日本で映画を学ぶ友人が、苦労して手に入れたファイルを送ってきてくれたおかげだった。ヘルゲ・ハンセンへの関心から見ることになったそのドキュメンタリーで、彼女はアルマ・マイアという女性を知ることになった。

「不思議なんです」

クォン・ウンが言った。クォン・ウンの表現に倣《なら》えば、それぞれ別の時代と歴史を出港した船の乗客のように、何の接点もないはずのアルマ・マイアと彼女が、似たような経験を共有していたのだ。まるでふたりを乗せた全く異なる二艘の船が、いっとき同じ島で、同じ嵐に耐えながら漂流したことでもあるかのように。以来、時間ができるとアルマ・マイアに手紙を書いているんだと、クォン・ウンは照れくさそうに笑いながら言った。その笑い顔にどこか見覚えがあり、私はじっと彼女を眺めた。するとある瞬間、彼女と私の視線が宙でぎこちなく絡み合った。

「じゃあ、アルマ・マイアから返事も届いたりしたんですか？」

私は彼女から素早く視線をそらしては、彼女の空いたグラスにビールを注いでとっさに訊ねた。

「個人ブログに書いているんです、日記みたいに。あ、もちろん韓国語で。どのみちアルマ・マイアは、私の手紙を受け取ることもできないんです。二〇〇九年に亡くなっていますから」

私はビールを注いでいた手を止め、もう一度まじまじと彼女を眺めた。だとすれば、彼女は一度も会ったことのない、しかもすでに死んでいて存在しない女性に何を期待して手紙を書き続けたというのか。彼女とアルマ・マイアの重なり合う経験が何なのか知りたかったものの、他人の内密な事情をいたずらに共有したくはなかった。話は自然と他の話題に変わった。全国的なチョンセ〔協定した金額を不動産所有主に預けて建物などを一定期間借用し、用が済めばそれを所有主に返して預け金を取り戻す韓国の賃貸方式〕難だとか、三十代半ばという我々の曖昧な年齢についてなど、どうでもいい内容で会話は続いたが、クォン・ウンの話は私の心の中で消えずに、凝固したまま残っていたのだった。

夜十時ごろ居酒屋を出て家路につく前、私は彼女に言った。

「そうそう、なぞなぞ解きましたよ。ぜんまいが止まるとメロディーも終わって、雪も降りやむ場所のことですよ」

彼女はそれが何かと訊く代わりに、まるで私が何かもっと言ってくれるのを待っているように、黙ってただ私を見つめていた。

「それにしても、その歳になってまだ、おもちゃが好きなんですか?」

私は冗談で言ったのに、彼女は笑わなかった。ちょうど、空車のタクシーが二人の前に停まった。彼女はすぐタクシーに乗りこみ、私はタクシーの外から、気をつけて行ってくるようにというありきたりな言葉で無事を願った。

「ありがとう」と、彼女が言った。

「カメラ……」

「……え?」

タクシーがすぐに出てしまったので、あとに続いたはずの彼女のその他のヒントについて、私は聞くことができなかった。小さな寒い部屋。その部屋に蛍光灯がついた瞬間、作動を止めたスノードーム。そしてその部屋を出るたびに私の視野いっぱいに広がった、オレンジ色をしたいくつもの侘《わ》びしい路地と、カメラを胸に抱えてその部屋へと走った、ある晩秋の日。このようなヒントたちは、もう少し時間が経ってからようやく、雪の積もった運動場に点々と刻まれた足跡のように、一歩ずつゆっくりと私のもとへやって来た。

＊

　翌朝、ニューヨークには濃い霧がかかっていた。九階にあるホテルの部屋から見下ろしたニューヨークの街は、水没した古代都市ほど非現実的に見えて、永遠というシーソーの先に建てられた虚像のように遠く感じた。私がまだ突きとめていない秘密がいっぱい隠されている、迷子になったまま泣きべそをかきながら彷徨《さまよ》うしかなかったクォン・ウンの、幼いころに見た夢の中の街のように。

　ホテルを出て、マンハッタンのアンソロジー・フィルム・アーカイヴスに到着するとすぐ、『人、人々』の特別上映を知らせる表示板が見えた。私は、うまくたどり着けたのだ。ロビーに用意されたテーブルには、イスラエルがパレスチナを攻撃した二〇〇八年末の写真資料と、『人、人々』のパンフレットが置かれていた。パンフレットを一枚手に取り、ロビーの隅の方へ歩いていった。パンフレットには『人、人々』の監督ヘルゲ・ハンセンが、二〇〇九年一月、エジプトからパレスチナに向かっていた救護物資トラックが襲撃された当時の生存者だと紹介されていた。ヘルゲ・ハンセンは、このドキュメンタリーを完成させたきっかけについてこう語った。「救護物資トラックの襲撃によって死亡したノーマン・マイアと、たった一人の息子を亡くした彼の母親アルマ・マイアを通して、歴史の暴力に立ち向かう個人の尊い勇気を目の当たりにしたからだ。私は生存者であり、生存者は犠牲者を記憶しなければならない。これが私の信念だ」

パンフレットがしわにならないようにきちんと広げて鞄に入れたあと、上映館内へ入っていった。平日の早い時間にもかかわらず、客席は半分以上埋まっていた。空席を探し鞄を置いて座ると、すぐに館内の照明が落とされ、まさにその瞬間から予想だにしなかった緊張感が押しよせてきた。スクリーンに映像が映し出され、ドキュメンタリーのタイトルが出てもまだ緊張感は収まらず、たちまち指の先まで震えてきた。

ドキュメンタリーは何の字幕やナレーションもなく、パレスチナの首都ラマッラーの寺院の壁に貼られた大勢の人々の写真を映し出して始まった。寺院の壁はひとつの巨大なアルバムのように見え、粗悪な一枚一枚の写真の中にいる男性、女性、老人、子どもたちはめいめいが違った表情で、去ってきたこの世を静かに見つめていた。ヒジャブに身を包んだ若い女性が、ひとりの青年の写真の前によろよろと歩み寄り、心を込めて口づけをするシーンにカメラは長く留まった。寺院に来る前、死んだ恋人に見せるために化粧をしながら瞳が濡れるほど涙を流したにちがいない彼女の姿を、想像してみよと促すように。

短くも強烈なオープニング画面が過ぎると、続いてすぐに救護物資トラックの車内が現れた。運転手をはじめ六人の同乗者たちは、時おり笑いながら言葉を交わし、トラックが休憩するときには地図を広げて真剣に相談もしていた。おそらく編集で他の同乗者のカットが切り取られたためだと思われるが、ワンショットで映る人物は主にノーマンだった。

私が調べた記事によると、ノーマンの死はアメリカ社会で大きなイシューとなり、長いあいだ取り沙汰された。たとえ戦時でも救護物資車両は襲撃しないという暗黙のルールが崩れたということ、それにより定年退職したユダヤ系アメリカ人医師が死亡したということ、そしてそのトラックに積まれていたほとんどの救護物資は、そのユダヤ系アメリカ人が自身の全財産をはたいて購入したものだったということ。このすべては多くの人々にドラマチックな印象を与え、特別な示唆を得られるかもしれないという期待を持たせた。ノーマンへの関心が高まるにつれ、彼の母親アルマ・マイアの名も知れ渡った。各種マスコミは連日彼女へのインタビューを試み、ユダヤ人コミュニティーを除く各界各層から慰労のメッセージが送られてきた。彼女はいかなるインタビューにも応じず、慰労の言葉はすべて無視した。外出もしなければ客も呼ばず、電話も取らなかった。彼女がノーマンの件で会った外部の人間は、ヘルゲ・ハンセンただ一人だった。ヘルゲ・ハンセンが彼女に送った、ノーマンの最後の十五時間が記録された映像——そしてこの映像は後に『人、人々』にそのまま盛り込まれることになる——を見たあとだった。

＊

クォン・ウンとの二度目の再会から三カ月後、新聞とニュースで彼女の災難を知った時、私は実のところそれほど敏感には反応しなかった。驚きはしたものの、ショックとまではいかなかったし、複雑な気持ちにはなったものの、日常を忘れるほど心苦しくはなかった。私があのとき居酒屋で彼女を引き留めたとしても、彼女は行ったにちがいない。そのうえ私が何の権限で、彼女の決定を覆すことができただろうか。そう考えた方が気が楽だった。そのころ私は映画雑誌出版社に転職して、クォン・ウンのことをいつまでも心に留めておくような余裕もなかった。新しい職場には新しい人間関係と新しいスタイルの書き方があり、私はそのすべてのことに最大限はやく適応しなければならなかった。クォン・ウンの件はおのずと忘れられていった。いや、忘れようと無意識に私は努力したのかも知れない。クォン・ウンを忘却することはそうやって、ほとんど成功しかけていた。

記憶の裏側にだけうっすらと残っていたクォン・ウンの名前が、指先に触れるように再び近づいてきたのは、出版社の先輩記者が突然退社し、彼が担当していたいくつかの業務が私に引き継がれてからだった。私が新しく受け持った業務の中には、ニューヨークで開かれるドキュメンタリー映画祭の取材の件も含まれていたのだが、彼が作成した映画祭関連の資料の中に、ヘルゲ・ハンセンの『人、人々』を発見したのだ。資料によると、このドキュメンタリーは二〇一〇年に公開されるやいなや評壇の好評を得て、その年多くの国際映画祭にも招待された。資料にはまた、救護物資トラックの襲撃という前例のない事故の勃発五周年を迎え、映画祭側が『人、人々』の特別上映を準備するという内容も盛り込まれていた。

その日から私は、クォン・ウンがイルサンのブックカフェとウルチロの居酒屋で私に言った言葉をしばしば思い出していた。記者が皆いなくなった深夜のオフィスに残り、クォン・ウンに関するすべての情報を探し出す勢いで、インターネットを漁りもした。記憶は、閃光の如く一瞬で私の頭を強打したのではなく、とても遠い場所から、ひとかけらずつ、私の感覚の中へと流れ込んできた。友だちがくれたフィルムカメラがきっかけで写真の道に進んだという彼女の告白が最初の手がかりで、ウルチロ通りでタクシーに乗り込んだ彼女が「ありがとう」と言ったあとに「カメラ」と言葉にした場面は、確証のように迫ってきた。私が記憶の中で振り返る彼女の世界では、とにかくいつも雪が降っていた。その世界は丸く透明で、雪が降るあいだはずっと聴き慣れたメロディーが流れるのだった。そして、こんな現実味の無い会話を交わした日曜日の午後の、雪が積もった学校の運動場……

「シャッターを押すとき、カメラの中でヒュッと通り過ぎる光があるのよ」

「そんなのがあるの？　どこから来た光？」

「ふだんは目につかない所に隠れているんでしょ」

「どんな所に？」

「そうね、箪笥の中とか机の引き出しの中、それとも空き瓶みたいな所じゃないかな」

ニューヨークへ取材に来る前、私はクォン・ウンが入院している病院を調べて訪ねて行った。予想通り、彼女は私の訪問にたいへん驚いていた。足に刺さった砲弾の破片の除去手術をすでに三回も受けたものの、残りの人生を両足で歩けるのかはわからないという気の重い話をしながらも、その眼差しは訝しげに黒々と揺れていた。

「あの富士フイルムのカメラ、まだ持っているんですか？」

長い沈黙のすえに私が聞くと、彼女はしばし穴があくほど私を見つめ、すると次の瞬間、ふたりとも決まりわるそうに笑ってしまった。また会いに来るという言葉は最後まで言えなかった。病室を出る前、彼女は自分のブログアドレスを紙にメモしてくれた。そのブログに私宛に書いた手紙もあると言い添えながらも、また会えればというような話は、彼女もやはり持ち出さなかった。

その日帰宅してから私はノートパソコンを立ち上げ、クォン・ウンのブログを開いてみた。ブログには手紙カテゴリがあり、その中には彼女がアルマ・マイア宛に綴った十二通の手紙と、私宛に書いた一通の手紙がポスティングされていた。机に座り一気に手紙を読み終えたあと、浴室で長くシャワーを浴びた。タオルで体を拭きながら湯気で曇った洗面台の鏡の前に立つと、正しい選択や間違った選択などない曖昧な世界を、窓の内側から眺めているような錯覚に囚われた。悪くない錯覚だったが、湯気はすぐに消えてしまった。少しずつ鮮明に自分の姿を映し出していく鏡に向かって、私はささやくように問いかけた。

「それでお前は、今幸せなのか?」

曖昧な世界からは返事がなく、私の背後からはドアノブを回す金属音が聞こえてきた。振り返らなくてもわかる気がした。その扉は錆びて歪んだ玄関扉で、不意に扉を開ける羽目になった十三歳の少年は、暗順応できていない両目をパチクリさせながら、怯えた声でこう尋ねるはずだった。

「あ、あのぉ、クォン・ウンさんの家、ですか?」

＊

スクリーンの中でアルマ・マイアは、その長い引き籠りについてこう説明する。

「人々がノーマンを時代の良心だとか、ユダヤ人の最後の希望だとか、そんな修飾語でラッピングしてしまうのを到底受け入れることができなかったんです。そんな御大層な修飾語のうしろに隠れていれば何もしなくたって正義の証人になれると思い込んでいるのは、なんていうか、私にはとぼけた欺瞞のように見えたんです。知ろうとしたなら知りえたものを知らないふりしておいて、あとになって自分は知らなかったのだから何の責任もないと主張するみたいにね。戦争が終わったあとになってホロコーストの残忍性に良心的に驚愕していた、あの大勢の非ユダヤ人を私は覚えています。腹は立ちませんでした。あの時も今もただ、無気力になっただけです。無気力な幻滅というか、そんなものでした」

画面が変わり、ドキュメンタリーは自然とアルマ・マイアの過去を振り返っていった。一九一六年にベルギーで生まれたアルマ・マイアは、ユダヤ人であり、女性であるという二重の差別をはねのけて、一九三八年にブリュッセル・フィルハーモニック・オーケストラにバイオリニストとして入団した。しかし一九四〇年、ベルギーにユダヤ人登録令が下りるに伴い彼女はオーケストラを解雇され、ゲットー〔当時のユダヤ人指定居住区域〕に閉じ込められるかもしくは収容所に連行されてしまう状況に置かれてしまった。その時、彼女の恋人で同じオーケストラでホルンを演奏していたジャンが、ブリュッセル外郭にあった従兄の食料品店地下倉庫に彼女の隠れ家を用意してくれたのだった。

窓がない倉庫は、ランプをつけないと朝でも昼でも真っ暗だった。たまに目をあけていても、夢のように朦朧としたおぼろげな場面が虚空に広がることがあった。そんなとき、一度ぎゅうっと目を閉じてあけると必ず見慣れない街が出てきたのだが、その街で唯一灯りがついていた場所は楽器店だけだった。おずおずと楽器店の戸を開けて入ると、長らく会えていなかったオーケストラの団員たちが、うれしそうに彼女を迎えてくれた。彼らはすぐに自分の楽器の前に座り、舞曲や行進曲など活気に満ちた演奏を始め、彼女と視線が合うたびに、この上なく親しみ深い微笑みを浮かべてみせた。痛くなんてないんだと。生きている限りそのすべての痛みは、慰めを受け、治癒されるために存在するんだとささやくように。うっとりと彼らの演奏に酔いしれて、ある瞬間もう一度ぎゅうっと目を閉じてあけてみると、旋律も、団員たちも、彼らの微笑みも消えて無くなっていた。甘い歓迎が消えるたび、彼女は一層心細くなり、一層寂しくなった。母が作ってくれた料理を思う存分食べる夢を見ながら無意識に口をモグモグさせ、ふと眠りから覚めると、ただ風が吹く原野にひとり立っているような気分にたまらなく寒気を感じたように。二週間に一度、ジャンが水とパンが入ったバスケットを持って地下倉庫を訪ねてきたが、そのころには誰もがそうだったようにジャンもまた貧しかったので、その量は半月をしのぐにはいつも足りなかった。バスケットは軽くて貧弱だったけれど、バスケットの底に自分が作曲した楽譜を一枚ずつ敷いておくことをジャンは忘れなかった。光に囲まれた虚空の楽器店を見た日には、彼女はバイオリンを取り出し、弓が弦に触れないように適度な距離を保ちながらその楽譜で演奏をした。照明のないステージで、観客の拍手をもらえぬまま、音のない演奏を……

「ジャンが作曲したその楽譜は、食料品店の地下倉庫で毎日死のことばかり考えていた私にとって、明日を夢見させてくれる光でした。だから私はこう言えるのです。その楽譜が、私の命を救ったんだと」

長い話を終えたあと、アルマ・マイアはゆっくりと顔を上げ、インタビュー中最初で最後に小さく笑った。暗い客席で私は、思わず彼女につられて微笑んでしまった。

＊

「あ、あのぉ、クォン・ウンさんの家、ですか？」

扉は開いたがなかなか中に入れずに、私は何度も何度も声をかけ続けた。錆びて歪んだ玄関扉は真っ暗な部屋とすぐつながっていたのだが、その部屋で光を放つのは、丸くて透明なスノードームだけだった。太陽光がほとんど入らないその小さな寒い部屋に行く事になったきっかけは、実のところ私の意志とは無関係だった。クォン・ウンが連絡もなく四日も欠席すると、担任は班長の私と副班長の女子生徒を呼んで様子を見て来るように頼んできた。職員室を出ると、副班長はピアノのレッスンがあるからと同行を断り、仕方なく私ひとりで紙に書かれた住所をたどって行くと、まさにその玄関扉が現れたのだ。やっと暗闇に慣れてくるとようやく、よれよれのコートを着込んだまま毛布までかぶったクォン・ウンが見えた。クォン・ウンはすぐに体を起こし、蛍光灯をつけた。蛍光灯がついた瞬間、ぜんまいが戻り切ったスノードームも作動を止めた。

台所とトイレがない部屋だった。携帯用ガスコンロとやかん、そして洗面道具が入ったプラスチックのたらいは、その部屋の多くの役割を物語っていた。温もりのないその貧しい部屋で、十三歳のクォン・ウンが何を食べてどう暮らしているのか、私には想像すらできなかった。クォン・ウンの唯一の家族である父親は、短くは一か月や二か月、長くは半年まで家を空けるのだと言った。

「内緒にして」

水の入ったガラスコップを差し出しながらクォン・ウンが言った。

「私は孤児じゃない。養護施設になんか絶対行かない」

かける言葉が思いつかず、とっさにゴクゴクと飲み干した水からは、水道水特有の生臭い消毒薬の味がした。私は顔をしかめながらコップを置いて「わかった」と言ったあと、急いでその部屋を出た。次の日担任には、クォン・ウンは具合が悪いと言い繕っておいた。考えてみると、まったく間違った話でもなかった。赴任してまだ日の浅い若い担任は、私の話を気にもかけない素振りだった。その日から私は、クォン・ウンが死ぬかも知れないという想像にたびたび囚われるようになった。クォン・ウンが死んだら、と仮定するだけでも息苦しくなってきた。ある日は、私のせいでクォン・ウンが死んだと、クラスの子たちがひそひそ話す幻聴まで聞いた。

誰がやらせたわけでもないのに、私はその後も何度かクォン・ウンの部屋を訪ねて行った。息苦しくなるのと幻聴を聞くのが嫌だっただけで、対策などなかった。私がクォン・ウンの部屋に持っていってあげられる物といえば、読みかけの漫画本やスノードームに入れる乾電池といった些細なものばかりだった。

「もう帰って。私は大丈夫」

女の子とふたりきりで部屋にいるのが気まずいくせに、なかなか帰れずに部屋の中をうろうろしていると、クォン・ウンはそう言って私の背中を押したのだった。

クォン・ウンの部屋を出て、車道へと続く狭い下り坂に沿って歩いていると、オレンジ色の電灯も、路地裏に走り去る小さな子どもたちも、公衆トイレの壊れた扉とその隙間から覗く汚れた便器も、そして空き地に怒った獣のようにうずくまっているブルドーザーさえも、まるでこの世の風景ではないようにぼんやりと滲んで見えたのだった。山の斜面にセメントと板で大雑把に建てられた家々は、それさえも半分以上が取り壊された状態だった。私もクォン・ウンと同じく、十三歳にしかならなかった。廃墟となっていく町の孤独な部屋でクォン・ウンが耐えなければならない空腹と寒さを、私は解決してあげることができなかった。奥の間の箪笥から偶然、富士フイルムのカメラを発見した時、一抹の迷いもなくそれを胸に抱え、あとさき考えずクォン・ウンの部屋へと走っていったのは、私の目にはその輸入カメラが中古品で売れるお金の束に見えたからだった。クォン・ウンは私の期待とは裏腹に、そのカメラを売らなかった。それは当然のことだったのだろう。彼女にとってカメラは、単に写真を撮る機械装置ではなく、別の世界へとつながる通路だったのだから。シャッターを押すとき、世界中の片隅から光のクラスターが流れ出して被写体を取り囲む、その魔法のような瞬間を彼女は愛したに違いないのだから。けれど、シャッターを押した直後、ビューファインダーの中の光が一気に消えてしまったあとには、クォン・ウンもアルマ・マイアのように一層心細く、一層寂しくなっていたのだろうか。写真には納まらないフレームの外の風景のように、その話はもはや私が確かめることができない領域の中にある。

おそらくそれは、永遠に。

クォン・ウンはその富士フイルムのカメラで部屋の中の物を撮り、そのうちカメラに納められそうなもっと、より多くの風景を探しに少しずつ家の外へ出るようになり、学校にもまた通いだした。学校に戻ってきた彼女に、けれども私は近寄りもせず、話しかけもしなかった。いつも同じ服ばかり着ているクォン・ウンと親しいという印象を、誰にも与えたくなかったからだと思う。クォン・ウンもやはり、私を見ないふりをすることが多かった。私たちは結局友だちにはなれなかったが、それでも互いの秘密をひとつずつ守り合ったのだった。私はクォン・ウンが孤児同然だということを誰にも口外したことがなく、クォン・ウンも私が父親のカメラを盗んだ事を最後まで知らないふりをした。クォン・ウンが親戚に連れられて遠い地方へ引っ越すことになったと知らされたのは、冬休みを二週間ほどあとに控えたある日だった。学校には、クォン・ウンの父親が賭博場に近いゴミ捨て場で遺体で発見されたという噂も出回ったが、確かなものは何もなかった。

それからとても長い時が流れてから、クォン・ウンは地上の住所を持たないアルマ・マイアにこのような手紙を書く。父親がちっとも帰ってこないその部屋で、ほとんど毎日同じ夢を見たのだと。その夢を見たくなくて眠くなるまでスノードームのぜんまいを巻き、一分三十秒のあいだ雪が降る世界に浸って、最後のメロディーが終わる直前、布団を頭の上まで被っては急いで目をつぶったんだと。「来たことがない見知らぬ街をさ迷い、母を呼びながら目を覚ます夢でした。一度もそのレパートリーは変わることがありませんでした」

そこまで書いたあと、クォン・ウンはしばらく沈黙する。私も、彼女の沈黙を守る。何日か経ってやっとクォン・ウンは再びブログを開き、ゆっくりと書きだす。「ある日は、冷たい壁に額を当てて心から祈りました。この部屋を作動させるぜんまいを、もう止めてくださいと。私の息も止められますようにと。カメラを手にする前までは、せいぜいそんなことを私は祈っていたんです。だから……」

「だから」に続く文章は、クォン・ウンが私宛に書いた一通の手紙でも似たように繰り返された。その手紙で、彼女は私を班長と呼んだ。二十数年ぶりとはいえ、私が自分に気づかなくて残念だったと、でも一方では幸いにも思ったと手紙には書いてあった。手紙の中で、彼女が私に問いかける。「班長、人ができる最も立派な行いが何だかわかる？」手紙の外で、私は首を横に振る。「誰かがこんなことを言ってたわ。人を救うことこそ、誰にでもできることではない立派な行いだって。だから……だから私に何かあっても班長、あなたがくれたカメラが私をすでに救ったということを、あなたは覚えておく必要があるのよ。ウンより」

その手紙が保存された日付は、彼女と私がウルチロで会ってビールを飲んだ日だった。私に「ありがとう」と言ったあとタクシーで去って行った彼女は、年末のソウルの街を走り抜けるタクシーの中で、いつかは生きている人が読むこともできる、今度はそれなりに役に立つ手紙を書かなければと心に決めたのだった。

＊

一九四三年、ようやくアルマ・マイアはその地下倉庫を抜け出すことができた。何者かがアルマ・マイアをドイツ警察に通報したという知らせを耳にしたジャンが、今回も彼女のもうひとつの脱出を手伝ったのだ。アルマ・マイアはジャンに連れられスイスへ行き、スイス国境都市で彼と別れた。その時すでに彼女はノーマンと心臓の鼓動を共にしていたのだが、自覚できていなかったため、ジャンには何も伝えることができなかった。彼女がノーマンの存在を感知したのは、アメリカへ向かう蒸気船の三等室でひどい船酔いをしたあとだった。一九四三年十一月、アメリカの関門であるエリスアイランドに到着したアルマ・マイアがまず初めにしたことは、彼女にとって体の一部も同然だった手製バイオリンを売ることだった。そのお金で彼女は住居を手に入れ、ノーマンを産むまで仕事をせずに済んだのだ。ジャンが生きていると知ったのは、嘘のように戦争が終わって五年も経ったあとだった。けれども彼女は、すでに結婚して家庭を持つジャンに自分の生存とノーマンの存在を知らせなかった。彼女が思うに、ジャンはすでに彼女のためにあまりにも多くのことをしたのであり、そのせいで長いあいだ不安定な人生を送ったのである。彼女はジャンの日常を再び揺るがしたくはなかった。それは愛する者としての自尊心というよりは、人間的な礼儀に近かった。

ヘルゲ・ハンセンが送ってくれた映像を見るまで、ノーマンがずっとジャンの生涯を遠くで見届けてきたということを彼女は知らなかった。ノーマンは三十年近くものあいだ、ニューヨークの外郭にある、他人の個人情報を密かに入手してくれる非認可事務所の顧客だったのだ。ノーマンは月に一回ほどその事務所に立ち寄ってジャンの最近の動向について聞き、時おり写真を渡されることもあった。けれどもノーマンは情報を伝えてもらうだけで、ジャンに自分の存在を知らせることはなく、手紙や電話をしたこともなかった。母が考える人間的な礼儀に同意はしないまでも、その選択を尊重してあげたかったし、世の中には真実以外のものがより真実に近い場合もあると考えたからだ。二〇〇七年、ノーマンはジャンに関する最後の情報を渡された。ジャンの葬儀場を撮った写真と、墓地の住所が記された互助会社の冊子のようなものだった。

「残念です、ノーマン」

長きにわたりノーマンの依頼を担当し、ノーマンと共に歳をとってきた事務所の所長は、そう言ってたばこを一本勧めた。たばこを吸って事務所を出てきたノーマンは、停めておいた自分の車を素通りし、あてもなく歩いた。ジャン・ベルン、フランス系ベルギー人、生涯作曲家を夢見たが一曲も発表できなかった人、四十歳を過ぎてからは地方の小さなオーケストラからも追い出され、どこからも独奏に招かれることがなかった無名のホルニスト……三十年近く提供されてきたその情報を思い出しながらノーマンはその日、このような誓いをたてた。

「彼が人生でやり遂げた最も立派な行いを、私の人生で再現してみせようという誓いでした。クズみたいな戦争のせいで命を落としかけた女性を救った、その行いを。人を救うことこそ、誰にでもできることではない最も立派な行いだと私は信じます。御覧の通り、私ももう歳をとりました。これ以上老いる前に、私は彼のやり方で、彼の歴史を刻んであげたいのです」

ノーマンが話を終えると、救護物資トラックの中に厳粛な沈黙が流れた。カメラは同乗者ひとりひとりをクローズアップしたあと、少しずつ後ろへと引いていった。スクリーンはゆっくりとフェードアウトしていた。完全な暗闇が訪れる直前、すると、観客たちに不意打ちをかけるような強烈な爆発音が館内いっぱいに轟いた。客席に照明が入り、スクリーンにはエンドクレジットが一行ずつ流れていたが、両耳はその爆発音越しの悲惨な場面につながっているように、そのままジンジンし続けていた。いちばん最後にエンドクレジットに上がってきた二人の人物の名前の横には、生没年度がはっきりと記されていた。ノーマン・マイア、そして監督とのインタビューの二か月後に自宅で息を引き取ったアルマ・マイアだった。彼らの世界を作動させていたぜんまいは全て、二〇〇九年に止まったのだ。

エンドクレジットが終わったあともスクリーンから目を離せずに座っていると、誰かが私の背中を軽くたたいてきた。振り向くと、掃除道具を持った中年の黒人女性が立っていた。ようやく周囲を見渡してみると、客席には誰もいなくなっていた。鞄を持ってあわてて建物から出ると、朝霧はすっかり消えていて、思いがけなく眩しい冬の陽の光が、街中に降り注いでいた。

＊

私は光にゆらめくマンハッタンの街なかへとゆっくり歩いていった。いくつかのブロックと角を過ぎると、その場所が目に入ってきた。ひらいた口を閉じられないまま、街中の陽の光を吸い込んでいるその場所、楽器店のショーウィンドウの方へと私は一歩一歩近づいていった。楽器店の中には色んな種類の楽器が陳列されていて、その中にはバイオリンとホルンもあった。クォン・ウンが隣にいたなら、彼女は間違いなくアルマ・マイアとジャン・ベルンが自分の楽器を手に取って演奏する想像に耽っただろう。おそらく、一度ぎゅうっと目を閉じてあけたあと、光の護衛を受けながら……不思議なことではなかった。ぜんまいが止まって雪が止んだあとも、中にはその世界に残り続けて響き渡るメロディーもあるということ、そして時おりこちらの世界へ渡って来ては消えた記憶に息を吹き込むことがあるということも、私にはもう理解することができた。

足元を見た。

雪が溶けはじめ、その表面に刻まれた人々の足跡が少しずつ消えていた。何歩か先に、しゃがみこんでいるクォン・ウンの小さな後ろ姿が見えた。日曜日の午後、雪の積もった学校の運動場には、私たちのほかには誰もいなかった。少しずつクォン・ウンに近づいていくと、誰かが残していった足跡に富士フイルムのカメラを向けている彼女の姿がはっきりと見えてきた。

「何してるの?」

それは学校に戻ってきたクォン・ウンに、私が最初にかけた言葉だった。クォン・ウンはカメラから目を離し、驚いた顔で私を見上げると、すぐにムッとした口調で返してきた。

「どうして学校にいるの?」

「家にお客さんが来てさ、行く所がなくて。それより、ここで何してるの?」

クォン・ウンは返事のかわりに手招きして、隣に座ってごらんと合図してみせた。私がよろけながら隣に座ると、縁がぼやけてきた足跡を指さしながらクォン・ウンが言った。

「足跡の中に、光が入ってる。光をいっぱい載せた、小舟みたいじゃない？　へぇ、そうなんだ……ここにも隠れていたなんてね……」

「何が？」

「シャッターを押すとき、カメラの中でひゅうっと通り過ぎる、光があるのよ」

「そんなのがあるの？　どこから来た光？」

私が関心を見せると、クォン・ウンはそれまで私が一度も見たことがない、うれしさではちきれそうな顔で私を見つめた。

彼女のその話はまだ始まっていないけれど、私にはもうわかっていた。ふだんは簞笥の裏や机の引き出しの中、もしくは空き瓶のような目につかない場所に小さく折り畳まれていた光の山が、シャッターを押す瞬間一斉にひろがって被写体を包み込む、その、短い瞬間についてなら。写真を撮るたびに別の世界に行ってくるような、そのうっとりとした感覚についてなら、私はもうすべて思い出していた。クォン・ウンが、私が知っているあの話を始める。楽器店のショーウィンドウに反射する陽の光が、ただひとり、彼女だけを照らしていた。

翻訳のはじまり

あの街を離れてから、繰り返し同じ夢を見た。ヨンスさんとアンジェラ、二人が夢の主人公だった。二人はまるで忘却の領域を航海する、一対の小舟のようだった。たくさんの絵と文章を乗せた二艘の小舟は、時間という名の荒波を避けながら静かに流れ、夜になると夢の入り口へと続く私の頭の中のうら寂しい港に停泊し、ロープを下ろした。

たとえば、こんな夢だった。

キャリーバッグをひいて寒い街をさ迷い、古びた扉を開けて入っていくと、昔その街で私がいっとき暮らしていた、テホのワンルームが現れる。シーツが乱れたベッド、チェック柄のクロスが掛かったテーブル、あちこちにキズのある三段チェスト……必要最低限の家具しかなかったその空間は、あの頃の面影をそのまま残している。テーブルの上には栓を抜いてあるビール瓶が一本、窓の外には半円形の裏庭が見える。まるで夢の世界に交付された入居権のように、瓶の中でゆらめくビールを飲み干す。すると、ガタンゴトン、ガタンゴトン、聞き慣れた列車の音が聞こえてくる。ちょうど裏庭を、一台の列車がのろのろと通過している。窓辺に近づくほど、列車は大きく鮮明になる。線路もない裏庭をぐるぐると廻り続けるその列車には、運転士も改札係も、トイレを使う客もいない。乗客は二人きり、ヨンスさんとアンジェラだけだ。並んで座った二人は一様に無表情で、唇をパクパクさせるものの声は出せない。少しでも近寄ろうと窓の外へ手を伸ばしてみても、彼らとの距離は一向に縮まらない。後からまわってきた酔いに足がふらつき、へなへなと床に座りこむと、巨大な手がアパートの壁を突き破り、中にいる私の肩を揺さぶってくる。ガタンゴトン、ガタンゴトン。私を揺り起こす手のひらからも、いつもそうやって列車の音がした。寝ぼけながらも私は、その音が夢の中の秩序を乱さぬように、夢の縁《へり》の所だけをそっと遠回りして過ぎていくのを感じていた。

*

「ヤングレディー、ヤングレディー!」

聞こえてくる声に、私はかろうじて目をあけて、私の肩を揺さぶる女性を見上げた。その時私はアンジェラの名前がアンジェラであることすら知らなかったので、ただ体格のいい見知らぬ南米女性が私を起こした、そう思っただけだった。アンジェラが週に一度、アパートの庭や廊下、共用ランドリールームを掃除しに来る清掃スタッフだということも、その日初めて知ったことだった。出会った人をすべて肌の色と体格だけでラベリングしたあと、あいた引き出しのような頭の中に無造作に押し込んで過ごしていた頃だった。

ここは、どこなんだろう。

私は朦朧とした眼差しで周りをきょろきょろと見渡した。ちょうどその時、背の高いどんぐりの木から、熟したどんぐりがいくつか落ちた。私のいる場所が、落ちれば砕けて砕ければ音がする現状であることを悟らせるかのように、どんぐりの音は微塵も反響することなく毅然と響いた。つまりそこは、風を防ぐ庇《ひさし》すらない裏庭の鉄階段だった。空間を認識できた途端、ようやく体の中にしみこんだ寒気を感じた。両腕をクロスさせて体を抱きかかえ、私はいくつかの事柄をおぼろげに思い出していた。昨夜そこでビールを飲んでいるうちに、アパート共用玄関の鍵を落としてしまったこと。オートロックの玄関を開けるには、どうにかして鍵を見つけるしかなかったけれど、すっかり酔っぱらっていたうえに懐中電灯すら持たなかったせいで、早々に諦めてうずくまったまま漠然とテホを待っていたということ。そのうち寝てしまい、その時になってもテホは私を探しに来なかったということ。そんなことを冷たく、干からびた気持ちで……

女性は自身をアンジェラだと名乗り、手を貸そうと言ってくれたけれど、私はひとまず自力で状況を整理したかった。足元にあったビールの空き瓶を拾い集めて起き上がろうとした瞬間、ところが私はその場に座りこんでしまった。アンジェラが腕を支えながら何か話しかけてきたけれど、私が聞き取れる言葉はそれ以上なかった。アンジェラはビール瓶を隅の方に片付けたあと、清掃スタッフに渡されている鍵で共用玄関のドアを開け、三〇二号室の前まで私を支えてくれた。よく知りもない他人の過剰な親切は気まずかったものの、温もりを分けてくれ、倒れないように体を支えてくれる手は必要だった。玄関ドアの鍵は失くしてしまったけれど、三〇二号室の鍵は幸いにもポケットの中にあった。鍵を取り出してふと振り向くと、アンジェラは合わせた両手を右耳にあてて見せ、「ぐっすりやすんで」と優しいメッセージを伝えてきた。

三〇二号室では、テホが枕に顔をうずめて眠りこけていた。まるでアンジェラのメッセージは自分が先に受け取りましたとでも言うように。一週間前からだったか、それとも一か月は経つだろうか。初めは毎晩おとなしく床に毛布を敷いていた彼が、いつから私とベッドを一緒に使うようになったのか、よく思い出せなかった。ある朝目を覚ますと、ベッドの隅で丸まっている彼が見えた。何日か経つと彼は当たり前のようにベッドの片側を占領するようになり、夜が明けるまでに互いの足や腕が重なることもあった。いつも容易ではなかったけれど、私たちは干からびた性欲に背を向けるのに慣れていった。昨晩《ゆうべ》彼はいつものように真夜中になって帰宅しただろうし、灯りもつけない浴室で大雑把に洗い流したあと、そのままベッドに倒れこんだのだろう。私の寝息が聞こえないのを気にかける間もなく、彼はそのまま眠りに落ちたに違いない。そう考えた方が楽だった。私がいなくなったのを知りながらもああやって平気で寝ているわけじゃないんだと、そう信じるしかなかった。あの街の不文律のうちのひとつはこれだった。私がそこで暮らしていることを証言してくれる人も、不慮の事故で失踪したり消滅した場合にその状況を世間に知らせる人も、テホの他には誰もいないということ……

私はひどく震えたまま浴室に入り、シャワーを捻《ひね》った。できるだけ長く熱い水飛沫《みずしぶき》に癒されていたかったけれど、その間に目を覚ましたテホが浴室のドアを荒々しく叩いてきたせいで、急いでシャワーを切り上げなければならなかった。適当に服を羽織ってドアを開けると、テホは「漏れそうだ」と言いながら私の体を軽く押しのけて、さっさと浴室に入って行った。便器にほとばしる小便の音を聞きながら枕元にある卓上時計を見下ろすと、いつの間にか時刻は七時十分になっていた。そういえばこの時間、私は大抵キッチンにいた。パンとサラダを用意し、コーヒーを淹れ、お皿を拭いていた。テホはチェック柄のクロスが掛かったテーブルに座るとまず、ため息からつくのだった。彼はいつも心配事が多かった。人より優れた条件で再就職するには、ひいては高給取りになってソウルの真ん中にあるマンションやそこそこの中型車を手に入れるには、Aで埋め尽くされた成績表が必須だった。それなのに言葉の壁と途方もない分量の課題が、彼のやる気をくじいていた。彼にとっては、経済的援助を望めない貧しい両親も、飛行機に乗ってまで押しかけて狭いアパートに居座り続ける債権者も、他の人たちは経験しなくて済む自分だけの不遇な現実に思えたのだろう。

私はキッチンに入って冷蔵庫のドアを開けたまましばらく立ち尽くし、前の日に食べ残したベーグルを取り出してトースターに入れた。こうして毎朝、債権者は債務者のために食事を用意する。もとより正確には、私の朝食にテホが断りもなく割り込んできたと言うべきだけれど、そんなテホを制止しなかったのは明らかに私だった。珈琲カップにお湯を注ぎかけて、私は苛立ったようにポットをドン、と置いた。早くも、裏庭の鉄階段に座ってビールを飲み酔いしれる宵の時間が待ち遠しかったけれど、玄関ドアの鍵を見つけるまでは、どうやらそれも叶わなかった。その日の朝、テホと向かい合って朝食を食べるあいだ、私が見つめる虚空には、透明な箱の中で精一杯うずくまっている私の姿が描き出された。鍵の心配が大きくなるほど、虚空の箱はどんどん私の体を締め付けてきた。けれどもテホは私が鍵という単語を口に出す前に、最後の一切れのベーグルを口の中に押し込んでは、慌てて三〇二号室を飛び出していった。

＊

寝室兼リビングとして使う部屋がひとつに、小さな浴室とキッチンが付いた三〇二号室には、三つのチャンネルしか映らないテレビと、国際電話が制限された電話があった。テホは、やることがない時はテレビを見て英語の勉強でもしてみろと勧めたけれど、どんなに辛抱強く画面を見ていても、私に聞き取れるのはイエスとノー、そしてオーケイがすべてだった。私はもっぱら昼寝をしていた。昼寝をしてから目を覚ますと、三〇二号室で消費しなければならない時間がその分差し引かれていてうれしかった。外出はほとんどしなかった。下手に家を出て道に迷いでもしたら、またしてもテホの助けを必要とする人間に成り下がるだけで、そんな状況におかれるのは一度でもうたくさんだった。ソウルでのように、気ままにドライブに出かけることもできなかった。アメリカに来てから一週間も経たないころ、夜明けにこっそり起きだしてテホの車を運転し、軽い接触事故を起こしてからというもの、車はテホと私の間で禁句となってしまった。テホから受け取ったお金でニューヨークに滞在した後に帰国するという計画が狂ったのも、元はといえばその接触事故のせいだった。テホは自分の車と相手の車の修理代だけではなく、私のむち打ちの治療費も払う羽目になった。請求書は間隔を置いて一枚ずつ届き、そのたびに彼は電卓を叩いて私に返済する金額を再計算した。私の貯金はそうやって半分まで減ったのだが、彼にはそれすらも手に負えない金額のようだった。テホは、冬休みになれば下働きをしてでも金を稼いで返すと大口をたたいたけれど、その頃にはアメリカにノービザで滞在できる三か月の期限を過ぎてしまうのだった。一旦帰国してからテホの送金を待つべきか、それともお金を受け取ってから不法滞在者の身分で出国するかという問題を、コイン投げで決めるわけにはいかなかった。ある日は、必ずお金を受け取ったあとに帰国するんだと心に決めても、また別の日になると、悪いことをしたわけでもないのにアメリカ出入国管理局の入国拒否名簿に名前が載るのを受け入れることができなかった。

半円形の裏庭にある鉄階段に座り、闇に暮れゆく宵の風景に浸るようになったのは、何も決められないまま成す術もなく過ごした時間が一か月になろうとしていた頃だった。

裏庭にはだいたい五、六台車がとめてあって、背の高いどんぐりの木が二本立っていた。日が沈むと、高層ビルディングやネオンサイン、大型マルチビジョンを知らないその街の純朴な闇は、隠れ場所を探せずにその裏庭にまで入り込んできた。時間が経つにつれ、とめてある車とどんぐりの木は少しずつ見えなくなり、しまいには私の身体も闇の中へすっかり溶け込んでしまった。初日は何も飲まず、二日目はビールを一本空けた。そして三日目からは酔うまで飲み続けた。お酒に酔うと、どこからか必ず列車の音が聞こえてきた。ガタンゴトン、ガタンゴトン。列車は、列車というモノから連想されるノスタルジックな音をたてながら、絶え間なく何処かへと出発していった。列車の音が染みわたると、そのありふれた裏庭がどこか国境都市の乗換駅のように感じられた。自分が乗り換える列車がどこへ行くのかは、案内板を見なくてもわかる気がした。私という一人の人間が儚く消えてしまうかも知れないという、なじみの無い可能性。列車の目的地が呼び起こすその可能性に私は怯え、そして魅せられたのだった。

＊

アンジェラが三〇二号室のドアを叩いたのは、鍵を失くして一週間が経った水曜日のことだった。アンジェラは今一度アンジェラだと名乗り、片方の手をひらいて見せた。するとそこには驚いたことに、私の玄関ドアの鍵があった。私はただ両目をぱちくりさせながらアンジェラを見つめ直した。裏庭で掃除をしていて拾ったんだけど、どうも三〇二号室に住むヤングレディーの鍵のような気がして持ってきてみたと彼女は言った。アンジェラはたいしたことないように鍵をよこしたけれど、その瞬間私には彼女がまるで、この世にまたといない偉大な魔法使いのように見えた。

玄関ドアの鍵を失くした一週間のあいだ、私は一人では建物の外に一歩も出られなかったので、裏庭でビールに酔いしれる宵の時間も当然持つことができなかった。アンジェラが来てくれなかったら、そんな閉塞した生活がもう暫く続いたはずだ。鍵を失くしてしまった翌日、テホと一緒に裏庭を隈なく探してはみたけれど、一時間余りかけて私たちが手に入れたのは、二十五セント硬貨二つとガムの包み紙、そしてタバコの空き箱がすべてだった。新しく鍵を作るしかない状況だというのに、テホは試験を口実にして、待てと繰り返すばかりだった。どうして鍵を失くして面倒をかけるんだと、癇癪をおこした日もあった。

「私が誰のせいで職場も辞めてここまで来たと思ってるのよ！」

こらえきれずに声を張り上げると、テホは例のあの不憫な顔をして、単位取得の不安を吐露し始めた。

「忌々しい鉄屑め……」

私はたびたび昼寝から覚めると、冷やかにそうつぶやいた。鉄屑ひとつ自力で手に入れられないというのが、あの街のもうひとつの不文律だった。私はその街の鍵職人の連絡先を知らなかったし、ダウンタウンにあるというアパート管理事務所に電話をかけて状況を説明し、新しい鍵を受け取るというプロセスには怖気づいてしまった。何かを新しく発給してもらうたびに踏まなければならないプロセスは、大抵こんな具合だった。待合室やロビーで待っていて、名前を呼ばれたら身分証を見せたあと、英語で申請書を書いて、英語で質問に答える。追加で要求された書類や留意事項が何なのか聞き取れず、ぎこちなくコクコク頷き続け、何の収穫も得られずにその場を後にする……テホに助けを求めずに銀行と携帯ショップに行ったことがあるけれど、口座を開設して携帯電話を開通するまでには至らなかった。市立図書館の貸出証やデパートの割引カードも、私のものにはならなかった。私は何もできなかった。おそらくその頃から、一滴の雨も防げそうにないボロボロに破れた傘をさして、ヨンスさんが再び私のもとを訪れ始めたようだ。私はヨンスさんについてほとんど何も知らなかったけれど、彼が私より英語ができなかったことくらいはわかっていた。

テホは私に必要なものが何か気にすることもなかったし、訊いてきたこともなかった。私がこれ以上何も事を起こさずに、まるでいないようにおとなしく過ごして、時がくれば静かに帰ることを、彼はただそれだけを願っていたはずだ。ほぼ半年ぶりに会った私を呆けたように眺めていた、彼の間の抜けた表情が忘れられなかった。十八時間にも及ぶ長い旅路の末、彼のアパートの玄関先に到着した私に彼が最初に言った言葉は、「ごめん」ではなく「返すよ」だった。

「僕は君が貸してくれたもんだと思ってたんだ、嘘じゃない」

腹も立たなかった。私は彼を押しのけて機内持ち込み用キャリーバッグを玄関の外に置いたまま、三〇二号室へと勇ましく上っていった。私のキャリーバッグを持って後からついてくる、彼の顔はふてくされていた。

テホとは、取引先の職員の紹介で知り合った。特別でもなく、熱くもないデートを何度か重ねた。付き合って三か月が過ぎようとしていた頃、彼が社会生活に対する愚痴を並べ立てたあと、じきに全て整理してアメリカに留学するつもりだと明かした瞬間、淡々としていた気持ちが動揺し始めた。折しもその頃、ニューヨークのセントラルパーク内にあるベンチで遺体で発見されたある韓国人男性の話を、インターネットの記事で知ったのだった。記事には、彼が二十年前に単身で渡米し、滞在期間のほとんどを不法滞在者として暮らしていたと書かれていた。連絡のつく家族がおらず、在米韓国人たちの寄付金で共同墓地に安置されたという最後の文章に、私の視線は長く留まった。記事に出ていた彼の名前はチェ・ヨンスではなかったし、写真の老年男性の顔は若い頃のヨンスさんとも重ならなかったけれど、二十年の歳月はすべてを可能にしてしまえるほど、長い時間でもあった。ニューヨーク外郭にあるというその共同墓地へと私の足を導くために、ある見えない力が短い時差をおいて、テホとそのインターネット記事を私の日常に押しこんだのではないだろうか？　そう思ったりもした。馬鹿げているとわかっていても、どうしてもその思いから抜け出せなかった。留学の話が出てから三か月後、やっとの思いで合格した経営大学院[*1]への入学を授業料のせいで諦めるしかなさそうだと言うテホの言葉に、私はためらうことなく定期貯金を解約した。お金を受け取った日にテホは、会社から退職金が出たらそのお金でささやかな式を挙げたあと、すぐにアメリカへ行こうと言っては満面の笑顔を見せた。そして半月後、彼は私に電話一本よこさず一人で出国した。彼が退職金をほとんど受け取れない契約社員だったということは、彼のアメリカの住所を尋ねてまわるうちに遅まきながら知ることになった。彼が合格した大学名を嘘でごまかしていたこともやはり、彼と付き合っている間には見抜くことができなかった。そうやって何も見抜けないまま、早朝には英会話教室に通い、週末には再婚後清州《チョンジュ》に行って暮らす母に一日でも多く会っておこうと、せっせとバスターミナルを往復した。運命的に惹かれる感覚だとか、温かい所属感、あるいは、どんなことでも甘受できる犠牲などについては深く悩まなかった。テホに向けたその頃の私の感情は、みすぼらしい木賃宿にある共同風呂の洗面台に置きっぱなしにされた、古歯ブラシみたいなものだったのかも知れない。必要だけれど、それよりきれいな歯ブラシがあるのなら敢えて使わない、代替可能なモノ……その罰を受けているんだと、三〇二号室で時々私は独り言をつぶやいたりした。感情よりも状況に流された罪、本心に気づかないふりをした罪、同じく彼の本心も見ることができなかった罪。そのすべての罪の代償がつまり、三〇二号室での無意義な時間だったのだ。

その日アンジェラは私の招待で三〇二号室に入ってきた。チェック柄のクロスが掛かったテーブルに座って、私が差し出すお皿と珈琲カップを受け取る彼女と目が合った時、とっさに私は彼女につられてにっこり笑ってしまった。アンジェラのその笑顔は、その日私にもたらされた二番目の鍵だったにちがいない。その鍵が開けてくれた先は、意外にも生まれ故郷だった。身分証がなくても不安にならない、どこに電話をかけても意思疎通できる場所。言語がそのまま距離感に置き換えられてしまわない場所……そしてそこは、道路で軽い接触事故を起こしたとしても、手錠や監獄を想像して恐怖に押しつぶされなくてもいい場所でもあった。けれども、その生まれ故郷に何の未練も無くあっさりと離れようとしていたのは、その日からわずか六か月ほど前のことだった。

*

アンジェラのあの朗らかな笑顔を思い浮かべると、私の感情は、あの街の地下鉄駅に設置されていたオレンジ色のチケット・チェックインボックスの形になった。チケットをボックスに入れると、ガチャン、という音とともに乗車可能な日付と時間が印字されて出てくるみたいに、アンジェラの笑顔は友だちができたことを通知する有効証明のように、私の心の中に刻まれた。

アンジェラとの水曜日ランチは、その後も三度続いた。毎週水曜日にアパートへ掃除をしに来ていた彼女は、仕事を終えると必ず三〇二号室のドアをノックした。そして三〇二号室に入ってくると、パンとスープ、サラダとコーヒーが用意されたテーブルの前に座った。彼女はよく昼食を抜いたままで夕方にはアパート近くのイタリアンレストランに出勤していたので、私が用意した食べ物をいつも残さず美味しそうに食べてくれた。

何度かランチをするうちに、アンジェラが本物の魔法使いと変わらないことがわかった。私の玄関ドアの鍵を見つけてくれたのは、彼女がそれから繰りひろげる、様々な魔法の序幕に過ぎなかった。とりあえず彼女は、英語だけでも私と話を交わすことができた。たまに私が会話の流れと関係ないことを言ったり、適当な単語が思いつかなくて間を置いても、彼女はもどかしがったり急かしたりしなかった。それどころかどんな話にも積極的な反応を見せたし、言葉と言葉の間に沈黙が割り込めば、じっくりと待っていてくれた。それだけではなかった。アンジェラには言語を超越する交感能力まであった。最後になった私たちの四度目のランチで、明け方の道路で起きた接触事故の話をすると、まるでその事故現場を目撃したかのように、彼女の顔には純粋な心配の色が広がっていった。それだけでも、私は熱い涙をこぼしそうになった。電話を受けて現場に駆けつけたテホは、英語が不得手な私に代わって警察や保険会社の職員の前で事故の状況を説明し、私の飲酒の有無や運転経歴などを伝えた。その日彼と私は、夜が明ける頃になってようやく三〇二号室に戻ることができた。断りもなく自分の車を運転して、事故まで起こしたことに腹を立ててもおかしくないのに、彼は始終何も話さなかった。まるでその部屋に私がいないかのように、口をぎゅっと噤《つぐ》んだまま服を着替えてカバンを持ち、彼が部屋を出た瞬間、私の中はガラクタだらけの屋根裏部屋の鏡で埋め尽くされた。鏡がそこに存在するかぎり、鏡の中の風景も決して変わらない、役に立たないモノ……

「ヤングレディー、悲しまないで」

接触事故のあとにテホが見せた反応まで打ち明けると、アンジェラは私の手の甲をさすりながら優しい声で言った。アンジェラの最も素晴らしい魔法が繰りひろげられたのは、その時だった。失敗には罪悪感を感じる必要はないと彼女は言った。いや、はっきりとそう言ったわけではないけれど、私は彼女の眼差しから確かにその文章を読み取った。彼女は言語ではない眼差しで、相手が聞きたがっている言葉を伝える術を知っていた。アンジェラは話し上手でもあった。神秘的で美しい隠喩に満ちた彼女の話を聞いていると、いくら読んでも飽きのこない本の中にいるような気分だった。彼女は十五年前、半月ものあいだ休まずに歩き続けてアメリカにたどり着いた。川を渡り、野や砂漠を通り抜けてアメリカの国境を越えた時、三十人いた同行者のうち三人が、風の中に消えていた。彼女の弟もその中の一人だった。風が止《や》まないかぎり彼も歩くのを止めるわけにはいかず、彼がいつここに到着するのかは誰もわからなかった。わからないけれど、待つことを諦めたことはないと、アンジェラは続けた。一日に一度だけ通り全体が黄金色《こがねいろ》になる町で、彼女は母親と一緒に、来る日も来る日も弟を待ち続けた。

「それにね、私の恋人ベンジーは、大きな鳥籠の中で仕事をしているの」

ベンジーが話題にのぼると、彼女の声がおのずと高くなった。

「ベンジーの体は本当に美しいのよ。彼の体は、でこぼこした山脈や豊潤な野原、深い渓谷がすべてある黒い大地の縮小版みたいなの。その大地のあちらこちらに世界各国の文字が刻まれていて、左肩から肘まで続くマヤ文字のタトゥーが、その中でも一番特別に見えるわ。彼が鳥籠の中でする仕事はたいした仕事じゃないかも知れないけど、誰でもできるわけじゃない。うまくいくと熱い称賛を浴びるけど、だめだと容赦なく捨てられてしまうの。仕事が終わると彼の黒い大地には雨が降って、傷を負った鳥たちがその雨の中を低く飛び交うの。ヤングレディー、本当は私ね、もうこれで……」

そこまで話したあと、アンジェラは長い沈黙に入った。沈黙が流れるあいだ世界は着々と暗闇へと向かい、アンジェラの顔もその分見えにくくなってきた。

「もうこれで、鳥籠から彼を出してあげたいの」

その言葉と共にアンジェラが再び沈黙から抜け出した時、彼女と私は裏庭の鉄階段に座ってビールを飲んでいた。彼女がとてつもない量の皿洗いを任されているイタリアンレストランが、ペンキの塗り替えで一週間休業したおかげだった。いつもと違って少しばかり憂鬱に見えたアンジェラは、私の倍以上も速いペースでビールを飲んだ。結局、アンジェラは酔っぱらってしまった。酔ったアンジェラが体を左右に揺らしながら故郷の歌を歌っているあいだ、私の目には例の、破れた傘をさしたヨンスさんが見えていた。アンジェラは歌い続け、ヨンスさんはアンジェラの歌に合わせてあっちへこっちへと傘を回しながら奇妙なダンスを踊った。そうやって私たちの時間はそれぞれが別の通路を通り過ぎ、それでも最後は同じタイミングで裏庭を後にした。律儀に地球を往復する暗闇に乗って、ガタンゴトン、ガタンゴトン、ただの一度も人間の時間を拒絶したことのない、あの場所を目指して……最終バスの時間が来てようやく席を立ったアンジェラは、別れ際にそっと私を抱きしめて続けざまにささやいた。

「グッバイ。シーユー。ハヴ・ア・ナイス・ナイト。ゴッド・ブレス・ユー」

私はその挨拶を韓国語でもう一度繰り返した。

「チャル ガ〔さようなら〕。ト ボァ〔またね〕。クンサハン パムル ポネ〔素敵な夜を〕。ノエゲ シネ チュクポギ イッキル〔あなたに神の祝福がありますように〕」

私の韓国語の挨拶を最後まで聞いたアンジェラは、私の耳にぴったりと唇を寄せたまま、何となく潤んだ声でささやくように訊ねた。

「ヤングレディー、あなたは今、私の故郷の言葉を喋ったの？」

十二月になると気温が急降下した。ノービザ在留期限は残すところ十日と迫り、それは十日が過ぎる前にお金と合法的な帰国のうち、どちらを選択するのか決めなければならないことを意味していた。何も決められないまま、やみくもに韓国の旅行会社に電話をかけて、六か月のオープンチケットの復路日程を調整していた時、誰かが三〇二号室のドアを叩いた。テーブルに座って本を読むふりをして、実は私の電話に聞き耳をたてていたテホが、頭を掻きながらドアの方へと歩いて行った。

しばらくして、テホの短い悲鳴が聞こえてきた。振り向いた私は予約を完了しないまま、急いで電話を切るしかなかった。信じられないことに、開いたドアの隙間からアンジェラが立っているのが見えた。「アンジェラ!」 叫びながら私はテホを押しのけ、掛け金を外した。その寒い冬の夜に、アンジェラは短いシャツに薄手のトレーニングパンツ姿で、靴下も履かずに夏のスリッパを履いていた。そのうえ片方の目は酷く腫れていて、口元には血が溜まり、露わになった二の腕には刺されて痣《あざ》になった跡があった。私の顔を確認したアンジェラが、いつもとは違う怯えきった声で取りとめなく話してきた。

*

「あのね、ヤングレディー、はじめはタクシーに乗って病院に行こうとしたの。でも財布と携帯電話がなかったの。家を飛び出す時に必死で何か摑んだんだけど、しばらく歩いて握った手を開いてみたら、このアパートの玄関ドアの鍵だったの。はじめはホテル、やだ、私ったら何言ってるの、ホテルじゃなくて、病院に行こうとしたのよ、本当よ」

私は一旦アンジェラをベッドの方へと連れて行き、キッチンに入ってお湯を沸かした。氷と乾いたタオルを用意して、洗濯しておいた厚手の毛布も出してきた。無我夢中でアンジェラとキッチンの間を行ったり来たりしていると突然、首筋をかすめる冷ややかな気配を感じた。テホがドアの横で腕を組んで立ったまま、私とアンジェラを交互に見ていた。

「あの女、何なんだ？」

私と視線が合うと、テホが韓国語で訊いてきた。

「友だちよ。フレンド、わからない？」

テホは笑った。それは、私が聞いてきたどんな笑い声よりも冷たかった。笑いが収まると、彼は作り付けの簞笥に向かい、苛立った様子で取り出したコートを着ながら独り言のように、でも私には聞こえるぐらいの声でぶつぶつと呟いた。

「試験期間だってことわかってて、ああいうことするのかよ、まったく。挙句に薬漬けの女まで俺の家に連れ込むのか？　ああ、返すよ、返してやるよ。返したところで一学期分の授業料にもならないんだよ、お前のその金」

カバンと車のキーを持って彼はすぐ、三〇二号室を出て行った。ボリュームが壊れたラジオ、私はそんな気分だった。内側では怒りの歌詞がこめられた歌が張り裂けそうな音量で響いているのに、スピーカーからは何の音もしない腑抜けのラジオ……毛布を頭から被ったまま、氷を包んだタオルを目もとに当てていたアンジェラが、揺れる瞳で私を見ていた。

「大丈夫よ」

私は何でもないように、できるだけ淡々と言った。気持ちはとっくに荷物をまとめて空港に向かっていたけれど、キッチンではお湯が沸いていたし、出発日が確定したチケットを私は持っていなかった。アンジェラはお湯を飲んでいるあいだも絶えず咳こんだ。二の腕のどこかに注射跡がないか注意深く見ていて、すぐにやめた。その代わりに「アンジェラ」と呼びながら私は彼女の傍に座った。

「アンジェラ、病院に行かなきゃ。ここには常備薬も無いのよ」

半分ほど飲んだコップを差出しながら、彼女は首を横に振った。

「心配しないで、ヤングレディー。私は小さい頃から、寝て起きたら痛いのがすっかり治っちゃってたのよ」

「魔法使いみたいに?」

訊き返すと、アンジェラはようやくアンジェラらしく朗らかに笑った。私はすぐに立ち上がり、ヒーターの強度を上げて布団を整えてあげた。「ありがとう」と、ベッドに横たわりながら彼女が言い、「どういたしまして」と、私は応えた。寒さに耐えながら長い距離を歩いたせいか、彼女はすぐに眠ってしまった。テホは帰らず、夜明けは長かった。テーブルにうつ伏せたまま、目覚まし時計の音に驚いて目を覚ますと、アンジェラはいなくなっていた。

＊

翌週の水曜日、アンジェラは来なかった。アンジェラにお別れの挨拶をしてから出発しようと、水曜の夜の飛行機を予約しておいたのが無駄になってしまった。午前の授業が終わったら車で送ると言っていたテホを待ちながら、ノートパソコンを立ち上げてGoogleマップを開いてみた。その近所にイタリアンレストランは五か所あった。正午頃、荷物をまとめて一人でテホのアパートを出た。初めてその街に着いた時と同じように、私は機内持ち込み用キャリーバッグのほか何も持っていなかった。

三番目に立ち寄ったイタリアンレストランで、乾ききっていないペンキの匂いがした。カウンターに行ってアンジェラに会いに来た旨を話すと、アンジェラはもう一週間も欠勤中だという返事が返ってきた。その代わりにアンジェラと親しくしているという厨房のスタッフが、少しだけ私に会ってくれた。厨房スタッフの名前はエズネだった。エズネにも私の名前を教えると、彼女はアンジェラから聞いたことがあると言って歓迎し、自然に私に対する警戒心も解いてくれた。エズネを通して私は、アンジェラをもう少し知ることになった。いや、私はアンジェラという名前の他には彼女について何も知らなかったので、その時やっと彼女を少しばかり知ったに過ぎなかった。

エズネはアンジェラの家の住所も教えてくれた。住所に記された町名は街の北側で、ひところは工場団地だったのが製造業の衰退で工場のほとんどが廃業し、今は犯罪多発地域に落ちぶれてしまった場所だった。私はキャリーバッグをひいて、とにかく北を目指して歩いた。二時間余り休まず歩いていると、錆びた建物がひとつふたつ見えてきた。「ラスト・ヴィレッジ」という別名で呼ばれている旧工場団地が、ようやくここから始まるようだ。捨てられた建物があちこちにあり、通行人や車両がほとんど目に付かないせいか、錆の街には陰気な気配さえ漂っていた。そこでも十二月の陽は短かった。午後四時を過ぎると、だんだんと日が暮れてきた。ひたすら前を向いて歩いていた私はある瞬間しずかに立ち止まり、目の前の風景をとめどなく眺めた。夕焼けの中で、工場の錆びた配管や煙突が黄金色に染まっていった。

魔法の時間だった。

魔法の時間の中で私は、エズネが私に聞かせてくれた話を思い出していた。私をいつもヤングレディーと呼んでいたアンジェラは、実際にはやっと二十代の前半で、私より六つも年下だった。十五年前、故郷のアルゼンチンを離れてアメリカに密入国する際にはぐれた弟を探し出す一心で、ひたすら真面目に働いていたアンジェラが変わり始めたのは、ベンジーと付き合うようになってからだった。ベンジーは格闘技選手とは名ばかりで、実際には賭博用に設けられた無許可の格闘技場で八百長の殴られ役をつとめる、アマチュアの中のアマチュアだと言っていた。「殴られるのが仕事っていう分際で、ともするとアンジェラを苦しめていたわ。お金は巻き上げるし……」

そこまで話すと、エズネは大きくため息をついた。その瞬間、鳥籠の形をした競技場の中で汗にまみれて殴られ続け、鳥のように悲しく泣く黒人男性が、私の心の中にすらすらと描かれ始めた。隠喩に満ちたアンジェラの言語は、そうやってひとつの絵に翻訳された。

夕焼けが沈むと、黄金はたちまち元の錆に戻り、その錆は再び薄暗い闇に埋もれてしまった。暗闇と寒さは同じペースで街を飲み込んでいった。

ふと違和感を覚えて手を見おろすと、アンジェラの家の住所が書かれたメモが無くなっていた。割れる寸前のグラスを胸に抱えているような、目眩にも似た不安が襲ってきた。車道に出られそうな幅の広い道をたどってやみくもに走り続けた。けれどもいくら走っても車道には出られず、ありふれた商店すら一軒も見当たらなかった。

その時だった。

ガタンゴトン、ガタンゴトン。実体もないまま私を慰めてくれていたあの列車の音が、遠くから微《かす》かに聞こえてきた。糸に引っ張られていくように、私は当てもなくその音をたどっていった。列車や線路は見つからなかったけれど、暗闇の中で明かりを灯しているレストランは見えた。レストランの中は暖かいはずだし、タクシーを呼べる電話もありそうだった。うれしくてレストランの中に入ると、二、三人ずつ集まってハンバーガーやサンドイッチを食べていた黒人客数名が、一斉に私の方を見た。窓際の席に座り、ウェイトレスに珈琲とベーグルを注文した。

レストランの窓には、ゆらゆらと揺れるサンドバッグがひとつ、映しだされた。一度も競技で勝てずに引退した、年老いたボクサーのサンドバッグのようだった。アンジェラは私の心の中のチケット・チェックインボックスを押し出して、あんなにボロボロで孤独なサンドバッグになって戻って来ていた。

　時間が経つにつれレストランの客は減り、いつしか私一人だけが残された。

　誰もいないレストランの窓際の席はまるで、乗客が一人も残っていない列車の最後尾車両のようだった。列車が停まるたびに荷物を持って躊躇なく列車から降りていった人たちは、再び戻りはしなかった。そのあいだに珈琲は冷め、ベーグルはカチカチに固くなってしまった。タクシーを呼ばなければならない時間が迫っていたけれど、レストランのどこかにあるはずの電話を探す代わりに、私は椅子の横に立てかけておいたキャリーバッグからヨンスさんのノートを取り出した。二十年の歳月を経るあいだにノートのグレーの表紙はビニールのように薄くなっていて、中の紙は触れただけで砕けそうなくらい黄色く劣化していた。大金を稼ぐには外国に行くしかないと信じていた時代、ヨンスさんはニューヨークのフラッシングに韓国系スーパーを開業した親戚を手伝うんだと、単身飛行機に乗って旅立った。そしてそれから三十年後、彼はいなくなり、彼が持っていた通帳と僅かな所持品だけが帰郷した。彼の最後の姿を見たと言う人はたくさんいたけれど、彼らの証言はすべてまちまちだった。いなくなる直前の彼は、飲み屋の前にもいたし、駅の待合室にもいたし、商店街の地下駐車場にもいた。挨拶にも気付かずに、肩をがっくり落とした様子で何処かへ足早に歩いていくのを見たという証言もあった。母と私は、その証言の内どれを信じるべきなのかわからなかった。

ヨンスさんが残した所持品の中に、拙《つたな》い絵がたくさん描かれたこのグレーのノートがあった。歳をとるにつれ、彼がノートに描いたいくつもの絵が、単なる風景ではなく彼の感情だったのではないだろうか？　そう私は考えるようになった。きちんとした教育機関で英語を習ったことがないヨンスさんは、ニューヨークに住むあいだ、英語も母国語も通じない表現の限界に幾度も絶望したに違いない。彼には第三の言語が必要だったはずだ。それに、彼の頭の中で私はまだ、ハングルを習得していない五歳〔韓国では主に年齢を数えで言う。満年齢だと四歳〕の子供のままだった。絵なら幼い娘も解読できるだろうと、彼は考えたのかも知れない。脚の長さがまちまちな椅子は不安感、食品売場の棚にとんちんかんに置かれたクマのぬいぐるみは寂しさ、色々な形のキャンディーがいっぱい詰まったガラス瓶は恋しさ……時には不確実な言語よりも形がはっきりしたモノのほうが、その瞬間の感情をより正確に表現できるものなのだと、私はこのノートを見て学んだ。

夜八時が過ぎると、ウェイトレスは私の方をちらちら見ながら空いた椅子をテーブルの上に重ね始めた。私は席を立ってウェイトレスに近づき、おそるおそる尋ねた。

「あなたはアンジェラを知っていますか？」

ウェイトレスは顔をしかめて肩をすくめるだけで、知らないという返事すらしなかった。

支払いを済ませてレストランを出ると、湿った風が吹いてきた。アンジェラの弟と私のヨンスさんもどこかでこの風に吹かれながら歩いているはずだと思うと、私は寒くなかった。遠くのほうで、あの不愛想なウェイトレスが予約してくれたタクシーが向かってくるのが見えた。ガタンゴトン、ガタンゴトン。タクシーのトランクにキャリーバッグを載せる時、またもや列車の音が聞こえてきた。タクシーが空港に向かうあいだも、その音は私の耳の後ろの方のどこかで力強く響き、いぶかしく思って車の窓を開けると、音は跡形もなく消えてしまった。空港に着いてようやく私は、その音が私にだけ聞こえるいなくなった人々の言語だということに気づいた。まだ翻訳することができない遠い場所の言語だったけれど、はっきりと感じ取れるねぎらいでもあった。

*

テホは結局、お金を返さなかった。二年ぶりに再会した彼は、私があの街で自分のアパートと食料品と水と電気を一緒に使ったわけだから、私に返すお金は実質的にゼロになったんだと言った。望みどおりアメリカの大学の経営学学位を手に入れたのに、彼は未だに求職中らしかった。何かに追われる人のように焦っている彼の顔をじっと見つめ、コーヒーショップを後にした。不思議と悔やまれることはなかった。私がいる場所は舟の帰港を待つだけの何もない港で、私はその事が気に入っていた。どこからか、風が吹いてきた。いつものように指先で風の温度を測ってみたけれど、以前ほど風の中の寒さや寂しさが気にかかるわけではなかった。夢が続く限り、もう一人ではないヨンスさんに私は会えるのだった。忘却を拒むこと、それはもしかすると、アンジェラが私に贈った最後の魔法なのかも知れない。いつか私もその列車に乗ることになるという透き通った確信は、風の中をふわふわ漂う風燈となって私の目の前に現れたりした。風燈が通り過ぎた場所には、いなくなった人々の体温が灯となってゆらめいていた。

ガタンゴトン、ガタンゴトン。

そして列車は、絶え間なく出発していった。

ヨンスさんとアンジェラを乗せたその列車が、いつも半円形の裏庭を回り続けているとは限らなかった。列車は私がさまよい歩いたラスト・ヴィレッジを巡ることもあったし、とうとう行くことがなかったニューヨーク・フラッシングのみすぼらしい路地裏や、家族のいない者が埋葬された陰気な共同墓地を通過することもあった。銃声が響く物々しい国境地帯を通り過ぎることもあったし、雨が降って鳥たちが鳴く黒い大地を通り抜けることもあった。

それでも列車の音は変わらなかった。

ガタンゴトン、ガタンゴトン。

それは、私を起こす朝の音でもあった。ひとつの夢が終わると、夢の中の話はヨンスさんとアンジェラの小舟に新たに乗せられた。そのたびに、また別の翻訳がはじまるのだった。

［訳注］

＊1　欧米におけるビジネススクールのことで、ＭＢＡ（Master of Business Administration：経営学修士）の学位を修了者に発行する、大学院の修士課程や専門職課程を指す。

モノとの別れ

僕が勤めている地下鉄駅舎の片隅にある忘れ物センターが、世界を形づくるひとつの標準的な端布《はぎれ》のようだと思うときがある。世界は忘れ物センターによく似た端布でどこまでも繋がっている、限りなく大きいけれどちっぽけなキルトのようなものに過ぎない、そう思えるのだ。とんでもない奥地でもないかぎり、世界中どこへ行ってもそこには財布と眼鏡と本はあるだろう。携帯電話やデジタルカメラ、ノートパソコンのような電子機器も、ない所よりはある所の方が多いはずだ。僕が旅行嫌いで、極力生活圏から外に出ようとしないのも、世界とはモノの総合に過ぎないという昔からの信条によるものなのかも知れない。見知らぬ都会のホテルの浴室にだって、アルミ製のトイレットペーパーホルダーやプラスチックの石鹸置きがあるはずだからだ。僕が伯母にこんな考えを打ち明けた時、伯母は気のない声で言葉を返した。

「怠けた性格だってことを、なんともややこしく説明するもんだね」

伯母が介護施設で生活を始めて二か月ほどが過ぎた頃だった。その日、伯母と僕は施設の休憩室に並んで座り、夕方まで長話をした。ほとんどソ君に関することだったが、僕にとっては伯母が病気になってから知ったソ君の存在よりも、以前と全く同じように話して笑い、反応している伯母の姿の方が印象的だった。どう見ても伯母は、病人には見えなかった。皆一様におぼつかない口調で、一人ではまともに歩けもしない施設の高齢患者たちとは、まるで違う類の人に思えた。

軽い頭痛だろうと思って病院へ行ったところ、アルツハイマー初期と診断された伯母は、その翌日から身のまわりの整理を始めた。三十年以上教師として勤めてきた学校に辞表を出し、アパートを処分し、預金や各種年金で死ぬまでの介護施設費用をまかなえるように手を打っておいた。家具と家電製品、服や本は大部分寄贈したり処分して、可愛がっていた二匹の猫は近所の動物病院に預けた。十分に食べさせて、二匹のうち一匹でも病気になるか死んでしまったら安楽死させて欲しい、そう頼みながら大金を差し出すと、動物病院側は快く伯母の提案を受け入れたという。二匹ともすでに、猫の平均寿命に近い老猫だった。

伯母は介護施設に行く前日になってソウル市内の高級レストランに弟妹とその家族を招き、ようやくその事実を明かした。賑やかな食事を終えたあと、デザートに出された果物入りのチョンビョン〔朝鮮半島の伝統菓子。もち米の粉を練って薄く伸ばした円形の生地に、果物を巻いて焼いた餅〕を食べていた時だった。レストランには一瞬、静寂が流れた。アルツハイマーは進行するしかなく、根本的な治療が不可能な退行性疾患だと伯母は淡々と説明したのだが、介護施設を終の棲家に決めたという伯母の選択は、その病名と同じくらいみんなに衝撃を与えた。伯母はそのとき、まだやっと六十歳だったのだ。しまいに下のおばが泣き出し、父は充血した目で伯母を睨みつけ、だからどうして嫁にも行かずに家族もいないまま介護施設で晩年を過ごすんだと声を荒げて怒鳴りつけたあと、レストランを出て行ってしまった。伯母の面倒を看ようと申し出る家族はいなかった。下のおばのすすり泣きだけが漂う気まずい沈黙の中で、伯母は口をぎゅっと結んだまま、両手の中にある茶器をいつまでも見下ろしていた。茶器に映った照明が、伯母の顔を透明に浮かびあがらせていた。その晩、レストランには客が入ってこなかった。あとになって僕は、伯母がそのレストランを貸し切っていたことを知った。伯母はその夕食を、記憶がまだ有効で意識が鮮明な頃の最後の晩餐だと思い、人生最大の贅沢をしてみせたのだ。

それがもう、五年前のことだ。

五年のあいだ、伯母は急速に老いて病んでいった。伯母の体を支配した病は、まるで世知辛い神殿から送られてきたお告げの如く、情け容赦がなかった。あの、看護師に介助されてロビーへ降りてくる伯母は、今や僕がこの介護施設で初めて目にしたあの多くの老人たちと見分けがつかない姿になっていた。体は瘦せこけて微妙に内側に丸まり、動きは鈍り、表情は無かった。椅子から立ち上がり、看護師が手渡す折り畳み式車いすと一日分の薬やおむつなどが入った布バッグを受け取っていると、いつの間にか傍に来た伯母が僕の肩を撫でながら、会えて嬉しいと意思表現してきた。僕が誰なのかすぐには分からず、しばらく焦点の合わない視線で周りをきょろきょろ見まわしていた前回とは違っていた。よく見ると、伯母の顔には薄く化粧までしてあった。その時僕はやっと、伯母が六か月前にした僕との約束を覚えていることに気がついた。古い電灯がごくたまにだけ点《つ》く、どこからか絶えずギシギシ軋む音がして、記憶の箱を載せた棚がほとんど崩れ落ちた伯母の廃虚のような頭の中で、僕がした約束の言葉は奇跡的に守られていた。

＊

六か月前、僕は伯母に、次は外出許可をもらって清渓川《チョンゲチョン》〔ソウルの中心部を流れる小さな川。六〇年代の経済成長期に一度姿を消したが二〇〇五年に人工河川として復元し、市民の憩い場となった〕を見てまわったあとソ君に会いに行こうと言ったのだった。やけに沈んだ顔が気にかかってつい口から出た言葉だったのだが、途端に伯母は明るい笑顔を見せ、僕に向かって大きく頷いてみせた。伯母が久しぶりに笑ったので、僕は自分が放った言葉を孤児《みなしご》のように放っておくわけにはいかなかった。

清渓川は、伯母が中学生の頃から大学を卒業するまで家族と一緒に暮らした場所だ。その頃の清渓川は、汚い河川にほったて小屋、古本屋に古物商、多くの零細工場と、看板もないみすぼらしい店で埋め尽くされていた。僕の祖父、つまり伯母の父が故郷の土地を売って上京し、清渓川そばにある平和市場の横丁にレコード店を開いたのは、一九六〇年代の中頃だった。正規のレコードは陳列棚にある分だけで、店の中には米軍部隊から密搬出されたレコードを違法にコピーしたいわゆる「海賊版」が積んであったのだが、それでも外観だけは稀に見るほど立派だったと聞いている。祖母は、数知れない商売の中で食べて暮らすのに何の関係もなさそうなレコード屋を始めるという祖父が理解できず、何か月も寝込んでしまった。汗水流して働くことを病的に嫌った祖父を、信用できなかったのだ。ところがそのレコード店——長女の名前を冠した『テヨン音盤社』は、祖母の心配とは裏腹に経営がうまくいき、五人家族の生計を十二分に支えてくれた。レコードが音楽を聴けるほとんど唯一の手段だった時代で、電気蓄音機が富の象徴として台頭した頃だった。僕が生まれる直前まで、つまり祖父が清渓川八番街にあるアパートに引っ越した初日、酒に酔って帰宅する途中に交通事故で亡くなる前まで、テヨン音盤社は、金のあるソウルの遊び人たちが挙《こぞ》って集まる有名店だった。

伯母がソ君に出会った場所も、テヨン音盤社だった。

「ソ君」、伯母は彼をそう呼んでいた。自分より六歳も年上の人に「君」という呼称を使ったのは、愛情の表れだったのだろう。「ソ君」には、「誰々さん」や「先輩」といった呼称よりも、明らかに切ないものがあった。だからといって、伯母が普段から周りの人たちにソ君のことをむやみに話していたようには思えない。僕の父や下のおばも、ソ君を全く知らない様子だった。僕が彼についてもう少し知るようになったのは、十数年前に国内で出版された彼のエッセイを読んでからだった。

ソ君が韓国に来たのは一九七一年だった。その頃のソ君は疲れきっていた。在日朝鮮人だった彼にとって国籍は、無力にただやられ続けるしかない暴力であり、治癒することのない傷だった。暴力も傷も無い故国に漠然と憧れてきたソ君は、大学を卒業するや否やソウルのK大学で修士課程に進むべく留学にきたのだ。ところが故国では、また別の苦痛が彼を待ち受けていた。学者になりたかったソ君はどの学生組織にも身を置かず、起きている時間の大半を講義室と図書館だけで過ごしたのだが、デモと休校が繰り返されていた故国の校庭では、ただ本を読むことがとてつもない負い目に繋がったのだ。朝起きるたび、顔見知りの学生のうち誰かが連行されたという知らせを耳にし、教授たちは半分以上空席になった講義室を、沈鬱な顔で見渡すのだった。

遅い春の日だった。専攻科目が休講になり、学校を出てあてもなく歩いているうちに、ソ君の足は自然と清渓川へ向かった。ある労働者の焼身自殺があってから、清渓川は当時の学生たちの間ではいつも話題の中心にあった空間だった。清渓川で彼の視線を最初にとらえたのは、橋の下の汚物の上に背中を晒したまま浮いている、若い男の死体だった。死体はすべての生きている人間に、否応《いやおう》なく不安と恐怖を与える。人間の体というものは、体温がなければ悪臭を放ちながら腐っていく肉の塊に過ぎないことを思い知らせる、物理的な悲しみの証。死体とはそういうものだ。ソ君は川辺に腰を下ろし、絶え間なく自身の死へと還元されてくるその死体を、割れた鏡を眺めるように見つめていた。何人かが群がってきて、橋の下を指さしてひそひそ話してはいたものの、悲鳴をあげたり、泣き出したりする者はいなかった。どれくらい時間が経っただろう。公務員とおぼしき男ふたりが長い棒で川から死体を引きずり出し、リヤカーに載せた。ようやくソ君は我に返り、男たちに近寄って死体を何処へ持っていくのかと訊ねた。男たちは、それをなぜ知りたがるのかと噛みつくように訊き返してきた。するとソ君は財布から現金を全部取り出して彼らの手に握らせ、せめて火葬ぐらいはきちんとしてあげてくれと頼みこんだ。男たちはソ君から受け取った金を後ろポケットに押し込んで誠意なく頷いたあと、リヤカーをひいて何処かへと去って行った。後日ソ君はエッセイに綴《つづ》った。拷問を受け、投獄され、収監生活を送っていたときにも、世界の真っただなかに放り出されていたその死体を思うと恐怖心が消えたと。そのうち自分も同じように何ら仮面や装飾もかけられないまま、誰かに死体で発見されるに違いないのだから。設計された機能に問題が起きると、ゴミ箱に捨てられたあと埋め立てられるか焼却される、ひとつのモノのように……

ソ君が再び清渓川沿いを歩き始めたのは、街に夕闇が降りる頃だった。当てどころのないソ君の足が止まった場所が、テヨン音盤社の前だった。それまでソ君は、音楽があれほど絶対的な力を発揮できるということを一度も体感したことがなかった。心を奪われたままニール・セダカからサイモン&ガーファンクルへと続く旋律を聴いていると、店内でレコードをガーゼで拭いていた制服姿の女子高生が、顔を上げてソ君の方を見つめていた。

「一瞬だったわ」

五年前に伯母はそう言った。初恋という話題はいたずらのように始まったけれど、その日の伯母は始終真剣で、些か切羽詰まったようにさえ見えた。ソ君に初めて会った日から始まり、彼の原稿に関連した事件、大田《テジョン》刑務所の前まで行って引き返したことや、長い時が経ってから狐につままれたようにかかってきた一本の電話まで、伯母はまるで朽ちていく記憶を安全な試験管に入れて保管しようとでもするように、ソ君にかかわるすべてのことを息つく間もなく僕に打ち明けた。

「信じられる？」

長い話のおしまいに、伯母がうつろな声で訊いた。

「こんなに歳をとって病気にまでなったというのに、朝日を覚ますと私がいる場所は、今でもあの春の夜のテヨン音盤社なのよ」

　遅い昼食を食べてから、携帯電話のGoogleマップを頼りにテヨン音盤社があった場所を訪ねると、コーヒーショップのチェーン店がそこにあった。オープンテラスまで満席になった三階建てのコーヒーショップは、異世界へ旅立つため搭乗手続きをすべて終えた、巨大な遊覧船のようだった。「ところで……」。伯母が車いすから立ち上がり、僕の袖をそっと引き寄せて、とても小さな声でたずねてきた。

「ところで、ここはどこなの、お兄ちゃん《オッパ》〔年上の男性に対して女性が使う呼称〕？」

　伯母の頭の中の、電灯が消えた。突然僕の妹になってしまった伯母は、今にも泣きだしそうな顔をして僕を見つめた。僕はここがテヨン音盤社があった場所だと知らせるべきかどうかわからず、ためらった。無くなったので存在しない、けれども記憶しているので今も存在する、その透明な枠の空間の外には風が吹いていた。端布と端布で継ぎはぎされた世界の表面をなぞりながら、弛《たゆ》むことなく秋の終わりに到達したその風は乾いていた。ある瞬間から不衛生な臭いが、その乾いた風にのって僕の方へと漂ってきた。介護施設の看護師から、こういう事が必ず起こるはずだと何度も聞かされていたにも関わらず、僕はうろたえてしまった。ひとまずトイレに行かなければならなかった。僕は伯母をまた車椅子に乗せたあと、地下鉄駅をめがけて力いっぱい押し始めた。車椅子が加速すると、伯母は不安げにずっと周囲をきょろきょろ見回していたが、歩く速度を落とすわけにはいかなかった。伯母は今、丸裸にされたも同然だった。

地下鉄駅の女子トイレ前で、ところが僕はそれ以上どこへも行くことができずにうろたえていた。女性ばかり行き交うトイレの入口と伯母を交互に見ながら、母にでも来てもらうべきだろうかと頭を悩ませていると、伯母が僕の方に振り向いて暢気《のんき》な声で訊いてきた。

「おや、ファニじゃないの？」

電灯が点いた。僕はその電灯を消すまいと、すかさず頷いた。

「おお、なんてこと……」

すぐに状況を把握したのか、伯母はそう言って顔を赤らめた。注意深く車椅子から立ち上がった伯母は、僕が手に提げていた布バッグをひったくるようにして、トイレの方へヨタヨタと歩いていった。僕は伯母の後姿を見ながら、ポケットの中にあるタバコの箱をただ指先でいじってばかりいた。とめどなくソ君を語っていた五年前の伯母に、切実に問いたい心境だった。未来のテヨンがソ君に会うことを承諾しますかと。僕が今想像していること——排泄物の臭いが染みついた病気の自分をソ君の前に連れていった甥っ子に向かって、絶対に許さないと泣き叫ぶ姿は、行き過ぎた心配から生まれた虚像なのですかと……しかし、承諾や許しの可否を判断できる伯母は閉ざされた過去の中にいて、今この地下鉄駅トイレの前には存在しなかった。

＊

特別な人に関する一連の記憶は演劇にも似ていて、記憶の中にある数々の場面は、実際とは多少異なる作為的な舞台で演出されることが多い。記憶の主体は感情的に過剰になりがちで、時にはなにげない小道具ひとつが取り返しのつかない悲劇を呼び起こすこともある。ソ君に割り当てられた伯母の記憶の中では、日本語で書かれた原稿の束が、その問題の小道具なのかも知れない。幕が下りるまで舞台の真ん中でスポットライトを浴びる、ソ君に向けた伯母のすべての悔恨と情念が集約される、ただひとつのモノ……

あの遅い春の日以来、ソ君はしばしば清渓川を訪れるようになり、散策を終えるとテヨン音盤社に立ち寄って音楽を聴きながらレコードを眺めた。ソ君がテヨン音盤社に行くたびにいつも伯母がいたわけではないだろう。それでもふたりはかなり頻繁に顔を合わせて言葉を交わすようになり、少しだが互いについて知ることができた。二人で待ち合わせて清渓川の畔を歩き、途中黄鶴洞《ファンハクトン》の露店で一緒にククス〔うどんや素麺に似た韓国の麺類〕を食べた日曜日の午後もあった。たった一度きりのデートだった。

ソ君のエッセイには、あの頃自分の足を清渓川へと向かわせたのは、風景だったと書かれていた。洗濯紐に掛かった、どこかの家族のボロボロの衣服。羞恥心など何処吹く風と、屋台に平気でひろげてあるポルノ雑誌。薬売りの見え透いた嘘に耳を傾ける通行人や、成人男性の頭より数倍も大きな風呂敷包みを不可解な力で頭に載せて歩く女性たち。女工たちの血の気の無い真っ青な唇や、懐に労働基準法典とガソリンを隠し持っていそうな若き労働者の鋭い灰色の瞳……巨大なジュークボックスのように絶え間なくアメリカン・ポップスが流れていたテヨン音盤社は、若い男の死体を発見した日を記録したページ以外には登場しなかった。当然のことだった。ソ君が証言したかった風景は、貧困と疲弊の清渓川だったはずだから。故国を離れたあと、韓国政府を批判する寄稿文を日本のマスメディアに発表し続けたのは、後々の投獄とは関係なく清渓川の畔を散策しながらすでに心に決めていたことだと、彼は書いていたのだから。

トイレを出た伯母は車椅子に乗りなおしてからも、怖気づいた顔をしてちらちらと僕の方を振り返った。恥ずかしがっているようにも見えたし、自分からまだ臭いがしないか気にしているようでもあった。僕は、伯母が好きな忘れ物センターの話を持ち出した。忘れ物センターで働くということは、時間に耐えるということなんだと。みんな規則的に所持品を失くすわけではないので、一件も受付がないまま過ぎる日もあるんだと、それでしばしば棚に置かれた忘れ物を持ってきては入念に観察してみるんだと、面白いんだと、僕は伯母のうしろで車椅子を押しながら、わざと楽しげな声でまくしたてた。

実際、忘れ物にはそれぞれ痕跡があって、その痕跡はある物語の中へ入る通路のように、僕をたびたび誘惑する。手帳やカメラは比較的詳細にその物語が記録されたケースで、錆びた指輪、踵のすり減った片方だけの靴、クリーニング店のタグが付いたビニール袋の中のワイシャツなどは、ある程度想像力をかき集めないと完成されない物語を持っている。厳密に言うとその物語は、忘れ物を使用していた「誰か」の手垢によって作られたものに過ぎない。しかしその「誰か」を失った忘れ物は、棚の定位置でポツンと、過去の王国を守り続けるのだ。時おり、忘れ物が光を放つことがある。一年六か月の保管期間を満了しても受け取りに来る人がいなくて処分される寸前、忽然と現れては一瞬で消える光だった。そのたびに僕は、一個人に帰属できないまま忘却の中へと沈没していくしかない忘れ物がこの世に送る、最後のＳＯＳを見たような気持ちに陥るのだった。一種の喪失感だった。

そこまで話したとき、伯母の首がカクン、と折れた。眠ってしまったようだった。車を停めておいた教保ビルディングの地下に着き、眠っている伯母を抱き上げて助手席に座らせていると、背筋に汗が流れ落ちた。伯母は寝ぼけて口をもぐもぐさせながら肩を内側に丸め、その姿がまるで僕には寝言を言っている子どものように見えた。伯母が変わっていく姿が僕にとって苦痛だったのか、自分に問いかけてみた。ここ一、二年のあいだ施設を訪ねる回数が減った本当の理由は憐憫ではなく恐怖だったことを、最後まで気付かないふりはできなかった。伯母の現在に自分の未来を重ねるのが辛かったし、僕もいずれは老人の普遍的な顔をして消滅という名のローラーコースターに搭乗することになる、そんな予感が恐ろしかった。車椅子を畳んでトランクに載せたあと、運転席に座りエンジンをかけた。伯母に、今からふたりでソ君に会いに行くんだときちんと説明してあげたかったけれど、伯母はなかなか目を覚ましそうになかったし、僕は未だに自分が正しい選択をしたのか確信することができなかった。

＊

その日本語原稿の束は、その年の冬休みに入る直前、ソ君がテヨン音盤社に来て伯母に手渡したものだった。冬休みの終わりに帰国したら取りに来るから、それまで人目につかない場所に保管してほしいとソ君は頼んだ。伯母はあとさき考えずにその原稿を受け取ったものの、なぜ自分にこんな頼みごとをするのかという質問は、最後まで言わずに飲み込んだ。ソ君に信頼されていることが純粋に嬉しかった伯母は、ソウルに知り合いがいないからだとか、飛行機に乗って移動するのに厄介だからとか、ありきたりな理由をソ君から聞かされるのではと怖気づいたのだ。伯母は知らなかったのだが、実はあの頃ソ君にはひとつ、不吉な出来事があったのだ。行く当てがないと訪ねて来た同郷の友人を数日下宿に泊めたのだが、あとになってその友人が朝鮮総連と接触していたことを知ったのだ。友人はすぐに指名手配された。朝鮮総連が、法廷最高実刑を受けるに値するスパイ同様に考えられていた時代だった。ソ君は、友人が泊まった自分の下宿にいつでも警察の捜索が入る可能性があると判断し、問題になりそうな書籍はすべて捨てたり燃やしてしまった。その原稿はおそらく処分するには忍びなくて、伯母に預けたのだろう。数多い人の中からソ君がなぜレコード店の娘に原稿を託したのかは、原稿に書かれた内容と共に、今や誰にも知ることができない領域の中にある。彼はその話をエッセイには書かなかったし、伯母は日本語がまったくできなかったので、原稿を読んでみようとすらしなかった。

その冬、伯母は大学の合格通知を受け取ったが、大学入学を控えた他の学生たちのように気楽に過ごすことができなかった。映画館や洋装店へ見物に行こうという友だちの誘いをことごとく断り、伯母はほとんど毎日テヨン音盤社に行って、祖父の代わりに店番をした。伯母にはうんざりするほど長かった冬が終わり、翌年の三月になってもソ君は現われなかった。ソ君に連絡する方法はなかった。伯母は日本にある彼の実家の住所や、下宿先の電話番号を知らなかった。ソ君に会える空間は唯一、テヨン音盤社だけだというのに、大学生になったばかり〔韓国では大学の多くが入学式を三月に行う〕の伯母にも色々なことが起きていた。事情があってテヨン音盤社に寄れない日には、ソ君が原稿を取りに来て無駄足を踏んで帰ったのではないか、その原稿がなくて学業に支障をきたしてはいないかと心配になり、何も手につかなかった。伯母がソ君の原稿を書類封筒に入れてK大学を訪ねていったのは、三月の末だった。その日、K大の近くではデモがあった。デモ隊に押されて焦げ臭い煙の中をやみくもに走りまわり、やっとの思いでK大法学科の事務室にたどり着いた時には、髪はボサボサに乱れて、生まれて初めて着たワンピースからは催涙液の臭いがした。事務室から出てきたソ君と同じ年頃の男性が、そんな伯母をしげしげと眺めた。

「助教だと思ったのよ」

伯母は言った。

「当然でしょ？　学科事務室から出てきた二十代の青年を、じゃあ他に何だと思うの？」

反論するように声を荒げて付け加えながら顔まで赤くした伯母を、休憩室にいた数人の老人たちがちらちらと見ていたのを思い出す。今となってはその青年の正体を確認する術はないのだが、とにかく彼はソ君のことを知っていて、ソ君に渡すものがあると言う伯母に好意的だった。差し支えなければ自分が原稿を渡してあげようと言う青年に、伯母は疑うことなく書類封筒を渡した。伯母はあまりにもみっともないその姿を、ソ君に見られたくなかったのだ。

　そしてその日からおよそ半月後、誰も予想できなかった事態が起きた。全メディアを通して大々的に報道された在日同胞留学生たちによるスパイ団組織[*1]に、ソ君の名前が含まれていたのだ。伯母は自ずとその原稿が当時の政府側からすると不穏な内容で、法学科事務室で会った青年は情報機関の人間だと確信した。衝撃と恐怖の日々だったに違いない。ソ君が預けた原稿を情報機関の人間に渡した行為は、精一杯おしゃれしてK大学を訪ねた無邪気な勇気と相まって、許し難い罪の塊になってしまった。伯母は学校の授業にもほとんど出席せずに家に引きこもったまま、自身の人生から二十歳の春と夏を、痛々しくえぐり取ってしまった。

　ところが伯母がまだ知らない、いや、知ろうとしなかったことがひとつある。ソ君のエッセイには彼が既に二月の末、下宿近くで私服姿の男たちに拉致されたと書かれている。その時ソ君が連れていかれたのは、高い塀に囲まれた木造二階建ての家屋で、そこでソ君はスパイになった。伯母の推測通りその原稿が不穏な内容で、情報機関の手に渡り証拠のひとつになったかも知れないが、そのすべては可能性の次元でしかなく、真実ではなかった。しかも彼らのシナリオはソ君の原稿とは関係なく、もうずいぶん前から完璧に仕組まれていたはずだ。もしかすると伯母は、自分の過ちだと信じたくて、信じてしまったのかも知れない。悪役としてでも彼の人生に介入したかった伯母の想いを、僕はそれを自虐的な願望だったと安易に決めつけたくはない。伯母は充分孤独だった。伯母にも恋人が何人かいたし、中には結婚の話が持ちあがった人もいたらしい。しかし誰と付き合おうがいつでも伯母の一日は、テヨン音盤社のガラス戸の間でソ君と目が合った、一九七一年の遅い春の夜から始まった。愛ではないものは時として、愛の領域の外側でひとつの領土を耕すことがある。ソ君という名の領土の真ん中には空想の法廷があり、伯母は捜査官と被告人、証人の役割をすべて担《にな》い一生涯を生きた。拷問し拷問され、罪を問うと同時に自白しながら、昨日の証言を今日また否定する、それを繰り返しながら……人の人生が根付くにはあまりにも痩せすぎた領土だったが、そこを離れなかったのは伯母の選択だった。伯母とソ君を一度だけ、たった一度だけまた会わせてあげようと決心したのは、伯母の人生全体が、僕には最後のSOSに思えたからかも知れない。沈没はすでに始まり、舞台は間もなく幕を閉じようとしていた。

＊

江北《カンブク》に位置した大学病院の地下駐車場へと下りる途中、スピードバンプを減速せずに乗り越えたせいで、車が一度大きく揺れた。びっくりして目を覚ました伯母は、もぞもぞと上半身を整えると、ジャケットの袖で車の窓を拭いた。車を停めてルームライトを点け、伯母を眺めた。時間と空間の座標を失った瞳は空虚にも見えたが、僕は伯母が何かを予感したように緊張しているのを感じた。準備はいいかと訊ねる代わりに、一つずつ掛け違えた伯母のジャケットのボタンを、全部外して掛けなおしてあげた。ボタンをひとつひとつ掛ける間、伯母の細い肩が何度も震えた。

ソ君について調べるのは、実はそれほど難しくなかった。彼はかなり多くの文章を残していて、彼を取材した国内の新聞記事もいくつか検索できた。二十代の中頃から後半、ソウル拘置所から大田《テジョン》刑務所へと移り二年六か月の刑期を終えたソ君は、日本に帰ってからも勉強を続け、京都にある私立大学の教授となった。その間に結婚して娘が生まれ、妻とは死別した。彼のエッセイの序文には、亡き妻への献辞の文が刻まれていた。愛と尊敬という単語が含まれたその文章を読んだ時、僕は言いようのない淋しさを感じた。彼が再び韓国へ来たのは一昨年だった。ソウルで暮らしていた彼の一人娘と韓国人の婿が、病に臥《ふ》せた彼を呼び寄せたのだろう。彼は筋肉が徐々に麻痺していく病を患っていた。

二か月前から僕は、一週間おきにこの大学病院を訪ね、彼の病室の近くをうろうろしていた。僕が実際に近付くことができる人は、五十代に見える中国朝鮮族の看病人〔韓国の病院では医療行為以外の入院患者の世話を、保護者不在時は看病人を雇って頼む〕だけだったのだが、彼女が尿瓶を持ってトイレへ行く時にそっと近付き、他の患者の保護者のふりをして話しかけると、自然に会話を交わすことができた。看病人によると、ソ君は首から下がほとんど麻痺し、去年の冬からは病気が悪化したため、気管を切開して人工呼吸器まで付けた状態だった。娘の家で療養していたのが、病院に長期入院するようになったのもその頃らしい。医者が通りがかりに言った言葉、拷問による心的外傷が長らく息を潜めていたのが、じわじわと致命的な病へと進行したのだろうという非公式な診断も、看病人から聞いたのだった。体は麻痺していっても意識はしっかりしているので、苦痛がより大きいはずだという話を聞いた日には、明け方まで悪夢にうなされもした。

ソ君はふだん夕食を済ませたあと外出をした。外出といっても、看病人や娘が押す車椅子に乗って、病院のロビーを行ったり来たりするだけだったが、それでもソ君にとっては一日のうち唯一の外出だった。ロビーを三、四周まわったあと、ソ君の車椅子はよく大型テレビの前に静物のように置かれていた。受付も終了し、メイン照明も消えた静かな暗いロビーで、ソ君は表情を変えることなくテレビを視聴した。時々看病人と娘は夜遅くまで、ロビーにいるソ君を迎えに来なかった。新聞を見るふりをして、僕はよくソ君の隣に座った。「チャン・テヨンさん、覚えていますか？　一度会ってみませんか？」　幾度となく訊きたかったけれど、毎回口をひらくことができなかった。

とても、そんなことはできなかった。

「伯母さん、ソ君があの上にいるよ」

最後のボタンまで掛けてそう伝えると、伯母は私の言うことを理解したように「ソ君、ソ君」と呟いた。車から降りる時に見ると、伯母はショッピングバッグを胸に抱きしめたままだった。そういえば、伯母は一日中そのショッピングバッグを離さなかった。車椅子は出さなかった。代わりに伯母の肩を支えながら、病院ロビーへと続くエレベーターに乗った。エレベーターが止まりロビーに出ると、いつもの夕方と変わらず大型テレビの前に置かれたソ君が見えた。

ちょうど、ソ君の車椅子の隣にあるプラスチックチェアが空いていた。そちらへ近寄り、注意深く伯母を座らせると、伯母はちらっとソ君を見たと思いきや、すぐに黙って僕を見上げた。伯母の表情は、もうお前は退場してよろしいという承諾にもとれたし、自分を置き去りにしないでと言う哀願にもとれた。今回も判断は、丸ごと私に委ねられた。僕はゆっくりと伯母の手を離した。すると伯母は声を出さずに唇だけで「ソ君？」と訊ねてきた。そうだと頷いて見せ、その場を離れた。隠れていられそうな空間を探していると、微かな明かりが揺らめく飲料自動販売機が目に入った。伯母やソ君の目につかないように、自動販売機の陰に身を隠した。しばらく宙を見つめ、二人がいる方を振り向いた瞬間、緊張でこわばっていた両足の力が抜けていった。

そこでは、僕の予想とは全く違ったシーンが演出されていたのだ。

ソ君と伯母は並んで座りぼんやりテレビを見上げているだけで、何もしなかった。ふたりは電車で偶然隣り合わせた、だから言葉を交わす必要もなく互いの顔を覗きこむ理由もない、その時限りの同乗客のように見えた。ある瞬間から僕は、棚に置かれた忘れ物を思い浮かべていた。もしかするとふたりは本当に、世界から紛失された存在なのかも知れなかった。同意もなくふたりをこの世界に追いやり、享有する記憶と動ける自由を奪った末にこの真っ暗な病院のロビーに放置した、その最初の紛失者が許せなかった。そいつの残忍さに近い無神経が、最後まで何も責任をとらない怠慢が、遅まきながらでも物語をふたりの許《もと》に戻してあげようとしない執拗さが、その何もかもが……

その時だった。テレビから視線を逸らしてじっと一点を見つめていた伯母が急に椅子から勢いよく立ち上がると、ＡＴＭに向かってあたふたと歩き始めた。素早く伯母の後を追った僕は、すぐに歩みを緩めざるを得なかった。伯母はＡＴＭでお金をおろしていた若い男性のすぐ後ろに立ち、彼が振り向いた瞬間、それまでずっと胸に抱えていたショッピングバッグをそっと手渡した。

「わたしは……」

男性がとっさにそのショッピングバッグを受け取ると、伯母がやっとの思いで口を開いた。

「わたしは……申し訳ないです」

「……」

「申し訳なくて、ただただ申し訳なくて。何もかも……」

「……」

「何もかも、ぜんぶ、忘れてください」

「……」

そこまで話して伯母は、男性に向かって腰を九十度に曲げた。やりきれないのは、ソ君と向かい合える最後の機会を逃してしまった伯母の誤認ではなく、伯母がニセモノのソ君に伝えたその、たったいくつかの言葉だった。愛する人にとって永遠の他人でしかいられなかった、伯母の長きにわたる忍耐の時間は、「申し訳ない」という言葉と「忘れてくれ」という頼みで終わった。たった、それだけだった。

戸惑い顔で「どなたでしょうか?」と訊ねる男性に向かって、伯母はもう一度丁重に目礼し、ゆっくりと背を向けた。ショッピングバッグがこの人生の唯一の荷物であったかのように、ゆっくりとした足取りでロビーを横切っていく伯母の姿は軽やかに見えた。いや、そうでなければならなかった、どうしても。僕は男性に近づき、おおかた状況を説明してショッピングバッグを受け取ったあと、離れた場所から伯母を見守った。伯母はいつの間にか、ガラス張りの病院の出入口ドアの前に立っていた。雨が降っていたのか、ガラスに映る灯りが水に濡れたように滲んで見えた。その真っ暗なガラスドアに向かって、伯母はしばらくそこに立ち続けた。

五年前、アルツハイマーの診断を受けた日にも、伯母はあのような姿で病院の出入口ドアの前に立っていたのだろう。人間というのは、転がるのを止めないかぎり少しずつ糸が解けていってしまう、毛糸玉のようなものじゃないかしら。その時伯母は、そんな思いに耽《ふけ》っていたらしい。病院のドアを開けて出たら、毛糸玉は前よりもずっと早い速度で転がっていくだろうし、毛糸玉から解けていった糸は、踏まれて、払われて、擦り切れて、塵となっていくだろう。親しかった人、大切にしていたモノ、嗅ぎ慣れた匂いが失われ、世間もその速度で伯母を忘れていくに違いなかった。ある日は鏡の中の老いた病気の女を見て、理由もわからずぽろぽろと涙を流すこともあるだろう。ひとつの実存はそうやってどんどん小さくなりながら、人知れず断絶を準備するのだ。誰ひとり見送る人もなく、温かい別れの口づけや献辞の文もなく……午後が夕方になり、夕方が夜になるまで、現に伯母はそのドアを開けることができなかった。

＊

伯母を施設まで送り届けてから忘れ物センターへ来た僕は、灯りも点けずに自分の机に向かい、伯母のショッピングバッグの中に入っていたモノをひとつひとつ取り出してみた。男性用靴下に石鹸セット、タオルと毛布だった。昔、伯母が大田刑務所を訪ねた時に用意した差し入れも、こんなふうに揃えてあったのだろう。ソ君がソウル拘置所から大田刑務所に移送されてから数か月が経って、ようやく伯母は意を決してソウル駅に向かった。伯母はその数か月のあいだ、ソ君に過ちを打ち明けなければならないという強迫観念と、彼が自分を絶対に許さないだろうという不安の間を、幽霊のように行き来したにちがいない。国家保安法に違反した受刑者は、直系家族以外は面会できないことを知りながらも、当たって行けばどうにかなるのではと、伯母は大田行きの列車に乗り込んだ。九月のある日、それでも刑務所付近は冬のように寒かった。

なんと、伯母のその無鉄砲な試みはあと一歩で成功しかけた。刑務所の門の前で、伯母が刑務官に面会を受け付けてくれと頼みこんでいると、ソ君が投獄されてから韓国に来ていたソ君の母親が、ちょうど伯母のそばを通りがかったのだ。故国とはいえ親戚ひとり残っていない韓国で、頼る人もなく獄中の息子の差し入れに通っていたソ君の母親は、息子に会いに大田にまで来てくれたソウルの娘さんが、ただただありがたかった。けれどもそのありがたさが申し訳なさに変わるには、さほど長く時間はかからなかった。ソ君には長く交際している婚約者がいた。彼女はソ君と同じ在日朝鮮人で、ソ君の代わりに結婚費用を稼ぐため、看護師として勤める病院の勤務を終えたあとも大阪市内の救急室を回りながらパートタイムで働く、めったに見られないほど誠実で思いやりのある人だった。そこまで話したソ君の母親は、お嬢さんを私の末娘だとごまかせば一緒に面会室に入れると思うけれど、本当にそうしたいのかと、ひときわ慎重な声で訊いてきた。伯母はその思慮深い質問に、防御の厚いシールドが張られるのを感じた。家族、それがそのシールドの名前だった。

その日伯母は差し入れを胸に抱えたまま、ソウル行きの列車に乗った。疲れてお腹もすいていたけれど、伯母は背中をしゃんと伸ばし、まっすぐ前だけを見つめていた。誰も意図しなかった悲しみならば、その感情は間違いだらけなんだと伯母は考えた。姿勢が崩れると、そのごまかしの悲しみに呑まれてしまいそうだった。伯母は、自分自身との感情ゲームで負けたくなかった。けれどもその消耗的なゲームが列車を降りたあとにもしつこく続くとは、伯母も予想できなかったはずだ。伯母が愛していたのはソ君ではなく、ソ君のイメージだったのだから。実体のないイメージは、叩きのめしたあともリングの外へ放り出すことができないのだから。ソ君の人生の一時期を台無しにしてしまったという根拠のない罪悪感は、ソ君の代わりにリングを降りようとする伯母の首根っこを掴み、執拗に空想の法廷へと引きずっていった。ソ君に向かった伯母の領土は、そうやって維持され続けた。国境もパスポートも無い土地、移住と亡命が封鎖された独裁の国、美しくもなければ暖かだったこともない、不毛の流刑地……

僕は携帯電話の明かりを頼りにショッピングバッグを空き箱に入れて密封したあと、作成した忘れ物受付書類と一緒に空いている棚に置いた。41327。新しい忘れ物の通し番号だった。それは時間単位では換算できない、箱の中のモノに宣告された、待ち続けるという量刑でもあった。

電話のベルが鳴ったのは、ちょうどカバンを持って忘れ物センターを出ようとした時だった。僕は受話器を取ろうともせず、暗闇の中でただ目を瞬かせた。長いあいだ忘れていた、それで静止画像のようだった幼いころのある一日が急に目の前に広がり、生き生きと動きはじめた。修理されたばかりの映写機がどこか背後に隠されているかのように、その日のすべての出来事が手に取るようにだんだんと鮮明になってきた。

冬休みだったと思う。母に連れられて伯母のアパートに遊びに行った日、僕は奥の部屋のベッドに寝そべりながら本を読んでいて、一本の電話を取った。韓国語が不慣れなのか、一音節ずつ力を入れて話す男の人の声に、訝《いぶか》しく思ったのを覚えている。「チャン・テヨンさんの息子さんですか?」という問いかけに、「違います」と答えようとした時、ちょうど部屋のドアが開いて伯母が入ってきた。僕は伯母に受話器を渡したあと、再び本を手に取った。ページをめくりながらふと気になって伯母の方を振り向いた瞬間、両手で受話器を持ったまま、しきりに頷いてばかりいる伯母が見えた。

「あの時、ソ君が何て言ったの?」五年前、施設の休憩所で僕が訊くと、伯母は照れくさそうに小さく笑いながら言った。「学位を取って、娘が生まれて、大学教授になるために忙しく過ごしていたんだけど、そんな時にふと、母親が話していたことを思い出したんですって。あの方が生前に、私の話をしたことがあったみたいね」

「韓国の知人に頼んでまで伯母さんの電話番号を突きとめた人が、せいぜいそんな話しかしなかったの?」

「わかっていたんですって」

「え?」

「あの人は、いつか一度はわたしに連絡するだろうって、ずっとわかっていたんですって」

「……」

「そんな日が来たら、子どもや旦那さんの自慢をして、職場の上司の悪口を言って、休暇の予定をはしゃいで喋る、そんな日常の話を聞きたかったって言ってたわ」

「それで、何て答えたの?」

「なんにも……」

「……」

「なんにも言えなかった。ただ聞いているだけ。ソ君がお別れのあいさつをしてきても、口をぎゅっとつぐんでいたわ」

「……」

「そのうち電話は切れて、そんなふうに終わったのよ……」

「……」

伯母の話は事実だった。僕はその時まだ八歳だったとはいえ、一言も話さずにただ頷く電話がおかしいということぐらいは感じ取れた。受話器からはやがて男の人の声がしなくなり、不通音だけ鳴っているのが僕にも聞こえたが、伯母はなかなか受話器を置かなかった。

僕の記憶はそこで終わった。

けれども映写機は回り続け、あの時僕には見えていなかった伯母の顔を映し出した。ようやく確認できたその顔をいつまでも眺めていると、今頃眠りについたに違いない伯母の夢の中へ押しこまれたように、朦朧とした気配が瞬く間に忘れ物センターを取り囲んだ。どこからかギシギシと軋む音がして、棚がぐにゃりと歪みながらひとつふたつと崩れ始めた。伯母は今、ショッピングバッグを放置したまま、大田を出発して四十五年ぶりにソウル駅に到着した列車から降りる夢を見ているような気がした。伯母が置き去りにしたショッピングバッグがここにある限り、忘れ物センターは世界中どんな場所にも替えられない、かけがえのない空間として残り続けるということが僕にはわかっていた。同時に、この世界を形づくるのに無くてもかまわない儚い端布に過ぎないということも。僕がはっきりとそれをわかっているという事実が、僕は悲しかった。

＊この小説を書くにあたり、以下の本を参照しました。
최인기『떠나지 못하는 사람들』, 동녘 2014.〔チェ・インギ『離れられない人々』トンニョク、二〇一四年。〕
노무라 모토유키『노무라 리포트』, 눈빛 2013.〔野村基之『野村リポート』ヌンピッ、二〇一三年。〕
서승『서승의 옥중 19년』, 역사비평사 1999.〔徐勝『徐勝の獄中19年』歴史批評社、一九九九年。〕

〔訳注〕

＊1　一九七〇年代、朴正熙政権が「北朝鮮の脅威」を口実に韓国国民の民主主義を抑止するため、政治的に利用しやすかった在日朝鮮人留学生を連行し拷問、投獄した事件。被害者は一〇〇人を超える。

東の伯の林

親愛なるヒスへ

むかし、ハンナには自ら決めた三つのルールがあった。秘密を交わす親しい友人を作らないこと、未来を共有する恋人を作らないこと、そして最後には、罪の意識を告白できる神を信じないこと。このルールさえ守っていれば、人生において耐えがたい裏切りや日常を揺るがす絶望は避けていける、そうハンナは信じていた。

関わりの始まりから遮断してしまうこの三つの干乾びたルールは、僕の曾祖父にあたる人の死がそのきっかけになったはずだと、僕の父――つまりハンナの息子――はよく話していたのだが、僕はそんな推測があまりにも短絡的だと思っている。誰しもが身近な人の死を経験するものだ。だからといってみんながそんなルールで、一度きりの人生を不毛の流刑地にはしないものだろう。ハンナはある一時期、人生のどん底を見たのではないだろうか。未来なんて過去の無限なる反復に過ぎないと繰り返し呟くような、何というか、新しい感情や感覚などなく、希望や意欲は無駄事でしかないことを直視するしかない、そんなどん底をだ。曾祖父の死そのものより、曾祖父がゆっくりと枯れるように死んでいった数年間が、ハンナにとってはあのひどく冷たいどん底へと堕ちていく過程だったのだと僕は思う。

二十二歳になるまでハンナは、割とそのルールによく従っていた。

故郷を離れ、ベルリン芸術大学校音楽大学で作曲を学んでいたハンナがアンス・リーに出会ったのは、ヒスの国からやって来たある作曲家の家でのことだった。アンス・リーは作曲家の故郷の後輩で、ベルリン自由大学に通う哲学科の学生だった。一九六四年の秋だった。西ベルリンと東ベルリンの間に壁がつくられてから三年になる年で、戦争や虐殺、革命の世評が捨てられた葉書のように足蹴にされていた頃だった。作曲家はすでにヨーロッパのいくつもの都市で自身の曲を発表した有名人だったのだが、ダイナミックで自由奔放な彼の曲とは裏腹に寂しげな隠遁者の印象を漂わせていて、ハンナはいささか驚いたそうだ。ハンナは以前からその作曲家にとても会いたがっていた。そしてその日は、指導教授の計らいでハンナが彼から正式に招待された日であり、アンス・リーが故郷の料理が恋しいからと前触れもなくその作曲家の家を訪れた日でもあった。招かれざる客はアンス・リーだったのだが、その日の夕食で蚊帳の外に置かれたのはむしろハンナの方だった。作曲家と作曲家夫人、そしてアンス・リーは難なく彼らの国の言葉でうち解けた様子で話し、時おりハンナがいることを思い出すと気まずそうに、その長い会話をたった数行のドイツ語に要約してくれるのだった。食事が済んでワインを飲むころ、愉快だった食卓の雰囲気は、暗く深刻に変わった。十二月に予定された故国大統領の西ドイツ訪問が話題にのぼったあとだった。西ドイツ政府主管の韓国大統領歓迎レセプションでは、作曲家の作品の中から一曲演奏される予定で、作曲家はそうせざるを得ない現実に気が重い様子だった。鉱山労働者を輸出するほど貧しい彼らの故国が、政治的にもかなり劣悪な状況だということを、ハンナは窺い知ることができた。

「今あの国は、軍人たちのものですよ」

アンス・リーが、ハンナの空いたグラスにワインを注ぎながらそう言った時、彼の顔は悲しそうに見えた。

宵が深まる頃に作曲家の家を出たハンナとアンス・リーは、ハンナの下宿の方へ一緒に歩いていった。穀物が実り、風が芳しさを増す九月の夜だった。時おり言葉を交わしたが、ふたりはほとんど沈黙していた。心地よい沈黙だった。ハンナの下宿の前にたどり着くと、アンス・リーは「『月の日』らしく、ベルリンにも満月が出た」と、空を指さした。アンス・リーの話によると、その日は彼の故国では一年の農作業を締めくくり、月に感謝を捧げる大きな節句だったらしい。それにしても、『月の日』だなんて。その表現が新鮮で面白くて、ハンナは笑った。空の月と互いの顔を交互に眺めているうちに、ふたりは自然と、次の約束を決めていた。

アンス・リーを見送って下宿に入ったハンナは、三階にある部屋へと階段を昇りながらゆっくりと悟った。自分の人生に、アンス・リーが入り込んできていることを。彼に多くの秘密を打ち明けたいという欲望が湧き始めたことや、人生から長らく排除してきたその欲望に自分がまるで拒否感を感じていないことも……浴室に入り洗面台に水をためながらふと顔を上げた時、鏡の中で二十二歳のハンナは、まだ心地よい微笑みを浮かべていたはずだ。

ヒス、ハンナは半月前に臨終をむかえた。

僕は時々考えるんだ。ハンナが一九六四年の秋にアンス・リーと会っていなかったら、彼女の残りの人生はどうなっていただろうか。アンス・リーが自ら進んで彼女の流刑地に足を踏み入れ、友だちになってくれなかったら、ハンナはその後僕の父の父親に出会って家庭を築くことができただろうか。

できなかったはずだ。

アンス・リーはハンナにとって、単なる友だちではなかった。彼はハンナに歴史をくれた人だ。そしてその歴史の先に、僕が立っているんだ。

ヒス、僕たちが去年の冬、ベルリン芸術大学で開かれた「ドイツ作家とアジア作家の交流の夕べ」で会った時、僕が話したハンナとアンス・リーの話に君が強い関心を示した時、実を言うと僕はとても胸が躍ったんだ。もちろんハンナの死は思いがけなく、悲痛な出来事だ。けれどもそれとは別に、僕はいつか君にこのような頼み事をする日が来ると、最初の出会いから予感していた気がする。ヒス、僕は今の僕を存在させてくれたアンス・リーに、彼がもし生きているのなら、ハンナの臨終を伝えたい。一人の人間の一生は、できる限りの尊厳と意味をもって締め括られるべきだろう。アンス・リーがハンナの死を知り哀悼する瞬間にようやくハンナは、生きて愛して悲しんだ痕跡を持つ、真っ当な存在になれるのだと僕は信じている。

昨年の「交流の夕べ」で君も見て承知だろうが、僕の身体は飛行機に乗れるような状態ではない。あの時予告した通り、僕は抗がん剤治療を始めた。そしてあと数回残ったこの治療が無事に終わるとしても、僕が健康を取り戻せるのかは未知数だ。僕の両親は、アンス・リーを探してハンナの死を伝えるべきだという僕の考えに同意しないどころか、かえって時間とお金の浪費だと思っている。だからといって、大使館や外務省のような官公庁を通してアンス・リーを探したいとは思わない。ハンナの死は、温もりの無い事務的な要素を一切取り払い、ただ個人対個人の繊細な言語を用いて伝えられるべきだ。

ヒス、だからどうしてもアンス・リーを探すのに君の助けが必要だ。「交流の夕べ」でちらっと話したように、アンス・リーは一九六七年四月にベルリンから忽然と姿を消し、彼の失踪二か月後には、西ドイツ内の韓国人留学生及び鉱山労働者十六人（ハンナが心から尊敬したその作曲家も含まれていた）が韓国から派遣された特殊警察に誘き出され、強制的に韓国行きの飛行機に乗せられたんだ。アンス・リーの失踪と韓国人たちの強制帰国には、ある種の因果関係（生前のハンナは、この関連性について言及することを最後まで避けたが）があるはずだ。アンス・リーを探すにあたって最も決定的な鍵になるのは、まさにこの因果関係なのかも知れない。

ひとまず君の返事が聞きたい。

君の返信が来るまで、僕はただ待つのみだ。

ベルリンにて　ヴァルターより

懐かしいヴァルターへ

ヴァルター、昨年の冬のベルリンを僕はもちろん覚えている。あの晩の切ないほどに温かい雰囲気やドイツの作家たちの心からのもてなしは、今でも時おり幻を見るように目の前にそっくり描かれたりするんだ。あれから年が変わって三つの季節が通り過ぎ、そこでもうひとつの冬が始まっているということがとても信じられない。時が空を横切る矢の如く、瞬く間に過ぎてしまったことを思い知るこんな瞬間に出くわすと、世の中のすべての時計が実は、僕たちの見当や計算よりもずっと速く動くように設計されているんじゃないかと、余計な言いがかりをつけたくなる。

君の惜しみない愛情の対象だったハンナがもう君の傍にいないことに、僕はまず深い遺憾の意を伝えたい。生が死によって完成されるように、死もまた他の生きている者たちの哀悼の中で封緘されるのだとすれば、ハンナにとって大切な友人であるアンス・リーに彼女の臨終を伝えたい君の気持ちも充分に理解できる。

けれどもヴァルター、そのような過程が果たしてハンナのために意味のあるものなのかは、正直疑問に思う。一九六七年の、君が話したその事件を僕は知っている。実のところ、その不可解な連行の対象は西ドイツに在住した韓国人だけではなかったんだ。フランス、アメリカ、オーストラリアに在住した数名の韓国人も、ある日突然違法者となり、韓国に強制送還されてしまった。アンス・リーがハンナにいつか話したように一九六〇年代、そしてその後も長いあいだこの国は軍人たちのものだった。これがどういう意味なのかわかるかい？　ヴァルター。その時代、この国には法も、正義も、常識も通用しなかったという意味なんだ。ただ単に東ベルリンの北朝鮮大使館を訪れたことがあるという理由で、海外在住の学生と労働者たちを韓国に連行して拷問した挙句に実刑を下したのは、日本との馬鹿げた戦後協定と執権党の不正選挙に憤怒した世論を鎮めるために仕組まれた、その時代にはざらにあった政治的暴力のひとつだったんだ。アンス・リーがその事件に巻き込まれた人の中の一人だったという君の推測は、おそらく事実だろう。でも重要なのは、ハンナがアンス・リーの失踪とその事件の関連性について避け続けたという事実ではないだろうか。昨年の「交流の夕べ」で君は、ハンナは生涯アンス・リーを慕っていたけれど実際に彼を探しに韓国を訪れたことはないと言っていたじゃないか。だからヴァルター、君もハンナがそうするしかなかった理由を、つまりアンス・リーと韓国政府が協力関係にあった可能性を、もう一度考えてみるべきだと思う。

それにヴァルター、僕はただ詩を書くだけで、歴史学者でも探偵でもない。いや、ドイツに行って来てから最近までたった一行の詩も書けていないのだから、厳密には詩人だとも言えない。詩人は、詩を書く時にだけ詩人と言うアイデンティティの中に身を置けるのであって、作品を生み出せない詩人の机は、四つの脚が付いたただの平らな木の板でしかない。

多くの出来事があった。

アンス・リーが生きた時代から五十余年の歳月が休みなく流れたというのに、納得し難い政治的暴力は、温もりの無い灰色をした現場で再現されていた。ドイツから帰ったあと、僕は同僚作家たちとしばしば撤去地域や労働者集会といった現場に入り、プラカードを掲げ朗読もした。はじめは憤然としていても、家に帰る時には侘びしかった。何もできずに見ているときは窮屈だったのが、街頭に立つと、自分の体には大き過ぎる服を着ているようにぎこちなかった。作家が作品以外のチャンネルで言葉を投げ掛けることが妥当なのかもわからなかったし、大して有名でもなければ作品活動もしていない僕が、詩人という名で人々の前に出て良いものなのか、判断がつかなかった。現実を見て見ぬふりをすることも、その中に飛び込んでいくことも、そして飛び込んだあとに然るべき体勢を決められないまま及び腰で立っていることさえも、すべてが見せかけにしか思えなかった。

最近になって僕が選んだ方法は、自分の資格を疑うことだ。僕が生きてきた過程がたいしたこともなく、胸を張れるようなものでもないのに、どうして僕のような人間が自分ではない他人の苦痛を代弁しながら、灰色の街に立っていられるだろう。自分の資格に対する反問の繰り返しはヴァルター、法も正義も常識も通用しないこの世界の片隅に、僕だけの意識的陥没区域を作り出してもくれるんだ。小さな水溜まりみたいなその場所は、穏やかで平和なんだ。何もせずに、ただじっとうずくまって座っていても構わないんだ。推奨量の炭水化物と脂肪を摂取しながら、消化して排泄する内臓でしかない身体で、時計の秒針の間隔は果たして正しいのだろうかといった、くだらない疑惑とせめぎ合いながら……

ヴァルター、君が期待している返事を聞かせてやれなくてすまない。だが君も僕と同じく詩を書く人間だ。僕のこうした取り留めのない繰り返しを理解してくれるはずだと信じる気持ち、その気持ちにすがりつつ、慎重な思いで返事を送る。

ソウルにて　ヒスより

親愛なるヒスへ

ヒス、返事をありがとう。

伝えたいことはたくさんあるが、この前のメールできちんと説明できなかった部分があるので、とりあえずその話から書こうと思う。

ハンナにアンス・リーを探すつもりがはじめからなかったわけではない。アンス・リーは失踪の三日後、ハンナと自分の下宿屋の主人にそれぞれ手紙を送っていたんだ。下宿屋の主人に送った手紙には、事情ができて急遽帰国することになったので他に下宿人を探してくださいと短いメッセージが書かれていたのに対し、ハンナに送った手紙には、ドイツで得ようとしたものを得られずに深く落ち込んでいる、もう諦めて故国に帰ることにしたという個人的な告白が綴られていた。

ハンナはその手紙を信じなかった。ハンナが知るアンス・リーは、たった一通手紙を残して姿を消すような薄情な性格とは程遠く、博士論文の審査を放り出して逃げるほど軟弱なタイプでもなかった。当時アンス・リーはニーチェ哲学に関する博士論文の仕上げに取り組んでいたのだが、ハンナはその論文のために彼が何を犠牲にしてどんな時間を耐えてきたのかを、誰よりもよく知っていた。ベルリンで学ぶ五年のあいだ、一度も故郷へ帰らなかった彼だった。ハンナは、アンス・リーが自分の意思とは関係なく帰国の途についたことを直感した。

ハンナはアンス・リーの友人を訪ねて回りながらこの訝しい状況を伝え、警察に失踪届も出した。その年の六月からは西ドイツ内の韓国人留学生や鉱山労働者たちの失踪が頻繁に起きるようになったので、日刊紙に取材の要請までした。七月にはマスコミもこの事件を本格的に報道し始め、ついには政界まで動き、西ドイツ政府は自国の学生と労働者を承諾もなく連行していったのは明らかに主権の侵害だとして、韓国政府を圧迫するまでに至った。故国に連行された一群の韓国人たちが、短くは六か月、長くは三年余りで大学や職場に復帰できたのには、西ドイツ政府のこのような強硬な対応も一躍買ったはずだ。そしてその始まりには、まさにハンナがいたんだ。

君も知っているように、その時アンス・リーの行方は明らかにされなかった。アンス・リーが依然として失踪状態だというのに、ハンナがそれ以上彼を探さなかったのは、君の表現通り「そうするしかなかった」何かがあったからに違いない。君が憂慮し、僕もまた疑っているその可能性、アンス・リーが東ベルリンの北朝鮮大使館に出入りしたことのある韓国人たちを密告したスパイだったかも知れないという、その可能性が事実だとしても、ハンナもまたその可能性を案じて一生苦しみ続けたとしても、ハンナとアンス・リーの友情、そして僕にまで及んでいるその友情の力を否定する合理的な理由にはなれないと僕は思うんだ。僕の信念は、個人が世界をリードするということ、これなんだ。それにアンス・リーの正体なんて、現時点ではまだ可能性に過ぎないじゃないか。

実を言うとハンナには、「そうするしかなかった」他の理由があったんだ。

この前のメールに書いたようにハンナは幼い頃、僕の曾祖父が死んでいく過程を見とどけなければならなかった。曾祖父は記者だった。戦争が終わって記者職を追われた彼は、家族を連れて故郷であるドイツ南部のフライブルクに戻り、ハンナが三歳だった幼児期から十二歳の少女になるまで、まともな外出を一度もしなかった。外出はおろか、起きている時間のほとんどを書斎の窓辺に置かれた安楽椅子で過ごし、胸を摑んで激しく咳込むとき以外動くこともほとんどなかった。ハンナには時々彼が椅子の付属品のように見えていた。いや、この世の風景を完成させるのに無くても構わない、余分なパズルのピースのように映ったと表現する方がより正確だろう。ハンナが彼の署名記事を目にしたのは、十歳になった年だった。その日書斎には誰もいなくて、その前を通ったハンナは妙な好奇心に誘われてふと書斎のドアを開け、あの安楽椅子の方へと歩いていった。椅子に座ってきょろきょろと辺りを見回し、机の引き出しを開けた時、埃が積もった新聞の束がハンナの目に入った。

「まるでカードをめくるみたいだったわ。そのカードをめくらなければ私は何事も無くいられたんだろうけれど、その時はあとで降りかかる凄まじい苦痛なんて想像もできなかったから。カードって、どうしてあんなに軽いのかしら」

いつだったかハンナは、その日のことについて淡々とした声でこう振り返ったことがある。過激な論調で戦争を支持するそれらの記事を読んで以来、ハンナはしばしば悪夢を見た。近所の人たちと学校の友だちの鋭い視線を気にしながら、大通りに陳列されたガラス牢の中の自分の父親に向かって泣き叫ぶように罵る、そして目覚めると一時代が虚しく終わってしまう、そんな悪夢を……

ハンナは昔に戻ることができなかった。朝早くや寝る前、僕の曾祖父は時おりハンナを書斎に呼んで「わたしのお嬢さん、わたしのハンナ」と、枯れた声でささやきながら息が詰まるほど強く抱きしめたのだが、十秒ほど続いたその抱擁がおぞましくなったのもその頃だった。本当におぞましかったのが抱擁の時間なのか、それともその十秒の抱擁で見捨てられた今を耐える父なのかはっきりと認識ができないまま、ハンナは日を追うごとに少しずつ笑顔を失っていった。

ハンナが十二歳になった年、曾祖父は結局、その安楽椅子で息を引き取った。誰も泣かない侘びしい葬儀を終えた直後、ハンナは初潮を見た。経血がついた下着は、ハンナに妙な敗北感を抱かせた。ひとりひとりの人間がどんなに苦痛にあがいたところで、誰かは死に、誰かは命の準備をする。そうやって結局世の中は平衡を保っている。経血はそういった冷静なメッセージを伝えているようだった。経血がついた下着を脱ぎ、ピアノの椅子の中に隠したその日、ハンナは自分の人生の枠に三つのルールで頑丈な垣根をめぐらして、凄然とその中へと入っていったのだ。

ドイツに戻った留学生と鉱山労働者たちの中にアンス・リーがいないことを知った時、ハンナはおそらく意図的にその事件から遠ざかったに違いない。もう一枚の運命のカードが、自分の前に置かれていたわけだから。手に取ってめくるのは造作ない。しかし、その後降りかかるかも知れない苦痛には顔を背けたかったに違いないハンナの切実な思いを、誰がむやみに裁くことなどできるだろうか。

ヒス、どうか僕の頼みをもう一度考えてみてほしい。もしかするとこの話は君にとって、新しい作品のモチーフになるかも知れない。ハンナとアンス・リーの歴史が君にとって、その無気力な幻滅から抜け出すための一筋の光になる贈り物であればと願うよ。心から。

追伸：ところで申し訳ないだなんて。僕に申し訳なく思う必要はないんだ、ヒス。僕は申し訳ないという言葉はあまり好きじゃない。そんな言葉こそ君が言う「意識的陥没区域」の最前線防御壁になってしまう条件ではないか。

ベルリンにて　ヴァルターより

懐かしいヴァルターへ

二日続けてソウルは雨だ。秋の終わりに降る十一月の雨は、消滅を知らせる道標にも似ていてうら寂しいのだろうか。もうすぐこの雨が止めば木々は貧しくなり、林は静まりかえるだろう。濡れたアスファルトに落ちた木の葉を踏みながら僕は今日、この街で一番大きな図書館に行ってきた。

「東の伯の林」事件。

主にドイツ国内にいた韓国人留学生と鉱山労働者たちが韓国に連行され、実刑判決を受けたその事件に誰かがこう名付けた。「伯の林（伯林）」は「ベルリン」の日本式発音に合う漢字をあてて作られた単語で、英語で音を表記するならば「baeklim」という具合になるだろう。漢字の「伯」は、兄弟の内の一番目を意味するし、数字の百という意味もある。今となっては、韓国でベルリンを「baeklim」と呼ぶ人はほとんどいない。「東の伯の林」事件が忘れられているように、「一番目の林」もしくは「百の林」を意味したベルリンの昔の名前も消えつつあるのだ。

図書館で「東の伯の林」事件を記録した三冊の本と、二冊の学位論文、いくつかの小論文や報告書、そして関連記事が収録された新聞や雑誌などを隈なく調べてみたが、アンス・リーの名前はなかった。公式的にアンス・リーは、この事件に関わりのある人物ではないのだ。もとより一九六〇年代の韓国では一独裁者のためならばすべての不可能を可能にできたのだから、独裁者とその軍人たちが、アンス・リーの名前が書類にも記録されないように手を打った可能性はある。

ヴァルター、アンス・リーに関する情報が必要だ。故郷の住所や家族関係、韓国で通っていた学校名や大学時代に活動していたサークル、何でもいいから教えて欲しい。アンス・リーを捜し出したい。捜し出して、ハンナの死を伝えるんだ。君がくれた贈り物への、僕からの恩返しだ。

ソウルにて　ヒスより

親愛なるヒスへ

ソウルの雨は透明だろうか。ベルリンに雨が降るとおかしなことに、僕はその雨の色を黒いと感じてきた。今になって僕は思うんだ。これまで僕が見てきた「baeklim」の雨は、忘却を警告する林の黒い息吹に染まっていたのかも知れないと……

君の返事を受け取ってから、僕は今日の午後ブランデンブルク門に行ってきた。ヒス、ブランデンブルク門を知っているかい？　ギリシャのアクロポリス入口にあったプロピュライアの門を模して造られたというこの門は、一九六一年に東ベルリンと西ベルリンの間に壁ができてからは、東と西をつなぐ唯一の通路になっている。壁ができる以前のように自由にはいかないが、許可をもらった者はブランデンブルク門を通って東と西を行き来できた。一九六四年、作曲家の家で初めて会ったハンナとアンス・リーが、次の約束の場所に選んで散策したのも、このブランデンブルク門の近くだった。

僕は黒い雨がしとしとと降るブランデンブルク門近辺をそぞろ歩きながら、若い頃のハンナとアンス・リーがどんな会話を交わしたのか、時おり笑ったりもしたのか、雨が降っていたのならひとつの傘を一緒にさしたのか、もしくはそれぞれ自分の傘をさしたのか、いろんな想像をしてみた。その日アンス・リーはハンナに、韓国にブランデンブルク門のようなものがあるとすれば、その門は「鏡の門」になるだろうと言った。学んで身につけた知識が逆さに流れて行く、嘘を真実として映し出す、おかしくも悲しい門……現にアンス・リーは、東ベルリンの北朝鮮大使館から断りもなく定期的に送られてくる広報冊子を見て大層驚いたという。広報冊子には、当時韓国より発展していた北朝鮮の経済状況がとてもよくあらわれていたのだが、それはアンス・リーをはじめとするほとんどの韓国人たちが持ちあわせていた知識とは相反するものだった。韓国人留学生と鉱山労働者たちがブランデンブルク門を越えて北朝鮮大使館を訪問したのには、漠然とした好奇心や根源的な同質感のほかに、彼らが送ってきた広報冊子がはたして真実なのか？という懐疑心も後押ししたはずだ。しかし、ブランデンブルク門のような理念を飛び越える通路が、古代都市の神殿ほどにも非現実的である君の国は、若い彼らの純粋な意図をありのままに受け入れられなかったようだ。

ヒス、今君はブランデンブルク門があるはずもない「baeklim」の東の林を、一人で歩いているのだろう。吹き荒れる風に林の枝葉が波打ち、木の枝が暗い影を落としても、君が歩くのをやめさえしないのなら、僕もまたいつまでもここで君を応援し続けるだろう。ヒス、林の外にも共に歩いている人がいることを忘れてはいけないよ。

だが残念なことに、僕がアンス・リーについてわかっていることはこれと言ってないんだ。ハンナから聞いたことと言えば、彼が一九四〇年に韓国南部地域にある都市、統営《トンヨン》で生まれたということと、韓国では一番有名な大学を出たということ、これくらいしかない。もしも統営と大学の名前で彼を探せないのなら、僕もここでどうにか情報を集めてみるから、ヒス、ためらわずに言ってほしい。

そうだ、ハンナとアンス・リーが一緒に写った写真が一枚あるからファイルにして添付するよ。白黒で、古くなって質感も良くないけれど、ハンナが持っていた彼の唯一の写真だ。役に立てばいいのだが。

幸運を祈る。

ベルリンにて　ヴァルターより

懐かしいヴァルターへ

最初は途方に暮れた。統営市庁に依頼もして、アンス・リーが通ったと思われる大学の同窓会住所録も探してみたが、収穫はなかった。そのうちふと、自分にこう問いかけてみた。外国に留学する韓国人が極めて少なかった一九六〇年代、ドイツの大学でニーチェ哲学について博士論文まで準備していた人間が、韓国に帰って何をしただろうか。答えは意外にも簡単に出た。哲学科がまだ廃止されずに残っている大学のホームページに、すべて目を通していった。アンス・リーの名前はちっとも見当たらなかった。そのうち、ニーチェ哲学に関する研究書を探して読むようになったのだが、ヴァルター、驚くなかれ。いくつものニーチェ研究書の中で、僕はアンス・リーを見つけたんだ。君が送ってくれた写真と、本の表紙に印刷された写真の中の彼の顔は、時間の隔たりを感じないほどに、ほぼ同じだった。彼はいろんな大学の哲学科で講義もしたが、おおむね公式な役職は何も持たずに、純粋に学者として生きてきた。ところが、彼はずいぶん前に名前を変えたらしい。彼の現在の名前は、スチョル・リー。彼がアンスからスチョルになった経緯を、今となっては知る術がない。とりあえず、出版社を通して知った彼のEメールアドレスに昨晩メールを一通送っておいた。

ヴァルター、今僕は彼の返事を待っているところだ。

返事が来て彼に会うことになったら、すぐに君に知らせるよ。君が贈ってくれた幸運が、このすべてのことを可能にしたに違いない。ヴァルター、あともう少しだけ待てばいいんだ、ほんの少しだけ……

ソウルにて　ヒスより

親愛なるヒスへ

ヒス、返事が遅れてしまった。

この前、雨に打たれながらブランデンブルク門近辺を散策したのが祟ったのか、ここ数日僕はひどく具合が悪かったんだ。抗ガン剤治療中は免疫力が落ちて風邪をひきやすいのだが、問題は風邪薬をむやみに使えないという点だ。まるで気絶するように深い眠りに落ちて、目を覚ますと救急室にいた。されるがままに注射を打たれ、担当医が処方した薬を服用すると、二度と起きられそうにないとてつもなく強い眠気が押し寄せてくるんだ。敢えて説明するならば、生と死、記録と削除、悲しみと平穏の狭間の眠りだった。五日間入院していて、昨晩ようやく僕は退院できた。それで君の喜ばしいメールを確認するのも遅くなってしまったんだ。

その間、アンス・リーに会えたのかが気がかりだ。正直、怖い気もする。彼がハンナを覚えていないのではと、覚えていたとしてもハンナとは違った重みと質感でその時代を心にしまっているのではと怖くなる。アンス・リーとスチョル・リーの間にも、鏡の門のようなものが存在するのではないかと、僕は今めくらない方が良いであろう一枚のカードを受け取っておきながら無駄な意地を張っているのではないかと心配にもなる。

けれども鏡の向こうの真実が、カード裏面の暗示がどんなに酷だとしても、それは僕が負うべき分なのだろう。ヒス、僕も君がそうしたように逃げないつもりだ。
今度は僕が僕自身に幸運を贈る番だ。ヒス、君には僕の心からの限りなき友情を……

ベルリンにて　ヴァルターより

懐かしいヴァルターへ

一九六七年四月、図書館に行こうと下宿から出てきたアンス・リーに、スーツ姿の韓国人二人が近付いてきた。彼らはまるで長い付き合いの友人のようにためらいもなく握手をしながら、ボン駐在韓国大使館で若い留学生たちの労をねぎらう宴会があるので、一緒に行って美味しいビールでも一杯飲もうと言った。アンス・リーは戸惑った。韓国大使館からそのような招待を受けた覚えがないうえに、論文の準備であらゆる神経が極度に敏感になっていた時だった。招待はありがたいが、論文が通ったあと次の機会に呼んでくれないかと、アンス・リーは丁重に辞退の意向を伝えた。四月の末、復活祭が過ぎてすっかり春めいていた頃だったが、その日に限ってベルリンに吹く風は寒々としていた。男たちは困った表情や何ら強圧的ジェスチャーを見せることもなく、いかにも自然に、アンス・リーを住宅街に停めておいた黒いベンツの方へと追い立てていった。

「それでも、今行かれた方が何かとよろしいかと思いますよ」

男たちの内の誰かがあざ笑うように言った時、アンス・リーはようやく、宴会だのビールだのという事が彼らの真の目的ではないことを察した。

「その時が最初のチャンスだった」アンス・リーは言った。

「しかし逃げられるその最初のチャンスを、わたしは逃したんだ。当時わたしは二十八歳だった。二十八歳のわたしは、不当な仕打ちに抗う度胸など持ち合わせていなかったんですよ」

当時、西ベルリンはちょうど島のように東ベルリンに囲まれていたので、ボンに行くには東ベルリンを一度は通過するしかなかったのだが、この時には必ずパスポートを所持しなければならなかった。遅まきながら自分のカバンの中にパスポートがないことを思い出したアンス・リーは、パスポート検査が必要な瞬間が来たらそれを口実にそれとなく、この異様な同行を延期するよう持ち掛けようと考えた。しかしその二度目のチャンスは、彼の手をかすりさえしなかった。男たちは予め、アンス・リーのパスポートの代替書類を用意していたのだ。西ベルリンを抜けたあとボンへ行くまでの間、ベンツはただの一度も休まず、誰ひとり口をきかなかった。

ベンツがボンにある韓国大使館に到着すると、アンス・リーは宴会場ではなく大使館建物の屋根裏にある部屋に連れて行かれ、身辺に異変が起きた場合に捜し回ると思われるドイツ国内の親しい知人宛に手紙を書けと命じられた。もちろん、韓国大使館やベンツに乗ってきた男たちに関する言及はあってはならなかった。アンス・リーは古い木机に向かい、下宿屋の主人とハンナ宛に手紙を書き、作成した手紙を回収した大使館職員は外からドアに錠をかけた。天井が低い真っ暗なその部屋に一人残された彼は、ハンナに書いた手紙にどうしても入れられなかった一行を、ただ何度も噛みしめながら夜明けを迎えた。ヴァルター、僕は彼にその一行が何だったのかと聞きはしなかった。僕たちは、その一行が抜けた彼らの欠如した物語を、屋根の上に広がる星たちのサインのように想像の領域で読み解くしかないのだろう。君の信念は僕のものでもある。個人は世界をリードし、世界は僕らの想像を抑圧することはできない。

翌日、再びベンツに乗せられてハンブルク空港に到着したアンス・リーは、大勢の人々が行き交うその場所が、自分に与えられた最後のチャンスだと察した。

「ドイツ語で助けてくれと言ったんだ。助けてくれ、頼むからドイツ警察に通報してくれと」

残念なことに、その日ハンブルク空港で、彼の声に耳を傾ける人はいなかった。ただ単に、東洋から来た精神異常者が精神科治療のため故国に送還される騒がしい光景だとしか思わなかった彼らの無関心が、アンス・リーに与えられた三度目で最後のチャンスを奪ったというわけだ。

韓国に到着したアンス・リーは地下取り調べ室に監禁され、そこで剝き出しにされた時間を経験した。剝き出しにされた時間、彼はそう表現した。その時間は、ひとりの人間として秘めておきたかったすべてを、ひと握りの配慮もなく赤裸々に曝した。吊るされて殴られ、水に沈められ、電気ショックが全身を突き抜けるたびに彼は床を這い、よだれを流しながら獣のように喘ぎ、用意された供述書に署名しろと脅迫される時には、人間的葛藤と凄まじい侮辱感を同時に耐えなければならなかった。隣の部屋から伝わるむせび泣きと呻き声は、心の中の最も暗くて不安な場所で荒波となり、夜通し青く砕け散るのだった。

救出は、思いもよらない形でやってきた。ドイツ留学生の中から、自らスパイだと名乗る者が現れたのだ。アンス・リーが不要になった彼らは、彼に得体の知れない薬を大量に飲ませたあと、とある大学病院の病室に監禁した。その病室でアンス・リーの肉体は少しずつ回復したものの、精神はぼろぼろに壊れていった。目覚めているときも朦朧として物事の判断がつかなかったのは、周期的に打たれる注射のせいにも思えたし、一筋の光も入らないように窓を木板で塞いだ、病室の閉鎖性のせいにも思えた。彼は力なくベッドに横たわり天井を見上げること以外、何もできなかった。

「蛍光灯をずっと見続けているとね、光の粒が散乱するのが見えるんですよ。その光は散らばっては集まりながら、チョウチョや鳥になって飛びまわったり、時にはかけがえのない人の顔にもなってね。最後までその顔が完成されなかったおかげで、わたしは耐えることができたのでしょう。あの時代を過ぎて、今考えてみると、そうだということです」

その年の七月末になってようやく彼は病院から解放された。ドイツで患った病気が治らずにある天主教財団の救済で急遽帰国することになった、という彼らのシナリオに署名をしたあとだった。三か月余りの時間に秘密の錠を下ろしたあと、巷に足を踏み出した彼が行ける場所は、故郷しかなかった。

故郷では、また別の苦痛が彼を待ち構えていた。新聞や放送、人々の唇は絶えず「東の伯の林」事件についてまくし立て、アンス・リーは自分が信じて頼った人たちが逮捕され、公判を受ける一部始終を、健康を取り戻したその目で見とどけなければならなかった。彼によく温かいご飯を食べさせてくれた作曲家の妻が、囚人服姿で裁判所に連行される姿を新聞で見つけてからは、一日に何度も、言論機関や市民団体を訪ねてこの事件が徹底して仕組まれたものだと暴露する計画を立てたのだが、一度も、ただの一度も行動に移せなかった。頭よりも体が先に、あの「剝き出しにされた時間」を思い出した。自身の信念と哲学を蒼白な文章に変えてしまう肉体の軟弱な囁きを、彼は振り切ることができなかったのだ。あの時間から目を背け、彼は生き残った。いや違う、死んでいったのだ。

幸いにも、西ドイツをはじめとするヨーロッパ諸国でこの事件に対する抗議と糾弾が相次ぎ、これに圧《お》された韓国政府は、裁判を繰り返すたびに被疑者たちの量刑を減らしていった。最終審で死刑や無期懲役を宣告されていた最後の被疑者三名が、一九七〇年十二月に聖誕祭恩赦で釈放されたことで、「東の伯の林」事件も幕引きとなった。

アンス・リーはドイツ行きを断念した。ハンナと、作曲家と、そして数年間を異国で共に学んだ同僚たちと顔を合わせる勇気がなかった。いや、もしかするとそれは勇気ではなく、赦しの次元だったのかも知れない。赦すことができなかったその無力な時代は、ある時はかけがえのない真実のように、またある時には悪意を含んだ嘘のように、絶えず彼の元に戻ってきたのだろう。その過程は、回帰の同一性を越えて日々新しくなったのだろうか。それで彼は少しでも、罪悪感から解き放たれることができたのだろうか。僕はカップを置いて顔を上げ、彼を見つめた。僕が訊くより先に、彼が言った。

「恥ずかしくてね。耐えきれないほど恥ずかしかったのに、皮肉にもその耐えきれない恥ずかしさが、わたしを耐えさせてくれたんですよ」

彼の話を聞くあいだ僕の心の中には、人生の終点に旗を突き立てて、昨日より大きな恥ずかしさを追い求め、欲望を断った修行僧の如く一歩一歩渾身の力で歩いてきたであろう、一人の人間の長い足跡が描かれ始めた。彼が歩く場所はいつも何もない野原で、透明な階段を通って空の果てまで続いたその足跡は、資格を問いただすことでいっぱいになっていた僕の小さな水溜まりから見上げた、一人の人間の星座のように輝いていた。想像よりもずっと明るく、ずっと孤独に……

僕が堪えきれずに涙を溢《こぼ》し始めたのは、その時からだった。ハンナの死を伝える時も、彼がふと悲し気な瞳で僕の背中越しを見つめて「ハンナ」と囁いた時も溢れることがなかった涙が、顔をつたって握りしめた拳の上にぽとぽとと落ちた。いつの間にか一歩近づいていた彼が、僕の肩をとんとんと叩きながら大丈夫かと訊いてきた。僕は、僕の肩に触れた彼の手を握りながら、もう少し泣いていた気がする。

ヴァルター、アンス・リーは今月中にドイツへ行くそうだ。ハンナの墓地を訪ねて、きちんと哀悼の思いを伝えるんだと言っていた。彼に君のEメールアドレスとドイツの電話番号を教えたよ。もうすぐやって来るその日、君はアンス・リーを夕食に招待して、ブランデンブルク門で彼とハンナがどんなふうに傘をさしたのか確かめてみるといいだろう。

ヴァルター、ありがとう。

ソウルにて　ヒスより

親愛なるヒスへ

ソウルにもその間、雪が降っただろうか。ベルリンには昨晩から雪が降り、アンス・リーは今朝、韓国行きの飛行機に乗った。四十五年ぶりに再びドイツを訪れたアンス・リーに、雪が降るベルリンの風景を贈ることができて嬉しかったよ。

それと、この前君がくれたメール——詩をまた書き始めたというその知らせに、僕がひとしきり目を細めて笑ったことを打ち明けずにはいられない。いつか僕らがまた会うことになったら、「東の伯の林」の真ん中を一緒に歩きながら、君の詩で長い歌を歌いたい。ヒス、そんな日が必ず来るはずだ。そして僕はいつまでも、その歌を忘れない。

ベルリンにて　ヴァルターより

［訳注］

＊1　永劫回帰。ドイツ哲学者ニーチェの根本思想。人の生は宇宙の円環運動と同じように永遠に繰り返すと説き、生の絶対的肯定と彼岸的なものの全面否定を、著書『ツァラトゥストラはかく語りき』で主張。永遠回帰。

散策者の幸福

曇り、午後は一時霙《みぞれ》。今日も私は長い散策をしてきました。ひと月前から同じページが折られたままの専攻書籍と、熱い珈琲を入れた保温瓶、そして適当に切ったスモークハムを挟んだ食パン二切れを携えて。散策コースは決めていませんでした。いつもそうなんです。ただ歩くのです。

この都市は散策者にとって最上の条件を備えた場所だと、いつか私が書いたことがあったでしょうか。三、四時間も歩けば市庁や博物館、大聖堂が集まる都心ばかりか、公園や共同墓地がある外郭まで見て回ることができるのです。小都市に過ぎませんが、ここにないものと言えば国際空港と出入国管理事務所ぐらいのものでしょう。頻繁に国境を跨ぐような職業さえ避ければ、生まれてから死ぬ瞬間までに必要なもののほとんどが、この都市にはととのっています。時おり、そんな人を想像してみるのです。この都市の私立病院で生まれてから、市内の学校と職場に通い、生涯を終えるころに再びその市立病院に戻り臨終を迎えた人。つまり、この都市にある建物を渡り歩いた物理的移動が、人生のすべてだという人……そんな人生が、もしかするとこの世界のスタンダードなのかも知れません。いくつかの国境を越えて今はここにいるけれど、私の人生にも特に新しいことは無く、ただいくつかの同じ日常と感情が反復されているだけなのですから。

ラオシュ（老師）〔中国語で「先生」の意〕ならきっと、こんな助言をしてくれるでしょう。前進しようとしたけれど壁にぶつかって引き返した虚無と、はじめから前進を試みなかった固定された虚無とは異なるんだと、日常と感情の反復の中で、自ら実存の意味を見出さなければならないと。ラオシュが学生たちによく言っていた言葉です。けれどもラオシュ、一日一日が特別な感覚もなく頭の中の忘却の倉庫に積み上げられていくのに、私という存在ひとつ解釈できず生産性とは全く縁のない散策などして親の仕送りを浪費しているのに、こんな私がどうやって自分の世界の周りを離れて前進できるでしょうか。海辺に捨てられた段ボールのように、波が押し寄せるたびに少しずつ崩れているだけです。

ラオシュ、今日も私は長い散策をし、本は開きませんでした。そして、ラオシュからは未だ返事が来ませんでした。

*

高い所から早朝のM市を見下ろしたなら、蛍光灯の蒼白な明かりに囲まれたコンビニエンスストアは、四角い形をした浮標のように見えるだろうと彼女は思っていた。だとすれば、それは安全でしかも豊かな領域があることを知らせる浮標だということになる。現に早朝のコンビニエンスストアの中から眺める外の暗闇は波のように揺らめいていて、暗闇を抜けてタバコや水を買いに来る人たちは各々に航路を持つ孤独な航海士のように見えることが多かった。

彼女は二年前にM市へ引っ越して来た。引っ越しが決まる前から、凍った川の表面をそおっと裸足で歩いているように、毎瞬間が寒くて危うかったのを彼女は覚えている。どこでもいいから足を出さなければならないのだが、踏み出した場所がそのまま奈落になるかも知れないことを、はっきりと意識しなければならない不安な疲労……その頃の不幸は各種請求書と督促状に刻印されて配送され、彼女は数字で具体化された不幸の威力の前で無力だった。三十歳の時から二十年近く続けてきた大学の講義を辞めて収入はゼロになったのに、母の病院費用と銀行への借金は着実に増えていった。住んでいた家を処分して、乗っていた古い型の車を売っても解決の糸口がみえなかった。結局、自己破産を申請し、生活保護を受けるための手続きを踏んだ。賃貸アパートの入居者が発表された日、彼女は母親が入院していた病院の非常階段に座って朝を迎えた。ひとつの世界は終わった。そう思った。言うなれば、不幸とは真実を思惟するのに必要な観念としてのみ存在した、もしくは真の幸福を完成させる付属品だと思っていた世界は、堅くシャッターを下ろしたのだ。食と住居を国に委ねなければならない世界、羞恥心は贅沢となり、何でも表現できる人間としての自由は最後の砦にすらなれない世界、彼女の前に新しく開かれた世界は、そんな場所だった。

政府が指定した賃貸アパートはM市にあった。今はそれらしく新都市の体裁を整えたが、彼女が引っ越して来た時、M市は幽霊の隠れ家のように荒廃しきっていた。あちこち地面が掘り荒らされていて、入居前の空きマンションは巨大なセメントの塊のようだったし、歩道には割れたレンガや角材の切れ端が転がっていた。その頃はまだ地下鉄の駅舎も整備されておらず、M駅は名前があるだけで地下鉄は停車しなかった。市街に出かけたときは、彼女はいつもM駅のひとつ前の駅で降りたあと、M市まで歩いて来るのだった。M市は長い間グリーンベルトに指定されていたため、開発区域を除いては田畑が多く、M市へと続く六車線の車道には横断歩道や信号が整備されていなかった。

「おかしいわ」

車がスピードを出して走って行く六車線沿いの狭い歩道を黙々と歩きながら、彼女はつぶやくのだった。確かにおかしな風景だった。M駅のひとつ前の駅までは大都市の輪郭が色濃く、夜は人工的な明かりに取り囲まれるのに、M市へと続く道は虫の鳴声と穀物が熟していく匂いでいっぱいなのだ。まるで……

メイリンに返事を送るならこのように始まる文章を書きたいと、いつだったか彼女は、真昼の月が船から落ちた錨のようにうっすらと浮かんでいた夏の空を見上げながら思ったことがあった。

「まるで、メイリン、その道は凍り付いた川の水底のようだったわ。いつも、すごく寒かったのよ」

メイリンは、彼女が哲学科の講師として大学で最後の学期を過ごしていた頃に出会った中国人留学生だった。通常韓国語を一、二年習ってから入学する中国人留学生たちは、高難度の語彙や複雑な語順の文章で綴られた専攻書籍をまともに理解することができなかった。なかなか講義に集中できずに携帯電話を覗き込んだり雑談をする彼らを見るたび、彼女は意欲を失っていた。彼女は中国人留学生たちに、まるで愛情を持てなかった。少なくとも、メイリンと知り合う前まではそうだった。

メイリンは違った。いや、特別だった。講義中に何気なく言及した本まで手に入れて夜通し読んでくる熱意は驚くべきもので、彼女の話をそのまま吸収するような聡明な眼差しは信頼感を与えた。講義が終わると、鞄を整理する彼女のそばに来てその日の講義について鋭い質問もしてきたのだが、そのたびに彼女は、誰よりも学者としての可能性があるメイリンの若い未来が羨ましかった。羨ましかったが、同時に気の毒にも感じた。可能性は、失敗し挫折する確率と比例するということだから。失敗や挫折の中には、次の可能性へと行き着く梯子になれずに奈落へと落ちていく、直線通路になるものもあることをよくわかっていたから。哲学科が他の不人気学科と一括りにされて人文学部に統合され、哲学関連教養科目の廃止に伴い彼女は大学という垣根の外に追い出されることになったのだが、その翌年に卒業したメイリンは、ドイツへ留学に行ってからも忘れることなくEメールを送ってきた。その間彼女は退院した母親と一緒にM市へと引っ越して来て、一年前からは週に三回、M市の真ん中に位置したこのコンビニエンスストアで午前零時から早朝六時までカウンターに立っていた。本と論文を防水ビニールに包んで資源ごみ収集所に捨てた日もあったし、真っ暗な部屋に横たわり可能かつ合理的な死の方法について悩んだ日もあった。メイリンには、ただの一度も返事を送らなかった。

彼女はコンビニエンスストアのカウンターになめに立ち、メイリンが初めて彼女をラオシュと呼んだその日を思い出していた。だいぶ親しくなって、校庭裏側にある低い野山へ一緒に散策に行った日だった。メイリンは会話の途中うっかり出てきた母国語に顔を赤らめたのだが、彼女は笑い、その呼び方が気に入ったからこれからもそう呼んでくれると嬉しいと話した。心からそう思った。少なくとも彼女には「ラオシュ」が、関係の序列やいかめしい響きが排除された中立的な呼称のように聞こえて良かった。講義室でメイリンに出会った頃、彼女はもうすぐ大学を去らなければならない自身の境遇を予感していて、いつになく教授だとか先生と呼ばれることに負担を感じていた。それに、歌う音の「ラ」と風の音「シュ」が合わさったその単語は、ただ聞いているだけでも心のどん底からポン、と浮かび上がるような錯覚を呼び起こしてくれた。

ちょうどパーカーを被った若い男性が入って来て、彼女は姿勢を正した。タバコを買いに来た客だった。彼女は背後に設置されたタバコの陳列棚から男性が求めるタバコを取り、バーコードリーダーを当てた。ずっと携帯電話を覗き込んでいた男性と視線が合ったのは、決済を終えたクレジットカードを返した時だった。男性は充血した目で彼女の顔をじっと見たかと思うとすぐにフードを外し、丁重にお辞儀をしてからコンビニエンスストアを後にした。彼女は男性の方を見ないように穴があくほど正面だけを凝視し、コンビニエンスストアのドアが閉まる音が聞こえてやっと、背もたれのない椅子にがっくりと座りこんだ。心をなかなか落ち着けることができなかった。先ほどのパーカーを着た男性に講義室で会ったことがあるかも知れないという、確かめることができない、そして確かめたくもない空虚な疑心による動揺だった。

三か月前、そんな客がいた。あどけない顔をした背の低い女性客がＣＡＳＳ《カス》〔韓国製のビール〕二缶とポテトチップス一袋をカウンターの上に置きかけて、首を傾げながら彼女に尋ねた。

「もしかして、ホン・ミヨン教授ではありませんか?」

彼女はまともに顔も上げられないまま、惚《とぼ》けたように答えた。

「ち、ちがいます」

幸い女性客はそれ以上何も訊かずにコンビニエンスストアを後にしたのだが、その日から彼女は若そうな客がコンビニエンスストアに入ってくるたび、反射的に緊張する習慣が身に付いてしまった。生存は自ら解決するにしろ、世の中が認めて優遇してくれる職業に執着するなと、目隠しされた競走馬のように決められたトラックを走る必要はないと、終講のころになると一学期のまとめをしながら彼女は学生たちによく話していた。低俗な世界への編入を選択しない自由を守る限り、いかなる形態の貧しさの中でも、人間としての品位を守れるとも言った。そう話す時、彼女はいつも確信に満ちていたし、その言葉の重みの責任をとる準備もできていた。しかし今、彼女に残った師としての最後の言葉は、存在と信念をすべて否定する背教者の言語だった。その言語は度々早朝のコンビニエンスストアの中で、手という形となって現れた。しきりに彼女をひき戻しては道化師の椅子に座らせたあと、彼女が講義室で話した言葉を床に並べて嘲笑うように後ろ指を指す、乱暴で荒々しい手たち……まだ夜明けの半ばだった。コンビニエンスストアの社長と交代するまであと四時間十五分待たなければならず、その間にも幻覚は引き下がらずに、まだ少し彼女を苦しめるに違いなかった。彼女は今すぐにでもメイリンに返事を書きたかった。

「生きるって、こんなにも恐ろしいことなの？　メイリン」
そう、問いかけたかった。

＊

今年最後の日。私は不在について考えました。久しぶりに公園の方へと散策に出かけ、公園の象徴だったブロンズ像が撤去された場所、その真っ黒な空白を見たせいでしょうか。石膏の台に残った足形の跡は、消え去った存在の謎めいた手がかりではなく、単に誰かの不注意でまだ片付けられていない埃の山のようにしか見えませんでした。

老年の農夫をイメージした銅像、覚えてらっしゃいますか？　英雄や有名芸術家ではなく、名前と生没年度が記されていない身元不詳の農夫を銅像にしたことに少なからず衝撃を受けたと、先日私は書きました。この度知ったのですが、その銅像はずいぶん前から議論の的になっていたようです。地域の新聞では銅像を撤去すべきだという社説が周期的に掲載され、この前のユダヤ人の贖罪日には銅像の前でピケットデモをする大学生もいたと聞きました。その大小の騒ぎは、農夫の平凡さがある時代の歴史では悪になったということを、皆が粘り強い力で記憶してきた故なのでしょう。銅像は、第二次世界大戦の時に鋳造されたと言われています。土を信じて種を蒔き、穀物を収穫していた平凡な農夫たちが、ただユダヤ人だという理由で昨日まで思いやっていた近所の人たちを密告したり、彼らの財産を奪っていた時代でした。銃に撃たれ、倒れ、火に焼かれる近所の人たちの具体的な顔を目撃しながらも、彼らは市場に行ってパンを焼き、眠りに就く前には我が子の頬にキスをしてあげたことでしょう。私が住む下宿の大家のおばあさん――彼女はロシア出身の移民です――は、いつか私に話したことがあります。ドイツのロシア侵攻当時、たった十六歳で看護兵として入隊した一番上のお姉さんが、終戦と共に一年ぶりに帰宅するという通知を受けて家族みんなで迎えに行ったのに、誰も、母親ですら彼女を見て気付くことができなかったと。プラットホームには十七歳の清々しい娘ではなく、白髪を長く伸ばした、辛酸の滲み出た女性が立っていたのですから。時が経ち白髪が不自然ではない年齢になった、おばあさんの一番上のお姉さんは、「よかった」という言葉を一番よく口にしたそうです。歳を取って、忘れていっていて、もうすぐ死ねて「よかった」と……生涯が長い円筒形だとしたら、彼女にとって「よかった」という言葉は、時間の網をくぐり抜けてその底に積もった、精製に精製を重ねた結晶体のようなものなのでしょう。戦争とは、そういうものなのでしょう。

だから銅像が撤去されたのは、道理にかなったことなのでしょう。わかっていてもラオシュ、私は残念でした。確かに数日前までは見ることができて、触ることもできたのに、その皺の寄った手に持ったのが剣や本ではなく鋤であるのを見て私が受けた小さな衝撃を覚えているのに、そのように一夜にして存在が不在に変えられてしまったことが信じられませんでした。銅像が撤去される予定だということを、私のような異邦人に知らせる義務はこの街の誰にもありませんが、私は裏切られたとさえ感じました。もしかすると私を取り囲んだこの世界のすべてが、いつでも私の感覚の外に消えうるという事を思い起こす過程が辛かったのかも知れません。

「生きている間は、生きているという感覚に集中してほしい」

その時ラオシュは言い、私は聞きました。

死をテーマにした講義の後、私がラオシュにイ・ソンの突然の死を打ち明けた時、ラオシュは私の手を握って確かにそう言ったのです。ありふれた指輪のひとつも無いラオシュの手が、生涯本を読んで執筆をして、学生たちの課題と答案用紙を見てきた、歳を重ねた女性のその小さな手が、私の体にそのまま刻印されるような気がしました。イ・ソンを失ったあと、罪悪感から逃げ出したかった私の卑怯を抱きしめた実体は、それまであなたの手の他にはありませんでした。ひとりは死に、その人がいた場所は髪の毛一本残っていない空白しかないのに、どうして私はまだ生き残って、生き続けなければならないのか。イ・ソンは私に、そんな類の問いかけを遺した子でしたから。

ラオシュ、今日私は不在について考えました。それは、永遠という始まりも終わりもない線上で点滅する小さな点、不在により存在するイ・ソンを思ったという意味でもあります。ラオシュは今どこにいらっしゃるのでしょうか。どんな言語がラオシュの時間を通り過ぎているのでしょうか。幸せですか？　ラオシュ。私がラオシュに聞きたい言葉は実はそれだけなのに、私の打電は今日も無力です。

ずっと緊張していたが、彼女に丁寧にお辞儀をする客はもういなかった。客足が途絶える早朝三時を過ぎると、気が緩んで眠気が押し寄せてきた。プラスチックの椅子に座って少しうとうとしていた彼女は、携帯電話の振動音にはっと目を覚ました。携帯電話の画面には家の電話番号が表示されていた。手術と長い入院生活を終えてうつ病になってしまった母親は、時おりこんな夜明けに出し抜けに目を覚ましては彼女に電話をかけてくるのだった。

＊

すぐに電話に出ることができなかった。いつからか母親は彼女に、故郷と母方の祖母のことを話したがるようになった。そのほとんどが母親が六、七歳の頃に故郷で経験した戦争にまつわる話だった。彼女は母親の故郷である山清《サンチョン》〔大韓民国慶尚南道の中部にある郡〕に行ったことがなかったし、母方の祖母は彼女が生まれる前に亡くなっていて、彼女にとって戦争は人為的な国境と言う結果物として残った客観的に悲惨な事件でしかなかった。病む前までは、万が一にも降りかかる不利益を心配して家族史については徹底して口を噤んできた母親が、人生の終着駅に差し掛かって今さらのように母方の祖母と暮らした故郷へ帰る道のりを反復する理由が、彼女にはわからなかった。

ためらってから通話ボタンを押すと「わたしがまだ話せていないことがある」、母親は待ち構えていたようにすぐさま話を切り出した。苛立った声だった。

「お前が必ず聞かなきゃいけないことなんだよ。あの時、村に若者や警察が大勢やって来て人をたくさん殺したって話しただろう」

彼女はぎゅっと目をつぶった。母親がそれからどんな話をするのかは全部わかっていた。もう何度も聞いてきたレパートリーだった。

「実は私のお父さん《アボジ》、だからお前の母方のおじいさん《ハラボジ》もその時亡くなったんだよ。即決処分だとか言ってね。アボジを埋めてあげることもできずに、母さん《オンマ》〔韓国語で「お母さん」の幼児語。大人になってからも愛着を込めてこう呼び続ける人が多い〕に手を引かれて叔父の暮らす山向こうの村に夜逃げをしたんだよ。真冬だったんだけどね、行く途中見ると犬が死体を食べて、人がその犬を捕まえて食べていたんだよ。オンマも私も口には出さなかったけど、アボジも犬の餌になったんだってわかっていた。叔父の家に着いた時には、凍傷で手足が痛いのなんかすっかり忘れてしまうくらいご飯のことしか頭になかった。三日は飲まず食わずだったからね。叔母が薄情なことにたった一杯しかクッパ〔スープにご飯を入れた韓国料理〕をくれなくて、それをオンマに食べてとも言わずに私がぜんぶ平らげてしまった。瞬く間にね。ところが消化しきれずに早朝になって全部吐いてしまってね、それが惜しくて私も泣いてオンマも泣いて。オンマ、私のオンマがどんな人なのか、ミヨン、お前にわかるかい?」

母親は切実に問いかけたが、彼女にはかけてあげる言葉がみつからなかった。「もう、おやすみなさい」

彼女が辛うじてそう言った時に母親はむせび泣き始め、彼女は母親が泣くといつもそうなるように、罪人のような気分に駆られた。贖罪も救いも望めない、生まれる以前から運命づけられた罪人……

彼女は携帯電話をカウンターに置き、電話が切れるまでじっと待った。

疲れた。

母親の前頭葉に腫瘍が見つかってから始まった疲れだった。遠からず訪れる母親の死を想像すると、雪が降りしきる何もない野原に一人で立っているようにものすごい孤独感が押し寄せてきたが、想像の中の孤独は現実の疲れには勝てなかった。疲れは減ることもなかった。朝目を覚ますと、昨日と全く変わらない大きさと質量の疲れが再び始まった。死に逝きついた疲れだと、彼女は思った。

一時は死に魅せられたこともあった。彼女が慕っていた哲学者たちは、死を前提にした存在の省察を恐れなかった。彼女は彼らの本を読んで若き時代を過ごし、彼らのように未来の死を担いながら強靭な現在を生きようと心を砕いた。彼女にとって死は、具体的な断絶ではなく、存在を完成して成熟の意味を再確認させる抽象的な過程であった。

「いいえ、死は埋まらない食卓の空席のようなものです。手を伸ばしても触れることができないし、顔を寄せ合いながら笑って話すこともできないものなんです。もう終わりなんですよ、おしまい、何もないし後戻りすることもできないもの、おわかりになりますか？」

講義が終わった誰もいない講義室でそう訴えながら泣きじゃくったメイリンは、小さな拳を握りしめていた。その日は初めて、個別者としてのメイリンを認識するようになった日でもあった。集群の中の学生が個別者になるのは、よくあることではなかった。いや、もしかすると唯一の経験だったのかも知れない。微かに身を震わせてひとしきり泣いたメイリンは、近頃自分が経験した死について話しはじめた。イ・ソン、たった二十三歳で自ら死を選んだ、メイリンの韓国人の親友……他人の固有な苦痛を知るといとおしみが湧いて、そのいとおしみは結局自らをいたわる道具となる。哲学科が無くなる兆しを見せ、彼女が慕った哲学者たちの本が図書館の隅に移されるのを見ているしかなかったあの頃、親友を失ったメイリンの悲しい顔が、彼女には世界の果てに捨てられた鏡のように思えてならなかった。同質感を感じた。いや、感じたかったのだ。意地悪な運命にただひとつの宇宙を奪われた人間が私だけではないという信頼が、それが共同の現象だという証拠が、その頃は慰めになったのだ。

彼女にはメイリンが必要だった。

バスの始発の目安となる早朝四時を過ぎてから、コンビニエンスストアのドアが開く頻度が減っていった。客のほとんどは夜明け前にM市の工事現場やビルディングのトイレ、もしくは食堂の厨房へと出勤する人たちだった。年老いた貧しい労働者たちが出勤途中で購入するものは、カップラーメンか袋入りのパン、二つのうちひとつであることが多かった。なかには、コンビニエンスストア奥にある簡易カウンターに立ったまま貧相な朝食を済ませる人もいた。コンビニエンスストアの中はたちまち、安価な食べものから漂う人工的な匂いでいっぱいになった。空腹を呼び覚ます匂いだった。ひとしきり客が入ってきては出ていった後、彼女は冷蔵ケースから流通期限を過ぎて売り物にならないおにぎりをひとつ取り出した。ご飯粒ひとつひとつに冷気が染みたおにぎりを何回かに分けてかじっているあいだ、むかし親戚の家で噛みもせずにクッパを飲み込んだ母親のシルエットが、彼女の体に静かに重なるのを感じた。ひらひらなびく二枚の紙のように、母親の過去と彼女の現在とが触れ合った。ひとつの時代が過ぎ去っているんだと、彼女は思った。

＊

年が明けて初めての雪。今日私は大聖堂へと続く橋の上で、欄干にもたれて座ったままプラトンの『饗宴』を読む青年を見かけました。青年の傍でのっぺりと腹ばいになっている白毛の大きな犬は病気にかかっているらしく、青年のみすぼらしい身なりと無精髭や髪は長い路上生活を物語っていましたが、青年の前に置かれた籠を見ていなかったら、ただ自由気ままに生きているヒッピー気質の大学生だろうと思ってしまったことでしょう。籠には小銭がいくつか入ってはいたものの、一見しても一食分をまともに満たしてくれる金額には見えませんでした。足を止めてよく見ると、ようやく青年の粗悪な暮らしが目に入って来たのです。毛布がはみ出たリュックと、リュックにぶら下がったコップとスプーン、何冊かの本と携帯用枕、ようするに青年が座っていた場所は彼が居住する家だったというわけです。どの建物にも属さない、屋根も窓もなく路上に広げられた、生涯の一部分……

私は青年の周辺をずっとうろうろしていました。青年は時おり白い息を吐き出しながら激しく咳込み、そのたびに腰をかがめて犬の首筋に顔をうずめては何かを呟いていました。私の視線を感じたのか、青年は顔を上げて私を見ました。青年は私に向かって手招きをして見せましたが、私は躊躇しました。青年の家に足を踏み入れることが、見えない境界を越えて無視と冷遇の領域へ入る行為と同じだということを、私も知らないわけではなかったからです。橋を渡る通行人たちは、青年を見ないふりをしたり、敵対的に眺めていました。空の乳母車を歩行器代わりにのろのろと歩いていた老婆は、青年に向かって聞こえるか聞こえないかくらいの声で罵った後、大きく十字を切って通り過ぎていきました。

実際、最近になってよく見かける光景です。

先ごろドイツを衝撃に陥れた、移民者と難民の集団性犯罪が世間に知られるようになって、先週の土曜日にはこの小さな都市でも彼らの流入と定住に反対するデモ行進がありました。行進は平和的でしたが、行進のあとに残った極右団体の会員たちは車のガラスを割り、通りの消火栓を壊しました。夜遅くまで窓の外は警察車両のサイレンと人々の叫び声で騒がしく、翌朝まで通りには空の酒瓶と敗れた旗が転がっていました。その日ルーカス――プラトンを読んでいた青年の名前です――のような身なりの人たちは、誰の目にもつかぬようにドアに鍵をかけてカーテンを閉めたまま息を殺していたはずです。想像の中で膨れあがった恐怖と潜在的な暴力を噴出させる導火線を求め、血眼になった人々が通りを支配した日でしたから。

迷った末に近づいていった私に、青年は小さなチョコレートを渡しながらうれしそうに笑って見せました。まるで子どもを相手するように。彼の『饗宴』を指さして私も読んだことがあると言うと、彼は心底驚いたようでした。私が既に二十六歳で、この都市の大学で哲学を専攻し修士課程にいると明かした時には、何度も本当なのかと訊いてきました。彼は私がせいぜい思春期ぐらいの女の子だと思っていたようです。いつの間にか私は彼の隣にしゃがみ込んで、彼のハンス——大きな犬の名前です——を二人で交互に撫でながら話をしていました。ルーカスは、クルド族の末裔ではあるけれどドイツで生まれ、今まで一度もドイツの国境を越えたことがないと言いました。ドイツ政府が発給した合法的な身分証を持っていたし、母国語はドイツ語でひと頃はドイツの会社に雇われたこともあったけれど、全てが一時的だったんだ、とルーカスは話しました。

「ビルの非常階段で、小さな窓から見上げた雲みたいに……」

そんな一時性、暫く沈黙したあとルーカスは強調するように付け加えました。

「お金ちょっとある？」

彼が訊きました。頷くと彼はきれいな水が要ると言い、私は近くの商店で飲み水を買ってきて彼に渡しました。彼はリュックにぶら下がっていたコップに飲み水を注ぐとハンスに先にあげて、ハンスが十分に喉を潤したあとにコップに残った水をゆっくりと飲んでいました。

彼の家に長居はできませんでした。日が暮れて再び雪が降って来たせいでもありましたが、それよりも大きな理由は、無視と冷遇の領域から逃げ出したい私の軟弱な気持ちのせいだったと思います。短い挨拶を交わした後、何歩か歩いてそっと後ろを振り向くと、ルーカスはまた『饗宴』を読んでいました。もう数十回も読んでページが全部ほどけてしまった、彼が居住するもうひとつの家……太初の人間は男と女、女と女、男と男が一つの体だったそうですね。『饗宴』のどこかのページで読んだのを思い出しました。あらためて彼らが羨ましくなりました。太初の人間には人種も国家も宗教もなかったはずですから。彼らにはただ、果てしない愛だけがあったのでしょう。手を伸ばしさえすれば自分の体にくっついた恋人に触れられる愛のその短い距離、単純で尚且つ感覚的なもの。もしかすると幸福とは、ただそれだけなのかも知れません。橋の先に立ち止まり、人間の才知と力で載せた大聖堂の十字架をじっと見上げました。真冬の空からこちらを見おろす神の瞳は、無情の悲しみが滲むくすんだ灰色だろうと、私は思いました。

大学を離れたと伝え聞きました。実はもう、ずいぶん前にです。講義室ではない他の場所にいるラオシュの姿を想像できません。想像すらできないので、なまじ心配することもできません。返事を待つこと以外、できることが何もないのです。大聖堂を通り過ぎながら、それまでずっと手に持っていた小さなチョコレートを口の中に入れて、長らくその甘さを味わいました。

「生きている間は、生きているという感覚に集中してほしい」

その瞬間、ラオシュのその言葉が卵の殻を破って出てくる小さくて弱弱しい生命体のように、私の心の深い場所から目を開き、羽をのばすような気がしました。思い出すたびに驚異的なその言葉を、ラオシュ、私は一度も忘れたことがありません。

＊

コンビニエンスストアの社長は今日も、六時五分前に現れた。体の中に時計でも内蔵されているかのように、彼の出勤時間には狂いがなかった。その正確さは一年を周期としても同じだった。去年一年間、彼は一日も欠かさずに朝六時から午後二時までコンビニエンスストアのカウンターに立ってきた。記念日が無い人。彼女は彼についてそう定義付けたりもした。数年前に彼を知ったなら、彼女は彼に一抹の関心も持たなかったはずだ。記念するようなことが何ひとつなく、パート従業員の給与を削ることに満足を覚える人なんて、考えただけでもうんざりだった。慣性と習慣に服従して生きるのは、深淵を知らずに表面だけをさらういんちきなやり方だと、長いあいだ彼女は信じてきた。

彼はコンビニエンスストアのロゴが入った緑のチョッキを着て、いつものように「昨夜は客が多かったか」と挨拶代わりに訊いてきた。彼女はいつもと変わらなかったと返事したあと、コートと鞄を取ってきた。早朝の売り上げが記録された領収書に目を通していた彼がふと顔を上げて、まだそこに立ち続けている彼女を見た。彼女はとっさに笑って見せた。妻とは死別して成人した息子はアメリカで結婚し、今は一人で暮らすと言う彼の身の上を知ってからは、彼の庇護を、心地よいベッドと自足的な食卓を手に入れたいと密かに願いもした。口と住居を国ではない具体的な一人の人間に委ねたいという欲望は、なじめはしないものの想像したほどあさましくはなかった。もしかすると、いんちきなやり方を気に病む必要のない静けさだけが、今日を耐え抜ける幸せなのかも知れなかった。安全で豊かな四角いパーツの中で、彼女は休みたかった。

「帰って少し休みなさい。やれやれ……」

彼女の気持ちを読んだかのように彼が言った。けれどその声に、彼女が期待した温もりは無かった。

「そうだ、前に一度食事をしようと言った約束を果たせていませんね。近頃僕が忙しくて。来月にでもまた予定を立てましょう」

彼女は大丈夫だと、食事はしなくても構わないと返事をしたかったけれど、彼はすでに領収書に目を向けた後だった。ゆっくり、ゆっくり歩いた。ゆっくり歩いたけれど、ふと我に返ってみると、彼女はすでにコンビニエンスストアの外の通りに出ていた。胸の疼きも心残りもないみすぼらしい恋が過ぎ去り、代わりに生活保護受給者としての一日がまた、始まっていた。

彼女はコートの前裾を合わせなおして横断歩道を渡り、病院とマンションに学校、そして官公庁やオフィスでいっぱいの建物と教会を通り過ぎていった。誰かの人生を広げておいたような街はM市にだってあるのだ。意図とは関係なくいくつもの人生を通過しているという思いは、また違った次元の疲労を呼んできた。彼女は追い立てられるように路地の奥へと入っていき、そして路地は果てしなく続いた。

中心地から遠い路地になるにつれ、撤去を控えた古びた多世帯住宅と軒店や理髪店、精肉店といった小規模の店舗で風景が組み替わっていった。崩れた塀に立てかけられた錆びた自転車、端の破れたゴミ袋、無造作に捨てられた衣服といった人の気遣いから遠ざかってしまったモノたちも、その風景の一部だった。また二年も経てば、こんな路地にもマンションの団地やチェーン店が立ち並ぶにちがいなかった。日ごと背が伸びる少年のように一夜のうちに階を増やした建物をよく見るM市の奥に、消滅への手順を踏んでいく老人の顔が隠されている。そのことにいつも今更のように気づくのだった。

風が冷たかった。

背後で金属が引きずられる鋭利な音が聞こえてきたのは、閉店した軽食屋の前を通り過ぎる時だった。彼女は鞄の肩ひもをしっかりと摑み、怯えた眼差しでゆっくりと後ろを振り返った。品種不明の黒い大型犬が、チェーン状の銀色のリードを引きずりながらうろついていた。誰か早朝に犬を連れて散歩に出て、リードを離してしまったらしい。

「犬が死体を食べて、人がその犬を捕まえて食べて……」

まるでこの瞬間に思い出すようにセットされたタイマーが作動したかのように、母の言葉が耳元に蘇った。犬は彼女を気にかけていないのか、あちこち匂いを嗅いで辺りを探るだけだったが、彼女は犬に釘付けになった視線を逸らすことができなかった。体格がしなやかで筋肉がよくついた犬だったが、首筋と後ろ脚に血を流した跡がある犬だった。硬直した姿勢で睨む彼女の視線を感じたのか、犬は耳をそばだて、彼女の方を見た。びくともしない重苦しさの中で視線がぶつかると、犬はうなり声を出し、涎を垂らして歯をむき出しながらも尻尾を振った。彼女は踵を返して無我夢中で歩き、ある瞬間から全力で走り始めた。背後の金属の摩擦音は徐々に間隔を狭めながらしつこく近づいてくるのに、落ちてくる鞄と底の破れたスニーカーのせいで思うように速く走れないのが彼女はもどかしかった。路地が終わり、団地の入り口が見えてきた。マンションの中に入れば警備室があるはずだし、警備室には犬を追い払ってくれる人が誰かいるかも知れなかった。けれど遠くで照明を灯している警備室を目撃したにも関わらず、彼女はただ前に向かって走り続け、すぐに団地の入り口から遠ざかってしまった。彼女が住むマンションではなかった。一人暮らしの老人や障がい者、生活保護受給者が住む賃貸アパートでもなかった。彼女は、拒絶されたくなかった。世界が目の前でシャッターを下ろすのを、もう一度見るわけにはいかなかった。ほどけたスニーカーの紐を踏むたびによろめきながらも、彼女は立ち止まらなかった。上り坂まで来たとき、向かい側から乗用車一台が近付いてくるのが見えた。ようやく彼女はへたへたと座り込み、地面にあった石をひとつ、手が砕けるほど握りしめた。乗用車は急停止しながらクラクションを鳴らし、後ろでは犬が吠えていた。しばらく息を整え、力を振り絞って起き上がると同時に振り返った彼女は、手に握っていた石を力いっぱい投げつけた。

犬はいなかった。

誰もいなかった。虚空からぽとりと落ちた石が、地面をころころと転がって行った。乗用車がまたクラクションを鳴らして彼女の傍を通り過ぎていった。疲れた。彼女は再び歩き、道が分かれるたびに何処に行きつくのかわからない一方の道を選ばなければならなかった。

「生きたい」

目的もなく続く道の真ん中で、彼女は呟いた。たまらなく……

たまらなく生きたい。

メイリン、そう呼んで彼女はむせび泣いた。

＊

今日は春節なので、小麦粉でギョウザの皮を作り、細かく挽いた豚肉とキャベツ、ニラを入れてギョウザを包みました。シイタケや清酒などもあればよかったのですが、ここではなかなか手に入りません。下宿の大家のおばあさんに一皿持っていくと、ちょうどパンと珈琲がたくさんあるから一緒に食事をしようと誘ってくれました。

おばあさんと一緒に食卓に座って食べ物を分け合って食べたのは初めてでした。私の珈琲カップの底が見えてきたころ、看護兵だった一番上のお姉さんの安否を尋ねると、おばあさんはギョウザを食べるのをやめて訝しそうに私を見ました。生きていれば九十歳にもなるのに、体も弱かった人がまだ生きているわけがない、亡くなってからとっくに二十年も過ぎたと言いながら。

私は動転して、残念ですと、おばあさんの一番上のお姉さんのためにお祈りしますと答えました。おばあさんは私のカップに珈琲のおかわりを注ぎながら、淡々と話しました。

「あんたはまだ子どもだからわからないだろうね。生きている時間が長くなるとね、死ぬのは残念ではないんだよ。悲しみでもない、それはもっと違うね。私の葬式はね、私に残された最後のパーティーだ。その最後のパーティーで皆が私の事を悪く言わなければいいというのが、今私の唯一の望みだね」

それ以上何を言えばいいのか分からなくて、ただじっとおばあさんを見つめていると、「あんたも私の葬式に来てくれるかい？」とおばあさんは言いました。私は思わず頷き、おばあさんは豪快に笑いながら残りのギョウザを全部召し上がりました。

ラオシュ、死は過程であるというあの言葉、自分が死んだあとに始まる最後のパーティーを謙虚に待つおばあさんも、その言葉を孵化直前の卵のように胸に抱いているのでしょうか。私も歳をとれば、残念な思いも悲しみもなく死に近づけるのでしょうか。けれども空いた皿を手に、暗くて狭い階段を降りながら私は再び私の感覚に触れないものを思い浮かべ、無力な絶望に襲われました。知っていますか？　ラオシュ。私が頭の中で呼び出したイ・ソンの傍にはラオシュが立っているということを。二人はいつも互いを見ることなく並んで立ち、遠い場所から断続的に光る私の打電を、ただ眺めているのです。

三年前のイ・ソンも、ラオシュと同じ行動をとったのです。私のＳＭＳに返信もせず、電話にも出ず、私が家の近くまで訪ねて行っても会ってくれませんでした。顔を合わせているときは熱心に私の話を聞いてくれたにも関わらず、背を向ける時の表情はこの世で一番冷ややかな人に見えたという点も同じでした。私は現に、イ・ソンを憎みました。ひと頃は互いにとってほぼ唯一の親友だったのに、一瞬にして捨てられて背を向けられる対象になったことが受け入れ難かったのです。イ・ソンが死んだ後、その憎しみはそのまま罪悪感になりました。単なる心苦しさではなく、肉と骨を溶かす絶望の苦しみ、患部の無い痛みでした。

私は怖かったのです。振り返ってみると、返事が来ないのに数年のあいだ絶えずラオシュにEメールを送り続けたのは、恐怖のせいでした。もうひとつの不在を背負うことになりそうで。全身を投げ打ってぶつかる壁もなく、そのどうしようもない不在に食い込んでしまいそうで、私は怖かったのです。ですから私は、ラオシュではなく、自分に降りかかるかも知れない仮想の苦痛を心配したのです。

私は生きています。

生きていて、生きているという感覚に集中しています。

そして今晩、私が言いたいことは、これがすべてです、ラオシュ……

じゃあね、お姉ちゃん

昼一時、ロサンゼルス発サンフランシスコ行きのグレイハウンド・バスにエンジンがかかります。

バスが出発してしばらくすると、私は鞄からチャ・ハッキョン[*1]の『ディクテ』[*2]を取り出し、適当なページを開きます。バスの揺れのせいなのか、それとも天気が曇っているせいなのか、文字は絶えず崩れては歪んでしまいます。いえ、もしかすると慣れないときめきに集中力が落ちたせいかも知れません。去年の夏、ネット検索をしていて、カリフォルニア大学バークレー校の博物館に「チャ・ハッキョンアーカイブ」が設立されたという情報に触れてからというもの、私はこの時を待ち続けてきたのですから。

本の中の文字がそれ以上目に入らなくなり、私は車窓の外へと視線を向けます。長距離バスの魅力の一つは、移動時間のあいだに味わえる、座席分だけの孤立感だと私は思います。同じ場所へ向かっていること以外互いに何も知らない他人の中で、完璧に一人きりの状態で割り当てられた時間を消費しなければならないというのは、ある面で私たちの人生と非常に似ていますね。もちろんそんなことを魅力だと思うのは、恐怖症で飛行機に乗れない私のような人に限ったことだとは思いますが。

五年前、夫と一緒に知り合いの結婚式に参加するためニューヨーク行きの飛行機に乗り、苦しい呼吸困難を経験してからは――夫はその時、人工呼吸まで試みたのです――私は旅行を楽しめなくなってしまいました。あなたも知っているように、アメリカのように領土が広い国では、バスや列車で行ける範囲が限られますから。高所恐怖症ではありません。高層ビルや展望台では体の異常反応を感じたことはありません。医学的な理由があるわけではないのです。相談を終えた医師たちは、「心理的な問題に過ぎないので、飛行機に乗る事をストレスだと思わずに気持ちを楽にしなさい」といった、聞くまでもないような助言しかしてくれませんでした。

大抵の人は、飛行機で移動しなければならない旅行や集まりに同行できないこのような事情を打ち明けると、私が持っている恐怖症が実体もなく誇張された心の病、もしくは感情の巧妙な瞞《まやか》しに過ぎないはずだと診断するのです。そのたびに私は、反論よりむしろ沈黙を選びます。あなたなら、そんな沈黙の中で話している私の声を聞きとってくれるでしょうか。舌が千枚あるなら、そのすべての舌で話したい欲望が、あなたの目には見えるのではないでしょうか。もちろんあなたは、一度ぐらいは笑うに違いありません。ひと頃私たちが一番身近に見ていた飛行機を怖がるようになるなんて、意地の悪いアイロニーだと思うかも知れません。

おぼえています。

あなたと私は、私たちが行ける一番遠い場所、車が行き交う八車線道路が現れるまで歩いていました。夕飯前やそのすぐ後、目の粗い網に濾されたような暗闇が大きな欠片になって大気を浮遊する時間、私たちはつないだ手を離すことなく、ただ前を向いて歩きます。それほど長い散歩ではないにも関わらず、あなたはしょっちゅう立ち止まっては私の服のボタンを掛けなおしてくれたり、ずり落ちた靴下を引っ張り上げてくれます。「大丈夫?」「息苦しくない?」「ま

だ歩ける？」心配そうな声で訊きながら。そんなとき私たちの頭上にはいつも、指の節ひとつ

ほどの大きさの飛行機が、雲を掻き散らしながら過ぎて行くのです。

金浦空港が韓国の国際空港だったあの時代、金浦とソウルの境界に位置したその町で飛行機とは、やかんやガラスコップのようにしょっちゅう目に触れる日常的な物に等しかったのです。飛行機は航空会社の社名やマークが見えるほど低く飛び回り、夜はどの星よりも明るく煌めいていました。朝起きてから無意識にトイレへ歩いていくときや、あなたが学校から帰るのを待ちながら居間の窓辺に座って絵本を読むとき、そして夜中に乾いた布団におねしょをして目を覚まし泣きべそをかいたときにも、飛行機はまるで無くてはならない風景の一部のように私の頭上のどこかで、耳が詰まるほどの騒音をたてながら通り過ぎていました。あの頃は、世界中どこでも空を飛んでいる飛行機を見られると思っていました。空港から遠ざかるほど飛行機はどんどん高く飛ぶようになることを、そしてある瞬間からは人間の目には見えもしないし、その轟音もやはり聞こえないということを知らなかったのです。私はその町で生まれて、その町で暮らした五年余りの間、よその都市やよその町にはほとんど行ったことが無かったのですから。たまに診療を受けに車で遠い場所へ行くこともあったけれど、そんな日には空を見上げる余裕なんてありませんでした。仮に空に視線が向いたとしても、病院という空間が呼び起こす緊張感に押しつぶされて、意識的に飛行機を探すことなどできなかったはずです。

両親は、他人《ひと》より弱い心臓を持って生まれた末っ子が、家の外に出る事すら憚りました。二

人が許した私の世界の限界がまさに、あの八車線道路でした。あの道路を横切っていた、幾十もの階段が切り立つように繋がった陸橋は、それ以上の前進を許すまいと番をする、ずっしりとした象徴的な造形物のようにも見えました。

家に帰る道であなたはよく私をおんぶします。私よりも九歳年上ではあるけれど、その頃はやはりあなたも子どもに過ぎませんでした。胸はぺたんこで、耳たぶには産毛が生えています。私が負ぶさっているあなたの背中は小さくて、成熟しきらない骨が繊細に触れてきます。その背中に片方の頰をくっつけたまま、私は幼稚園のことを、時おり動物園や遊園地のことをしゃべり続けます。行きたいんだと、連れて行ってくれさえすれば何事もなく家に帰ってくる自信があるんだと、私はいつもそう話します。本気ではない言葉などありませんでした。そのあらゆる熱望は、その瞬間だけはこの上なく切実で、そして私のすべてだったのです。あなたは、ダメだとかあきらめなさいとは決して言いませんでした。思えばいつでもそうでした。

「そうだね、わかった」

「オンマに話してみるね」

「もう少しだけ待ってみようよ、ね？」

あなたはいつも、こんなふうに言うだけです。家が近付くにつれ、あなたは私をおんぶし直すために何度も立ち止まるのですが、私の体がずり落ちる間隔はだんだん短くなります。あなたの体は汗で湿り、息も荒くなります。それでも私は、あなたの背中から降りるとは最後まで言いませんでした。むしろ、家までの帰り道が無限に延びていくのを夢見ているのです。私たちが歩いて行くほど家が遠ざかっていくことを、そしてある瞬間、跡形もなく消えてしまうことを、時には……

私たちの旅には、終わりがないように思えました……

もしかすると、この文章を読んだ時からこの旅は始まったのかも知れません。あなたと私のように、おんぶしておんぶされたままどこかに向かっている彼女たちの話は、私の人生の隅っこで静かに揺れ動きながら、戻ることのできないあの頃を映し出してくれたのです。だから今私はひとりではなくあなたと一緒に、途切れてしまった私たちの旅の完成へと向かっているのです。私はそう信じています。

＊

バスはもう三時間、アメリカ西部の高速道路を走り続けています。
ロサンゼルスとサンフランシスコは同じ州に属していますが、バスで行くには七時間以上かかるほど遠く離れています。規則的に飲まなければならない薬が五種類以上あるうえに、ひどく興奮したり過労すると呼吸困難でショック死する確率が普通の人の十二倍にもなる、そんな厄介な人間が行って来るには確かに負担の大きい距離ではあります。そのうえ私は慣れない場所では熟睡できないという、無駄に敏感な習性を持っているのです。ほんの短い日程でも、途切れ途切れの睡眠で凌いでいるうちに体力はすぐに底をつき、旅行はそのまま流刑の時間に転じてしまうのです。今も私は、疲れていることすら感じられません。まばらに座った乗客はほとんどが眠っているのに、私の頭の中はむしろ益々はっきりしてきています。

よその都市への旅行は五年ぶりです。

勤めていた職場を辞めて遅れて映画の勉強を始めたJが、チャ・ハッキョンの『ディクテ』を小包で送って来たのは去年の夏の事でした。本に同封した葉書には、アメリカに定住した移民女性としてこの本を読んでみるのは意味があると思う、といった内容が書かれていました。「実は……」。Jは続けて書きました。「実は、ずっと前からこの本を紹介してあげたかったんだ。でも、なかなかできなかった。君は、わかってくれるだろう?」 Jの躊躇いと苦悶が手に取るようにそのまま伝わってきて、私は葉書に書かれたその質問の前で何度も頷きました。『ディクテ』を書いた著者で、同時にパフォーマンス・アーティスト、インスタレーターでもあり、映画や写真分野でも活動したチャ・ハッキョンは、その無限の才能を披露し尽くせぬまま一九八二年、ニューヨークでビルの管理人に殺害されました。その年チャ・ハッキョンは三十一歳でした。何事にも思慮深く慎重なJはまさにこの部分、つまりチャ・ハッキョンの突然の死のせいで、私に彼女を紹介するのを先延ばしにしてきたのでしょう。

何にせよ『ディクテ』は「生きた小説」「ポストモダニズム文学の精髄」「独歩的なディアス

ポラ散文」などと称賛されてきたテクストだけあって、たいへん美しい作品でした。ギリシャ神話に登場する九人のミューズの名前と、各々のミューズが担当した芸術分野で章を分類し、それに合わせて人物、背景、文体を変奏して作品を完成させたというのも独創的でしたが、本当に驚異的だったのは多様なテーマでした。チャ・ハッキョンはそれほど厚くない一冊の本に歴史、言語、女性などをテーマにして多くの話を盛り込んだのですが、その省察の深さと幅は数行の文章では要約できないほどでした。わずか十二歳でアメリカに移住し、その後韓国を訪問したのは二回きりだったにも関わらず、韓国の歴史を解釈する彼女の視線には繊細な愛情が宿っていました。それに、「移民女性」というアメリカ国内の少数者が抱える言語的苦痛だとか疎通の限界を表現する部分では、実験的な技法と文体が目を惹きました。私はたちまちチャ・ハッキョンの執筆に魅了されました。Jが心配した通りチャ・ハッキョンの死は私に、過去に埋もれることのない——そして埋もれたこともない——記憶を思い出させたけれど、それでしばしば本を読みかけたまま、人目に付かない場所に引きこもる時間が長くなったりしたけれど、だからといってチャ・ハッキョンが遺したほぼ唯一の芸術テクストである『ディクテ』にのめりこむ私自身を、止めることはできませんでした。私はもっとたくさん、もっともっと深く、チャ・ハッキョンについて知りたかったのです。

そして読むことになったのです。一通の手紙を、その中の文章を、彼女の話を……

チャ・ハッキョンの妹が若くして逝った姉に書いたその手紙をもし読んでいなかったら、と仮定してみます。だとすれば、必然的に周りの人に心配かけざるを得ないこの旅を、私は計画しなかったはずです。家と職場を往復する生活から抜け出そうと、試みることすらしなかったはずだし、親しい人たちや風景から遠く離れなければならない数日を耐えられないだろうと判断したはずです。けれども……けれども例えばこのような文章の前で、私はいつも崩れてしまうのです。

今まで
どんな言葉であれ
どんな言及であれ
わたしはあなたを、あなたの思い、あなたの言葉、あなたの行動、あなたの望みを語ってきました。

彼女の手紙を何度も読みながら、ある瞬間私は悟ったのです。私が長いあいだあなたを、あなたの思いと言葉と行動と望みを、忘れたまま過ごしてきたことを。突然に、そしてじわじわと……その信じられない無関心が、大きな痛みとなって私にはね返ってくるのには、さほど長い時間はかかりませんでした。

＊

午後五時三十分、給油所を兼ねたカフェテリアの前にバスが停まります。運転席から、二十五分時間をあげるからトイレと夕飯を済ませるようにと、運転手の声が聞こえてきます。眠りから覚めた乗客たちが一人二人と席を立ちます。私も鞄から財布を取り出し、その人たちについてバスを降ります。

バスを降りると、十一月の冷たい風が容赦なく吹きつけ、カフェテリアの照明は湿った空気越しに潤んだように滲んで見えます。薄い暗がりをかきわけて急いでカフェテリアに入り、珈琲とドーナツを買って出てくると、ちょうど雨粒がぱらぱらと、鼻の頭に落ちてきます。

記憶の記憶を思い浮かべなさい。

ある文章は呪文のように、私たちを導いてくれます。今私がひとつの文章にのせられて、記憶の記憶、記憶の中のまた別の記憶たち、その真ん中へと流れているように。あなたの記憶となると、私はいつでもこんなふうに、ワンテンポ先に降参してしまうのです。

季節は秋で、真夜中です。わずかに開いた戸の隙間からは、雨に濡れて帰って来たあなたが見えます。あなたの髪とジャケットとジーンズから落ちる丸い透明な雨の雫を、握りしめた拳、息をするたび静かに上下する膨らんだ胸を、私はひとつも逃さずに盗み見ていたのです。深夜十二時になるまで雨の中を歩きながら、あなたが何を苦悶したのかを察するのは難しくありませんでした。難しかったのは、何を諦めるべきかを左右するあなたの天秤の片方に、私が置かれていたのを認めることでした。その日、あなたはもしかすると、私から離れるための練習をしたのかも知れません。

あなたは高校生です。そして私は、私とは相談もなく私の就学を遅らせた家族に腹を立てて、いつも膨れっ面をしている八歳のちびっこです。私たちはもう、飛行機が低く飛び交うあの町には住んでいません。私たちが住む場所はソウルの北東側、小川が流れ伝統家屋がよく見られる町です。その頃あなたは、本格的に絵を習いたいと考えます。絵画科に進学して卒業後には留学に行きたいと意思表明もします。あなたは、絵の無い人生を想像することができません。絵を描かない手は、無いも同然だと思っています。けれども両親は二人それぞれのやり方で、あなたの夢に反対する意思を示します。あなたが弘大前《ホンデ》や仁寺洞《インサ》の画材屋をまわりながら割安で買い集めた画具を、父は庭に投げ捨て、美術教室の授業料をくれというあなたに、母は最後まで何も言いませんでした。食事の途中で叩きつけるように匙を置いて出ていく父、ごめんねとしか言えない母、あなたと父の長い諍い、諍いのあと家中に立ち込める重苦しい沈黙……私は幼かったけれど、わかっていました。それは私のせいだという事を。私を検査して、治療して、手術を受けさせるだけで精一杯で、ただの一度も裕福だったためしがない両親が、相対的に健康なあなたに犠牲を求めているという事を。

あなたが最初で最後に家出をしたあの日も、父とあなたの間で口論になりました。父はあなたに教師や公務員のような安定的な職業に就かなければならないと強要し、あなたは絵の他には何にも興味がないと答えます。美大に行けないのならいっそのこと大学をあきらめると、いや、人生のすべてをあきらめるとあなたは声を荒げます。あなたがあのように声を荒げるのは珍しいことでした。あなたが強硬に出ると、怯んだ父はいつも私のことを持ち出しました。親は子どもより早く死ぬようになっている、親がいなくなればお前がジョンアの親になるんだ、ジョンアは誰かが世話をしてあげないと生きていけない子で、その世話には経済的な面も含まれているんだ……父がそんな話をする時、どうして私の耳は心臓と違ってこんなに丈夫なんだろうと恨めしく思ったものです。両耳を塞いで机の下やカーテンの後ろにしゃがみ込んで、ただそのことだけを恨みました。

その晩、あなたは食事の用意ができてもまだ部屋から出てきません。父は閉ざされたあなたの部屋のドアの前で、一食抜いたからって死にはしないと意地悪く言い、石のように固まって食卓に座った母は、匙を動かしてはいても実際は何も食べていません。あなたが鞄に荷物まで詰めて家を出たことに気付いたのは、夜十時が過ぎてからでした。父は懐中電灯を手に探しに出て、母は落ち着かない声であちこちに電話をかけます。外では雨が降っています。雨が降ってきて益々焦り出した母は、警察署に行くために服を着替え、何の成果もなく戻った父は、あと一時間だけ待ってみようと母を引き留めます。私はベッドに横になってはいるけれど寝たふりをしているだけで、意識ははっきりしています。

帰ってこないで。

布団の中で、私はそう祈っています。

遠くに、遠くに行っちゃえ。ぜんぶ……

ぜんぶ忘れちゃえ、お願いだから。

深夜十二時になって玄関ドアの開く音が聞こえた時、私の祈りも終わります。こっそりベッドから降りて誰にも気づかれないように用心深く戸を開け、その隙間から私は見るのです。うなだれたままか細く震えているあなたと、その隣であなたの肩を抱きかかえる母、そして背を向けたまま宙を凝視する父を……

あの日の私の祈りを、あなたや両親に打ち明けたことはありません。なので、あの日以降もその祈りが時々反復されたということを、誰も知ることはできません。祈りが嘘だったことは一度もありません。あの日、戸の隙間からあなたを盗み見ながら、あなたの髪と服から落ちていた透明な雫を美しいと思ったのがそうだったように。いえ、私が美しいと感じたのは、あなただけです。なぜ腹が立ちながらも嬉しいのか、どうして失望感と安堵感が共存できるのか、そんなことは一つも理解できないまま、私はただあなたの美しさに圧倒されていました。

雨脚はもう、肌が痛いほどに強くなりました。バスに戻って席に座り、珈琲を一口飲みます。雨水が入った珈琲は、ひどくまずい味がします。古くなった珈琲豆を使ったのか、腐ったような味もします。油と砂糖にまみれたドーナツも同じく、口に合いません。決められた時間に薬を飲むには、とりあえずお腹に何か入れなければならないのに、食欲は瞬く間に消え失せてしまいます。暗い窓には、困った顔をして両手に半分以上残った珈琲とドーナツを持っている、私の姿が映ります。三十八。窓の中の女性はもはや、そんな歳になっていました。

「似てるよねぇ」

私たちを知る人は皆、いつもこう言いました。私の顔にあなたの過去があると、不思議だし面白いと、朗らかに笑いながら……そしてあなたが逝ってからは悲しみを押し殺した声で、面影を求めるように探る眼差しで、「似てるよねぇ」、彼らは同じ言葉をそれぞれに言うのです。それぞれの語調とそれぞれの抑揚で、それぞれの感情をこめて言うのです。三十歳以降あなたはそれ以上歳をとっていないので、三十八歳の私はもはやあなたの過去ではなく、未来になってしまったというわけですね。だとすれば、あなたの消え去った未来は、あの車窓の中にあるのですか。あんなに狭くて、暗くて、孤独な場所があなたの居場所なのですか。答えてください。そこでは風も吹かないし、雨も降らないと。だから雨に濡れて寒い思いをすることもないし、足が凍えることもないと。そこはそんな場所なんだと……

＊

休憩時間が終わり、バスは再び出発します。もうサンフランシスコまでは残すところあと三時間余りです。トイレを済ませてお腹も満たした乗客たちは、室内灯が消えると各々のやり方で、再び眠る準備をします。ある人はコートを頭から被り、ある人は携帯枕を首の後ろに当てます。野球帽で顔を隠す人もいれば、毛布で体をぐるぐる巻きにする人もいます。

私は正直、不安なのです。他の人たちのように簡単に寝つけないのは、不安感のせいかも知れません。ところがこの不安感は奇妙なもので、その奥底には説明のつかないときめきがあるのです。バスが停まったら、チケットに印字された目的地とはまったく違う都市が目の前に広がるかも知れないという不安な期待感が、胸の中いっぱいに詰まっているのです。長距離バスのもう一つの魅力が、まさにこの不確実性だと私は思います。アメリカに好感や興味を持った試しがない私のような人間がこの国に定住することになったのも、振り返ってみると、瞬間瞬間の不完全ないくつもの事件が、予測できない実験のように私を導いてきたからだと思います。

おぼえていますか。

学校に通い始めて、私は自発的に外出を控えるようになります。行き場がないからです。同学年の子たちよりも一つ年上だけれど、学校で私はいつも気後れした様子で、与えられた時間をただ耐えるだけです。私はいつも一人です。走り回ることもできず、早歩きすら許されない、ひときわ青い唇をした私と友達になりたがる子はいません。一緒に遊び回れないということは、同年代の間では一人ぼっちになるのに充分な条件なのです。

そのころにはあなたも、私を気に掛ける余裕はありませんでした。あなたは朝早く登校しないといけないし、私が寝た後に帰宅するわけですから。時おり意図的に、私を避けていたのを知らなかったわけではありません。私たちの夕方の散歩は中断されて久しく、二人きりでテレビを観たりご飯を食べる機会もなかなか訪れません。昼寝から覚めたとき、額の冷や汗を拭いてくれてじっと私を見おろしていたあなたの眼差しは、もうこれ以上私の人生の一部ではありません。あなたが私の服のボタンをかけてくれたり、ずり落ちた靴下を引っ張り上げてくれるということも、もはやありません。あなたは前よりもっと頻繁にぼんやりした顔をするし、時おり何の意欲も感じられない目つきで辺りを見回すこともありました。ふとたまに私と目が合うと口角を上げて微笑んでは見せますが、その微笑みは、あなたの視線が私から離れて他のところを向く前に消えてしまいます。私はあの時も今も、ぜんぶ理解します。心から理解しています。まだ大人でもない高校生にとって、妹の未来に責任を負うという義務感は、心の中の反抗心とぶつかり合って耐えがたい苦しみへと変わっていったに違いありません。妹の未来のために自分の夢をあきらめるしかない状況ならば、尚更のこと。そうです、あなたは結局、絵をあきらめます。画具をすべて処分し、あんなに大事にしていたピカソの画集は古本屋に売ります。机の下に何冊も重ねていたスケッチブックと、絵を描いて授与されたあらゆる表彰状、粗末な額縁に入れていた習作を捨ててしまいます。高校を卒業してから美術とかかわりの無い学科に入学するまで、あなたはただの一度もキャンバスの前に座りませんでした。その後も、私は絵を描くあなたを見たことがありません。

大学を卒業して貿易会社に就職したあなたは、社会生活を始めて三年目に結婚を決意します。結婚を約束した人はアメリカ留学を控えた大学院生だと、居間に集まった私と両親にあなたは淡々と話します。出会ってたった二か月にしかならない人とすぐに結婚するというあなたの言葉に、両親は困惑するものの反対することはできません。それにそのころには、私の病状もかなり良くなっていましたから。

私の義兄になる人をあなたが初めて家に連れてきたのは、その年の秋夕《チュソク》*3でした。彼はまだ三十歳でしたが、レンズの分厚い眼鏡をかけていたうえに若白髪が多いせいか、あなたとは叔父と姪ほど歳が離れて見えました。彼が帰った後、父は彼の目つきが鋭くて気に入らないと言い、あなたは変な言いがかりはやめてほしいと冷やかな声で口答えします。昔のように若くも、血の気が多くもない父は、あなたの言葉に何も言い返すことができません。母は台所で洗い物をしながら、よく見ないとわからないくらいだけほんの少し泣いています。あなたが彼と一緒にアメリカに行くつもりだと、当分は帰国する余裕がないと思うと伝えてきたせいでしょう。

あのチュソク以来、私はずっと心が重かったのです。あなたが何かに追われるように、急いで結婚と移住を決めたような気がしたからでしょうか。チュソクの日に目撃したある場面、義兄になる人があなたの口元に付いたリンゴの皮を親指で拭おうとしたとたん、あなたが咄嗟に顔を背けてその手を避けた場面が気にかかったせいかも知れません。愛の確信というよりは、ただ絵の無い人生から遠くへ逃れたいという欲望があなたの心を動かしたのではないかと、高校生になった私はどうしても疑ってしまいます。

そんな心配をよそに、あなたは予定通りその年の末に結婚式を挙げ、そのままアメリカに発ちます。その日以来私は自分の人生が、大切な何かを抜いたまま大雑把に縫い合わせてしまった軽い袋のようだと思うようになります。父は日増しに年老いていき、母はいつになく頻繁に物を無くしてしまいます。あなたから一週間以上電話がこないと、ソウルにいる私たちは不安になります。待ちくたびれた挙句、あなたに電話をしてつながらないと、その分もっと大きな不安が押し寄せてきます。夏休みや冬休みだけではなく、アメリカでは大きな祝日だという感謝祭やクリスマスにも、あなたは韓国に戻って来ません。あなたは言いませんが、それは生活が苦しいせいだと両親と私には見当がついています。待つこと、私たちにできることはそれだけです。その時……

その時、あなたは不完全な身分証を持って、どこを彷徨っていたのですか。

そこでもしかすると、私を呼んではいませんでしたか。

私はあなたを、あなたの言葉、あなたの知識、私の声、私の血を区分することができませんでした。

私もそう考えたことがありました。アメリカの地に初めて足を踏み入れた時は、あなたが果たせなかった夢を記憶して、話して、記録して生きていこうと決心もしたのです。私たちは似ているから、私たちには一緒に歩いた道があったから、私が行ける私の世界の一番遠い場所には、いつもあなたがいたから。

　想像できます。

　私がこんなことを考えていた時、「お馬鹿さんね」と言いながら痛々しく笑ってみせたに違いない、あなたの顔が……

*

　低い呻き声をあげて、私は目を覚まします。

　ごくりと唾をのみこんで正面を凝視し、ようやく我に返って周囲を見回すと、バスの室内灯が全て点いています。バスは非常灯まで点けて、路肩に停車しています。曇った車窓を袖で拭くと、バスの外で黒人女性が生まれたばかりの赤ん坊を負ぶってあやしている姿が見えます。私が居眠りしていた間に、赤ん坊がひきつけを起こしたようです。アメリカで長距離バスに乗る客は、ほとんどが貧乏学生や有色人種です。窓の外のあの黒人女性は、まだ二十歳にもならないように見えます。

　慣れない場所で眠ると、私は時おりこんなふうに苦し気に目覚めることがあります。最後に受けた三度目の心臓手術のあとからだったと思います。手術後、麻酔が切れるころに私は夢を見ました。アメリカにいるはずのあなたが、私の目の前にいました。あなたは裸足で、氷が所々浮かんでいる川の水面を歩いていました。夢の中でも、あなたの足に対する心配だけは大きくてリアルでした。冬には靴下を二枚重ね履きして過ごすほど、あなたはひどく寒がりでしたから。私はあなたの背後で、危ない、早く出て来てと、首に青筋が立つほど叫び続けましたが、あなたは私の方を振り向きもしませんでした。あれだけ必死に呼んでも、あなたが知らんふりして前だけ向いて歩いているのが信じられませんでした。しまいに私は泣き出してしまいました。顔が涙にまみれるほど泣き続け、辛うじて……

自分でもよく分からない、私の中の不可解な力をもかき集めて辛うじて目を開けた時、回復室の明るい照明が瞳に痛く刺さりました。意識は戻ったけれど声はまだ出せなくて、体も動きませんでした。周囲には誰もいませんでした。目が覚めた瞬間傍にいてくれると信じて疑わなかった母さえも、姿が見えませんでした。絶対的な静けさ、耐えきれない痛み、ピクリともしない体、その状況は少し前に見てきた悪夢よりもずっと酷い悪夢のようでした。

回復室から一般病棟へ移されたあとも、両親は現れませんでした。時おり親戚が訪ねては来たけれど、彼らの内誰一人、両親がどこに行ったのか話してくれませんでした。また捨てられたのではないだろうか、そう疑い始めました。あなたが私から逃れるためにあの遠い国へ行ってしまったように、両親も私や私の病気に嫌気がさして互いに合意のもとで私を見捨てることにしたんだと、何もできずに横たわっているしかない病室で、私はそんな誇張された喪失感と闘っていました。不毛な日々でした。

父が一人で病室を訪れたのは、手術が終わって五日後のことでした。まだ暗い明け方、父は激しく私の身体を揺さぶり起こすと、無表情でしばらくぼんやりと立ち続けて言いました。

「オンマはアメリカにいる」

見ないうちに老人になってしまったように彼は老けて見えて、声まですっかり枯れていました。

「オンマが来たら、言ってやってくれ」

そう言った後、父は肩を落としました。父が私の前で涙を見せたのは、その時が初めてでした。悪い直感が、まだ腫れがひかなくて無理やり膨らませた風船みたいな体の中いっぱいに浸み込んできました。それ以上何も聞きたくなかったけれど、私の耳は相変わらず丈夫で、一向に悪くなる気配すらありませんでした。

「オンマは正気を失うかも知れない。だからオンマに会ったら、必ず言ってやってくれ。ジョンヒが、ジョンヒは、お前の中にいるんだと……」

そして父は崩れるように座り込むと、大声でむせび泣きはじめました。髪の毛がほとんど抜け落ちた、彼のぽっかり禿げた頭頂部を見下ろしながら、本当の悪夢はまだ終わっていないんだと、早くこの夢から覚めなければと、私は繰り返し呟きました。

それしか、できることがありませんでした。

年老いた男の泣き声と若い女の呟きが入り混じる病室の中は、けれどもうるさくなくて、ひっそりとしていました。

一週間後、私は無事に退院しました。病室の外には、また別の病室がいくつもあって、終わっていない夢の中で私の人生は再び続けられました。ひたすら歩かなければならなかったけれど、時々立ち止まって、凍えた足をただじっと見下ろすこともありました。そしてそれから多くの時が流れたある日、私はロサンゼルスの長閑《のどか》な夏の最中、彼女の手紙を読むことになったのです。

わたしの血の中に流れるあなたの記憶、あなたの沈黙。

＊

三十歳のあなたは、とても小さな箱の中に入れられて、あなたの故郷へ帰ってきます。私たちはあなたを、木の下に埋葬します。冷たくなってしまったあなたの若い肌と血を、誰も見られないようにその中に隠しておきます。あなたが言いたくても言えなかった言葉、未完成のままになってしまったことや素敵な計画、出会う可能性のあった人たち、それらすべてをわからないまま。書かれなかった歴史、記録されなかった話、閉ざされてしまったひとつの未来、それもいっしょに。あなたを埋葬してきた日、私たちの手には、何も残りませんでした。

身体がある程度回復したあと、私は三十歳のあなたに会いに空港へ向います。両親は出国ゲートの外で、手を振りながら言うのです。

「やりたいことをやりなさい。翼が生えたように世界中を駆け巡って思う存分生きなさい。遠く、遠くまで行きなさい」

ゲートの外で、父は低い声で呼びます。

「ジョンヒ……」

その間彼には、涙を見せまいと歯をくいしばったまま笑う癖がつきました。

ゲートが閉まる直前、父はもう一度あなたの名前で私を呼びました。

アメリカに到着するとすぐに私はあなたが暮らした家を訪ね、あなたと親交があった人たちを捜し出し、会いに行きます。ソウルの家族に内緒で離婚した後、ビザを更新できずに不法滞在者の身分になったあなたは、生きた最後の一年を、ロサンゼルスのコリアタウンの中だけで過ごさなければなりませんでした。生活費を稼ぐために在米韓国人が運営する書店で働き、僑胞〔外国に居住する自国人を指す〕の子どもたちに韓国語の文法を教えたりもしました。私はあなたが遺した手帳と日記とメモを読んで、そのあとは歩けるところまで歩き続けます。それまで生きてきて、ただの一度もやりたいことがなかった私に、初めて意欲というものが生まれます。青く熱いその感情はぎこちなくて危なっかしいけれど、私を生かしてもくれるのです。生きていてよかったと、そうやって独り言をつぶやく私自身を発見することもあるのです。

私が聞いた二十七歳から三十歳までのあなたの人生は、こうでした。主に自転車に乗って買い物に出掛けたという事。教会前で空の乳母車を押しながら物乞いする若い女性に、着ていたコートをあげたことがあるという事。ダウンタウンにある美術館に行くことを、最高の贅沢だと思っていたという事。韓国行きのチケットを何度か予約もしたけれど、日付が近付くとその都度取り消していたという事。ダウンタウンで強盗の銃に撃たれた日も、あなたの鞄には発券が完了していない飛行機のチケットが入っていたという事……私が辿れるあなたの痕跡はそこまでがすべてですが、私は帰国しません。アメリカに来て二か月が経つころに私は、あなたと二週間に一度会って言語交換をしたというインド系アメリカ人に出会います。彼は、あなたのノートパソコンを修理してくれた電器店の職員でした。仕事から帰ってアジアドラマを観るのが唯一の趣味なので、あなたとのその個人レッスンがとても大切だったと彼は言います。発音に自信がなさそうだったRやVの入った単語は、うっかりですら使わないほど自尊心の強い人だったと、あなたを思い出して彼は笑います。

「けれども、うつむくときに見えた白くて長い首は、まるで草の葉のようでした。どうやってあんな首で息もして、お辞儀もして、話もできるんだろうと、不思議に思いながら見たものです」

その言葉に私は、昔あなたにおんぶされた時に私の胸に触れた、あなたの弱々しい骨の感触を思い出しました。家が近付くにつれてだんだん濃くなるあなたの汗の匂い、荒くなる息づかい。それでも一度だって「降りる?」と訊いてこかなかった、あの長い時間も一緒に……

そのインド系アメリカ人は、そのようにして不意に私の人生に入って来ました。彼と親しくなり、結婚してアメリカに定住しようと心に決めたのは、だからあなたの磁力のせいだとしか説明がつきません。それともあなたが落とした、一本の毛糸だったのでしょうか。遠くからあなたの毛糸玉は静かに、けれども一度も休まずにせっせと動いてきたはずですから。

そうやって十七年をこの国で暮らしました。

振り返ってみると、毎瞬間が孤独と不安の連続でした。私が新しく身につけなければならないのは第二言語そのものではなく、第二言語で挨拶する方法、お祝いやねぎらいを交わす流儀、ジョークを言うテクニックでした。この国の銀行と公共交通機関や病院システムに慣れなければならなかったし、買い物をして、料理をして、子どもを産んで育てる人生にも、自分の体を合わせて行かなければなりませんでした。

時々、氷が浮かぶ冷たい川の水面を、裸足で歩いているような気もしました。

五年前、ニューヨーク行き飛行機の中で呼吸困難になる直前に私が見たのも、まさにあの氷の川でした。実を言うと私は、その風景が氷の欠片が浮かぶ川ではなく、雲が流れるただの夜空だとはっきり認識していました。わかっていながら私は、その場所のどこかにあなたがいるような気がして、とてもその風景を直視することができなかったのです。そこでは足が凍えるでしょうから。声は出ないし、体は動かないのに、周りには誰もいないばかりか母の姿さえも見えないでしょうから。

飛行機が無事に着陸し、息絶えそうに苦しかった呼吸が落ち着いて、ようやく私はわかったのです。自分が小さな死を経験したということを。

＊

夜九時五十分、バスは遂にサンフランシスコに到着しました。

バスを降りると、どこへ行けばいいのか分からなくて、とっさに戸惑いが押し寄せてきます。まだ孵化するには早いのに卵から出てきた雛鳥のように、自然と体が縮こまります。

こんなとき、毛糸玉を思い浮かべるのです。

金浦空港の近くに住んでいたころ、縮んだりひどいシミが付いて着られなくなってしまったニットの服は、私たちにとって貴重な玩具でした。私がニットの服を摑んで、あなたが毛糸を引き抜いて、丸い毛糸玉を作りました。毛糸玉ができていく間、私たちは向かい合って座り、笑って、騒いで、時おり沈黙しました。

その町で暮らした最後の年の、ある冬の夜。その時も私たちは、母のセーターでひとつの毛糸玉をこしらえていきます。夜が更けても、世界のどこかを目指して飛んでいく飛行機の行列は途切れることなく、私はいったいどんな人たちが飛行機に乗るんだろうと、気になってしかたがありません。その間にセーターは小さくなり、毛糸玉は大きくなっていきます。頻りに眠気が押し寄せて瞼が下りてくるのですが、夢うつつにも毛糸を引っ張る力を感じるたび、私はほっとするのです。あなたの手に巻かれていく毛糸を離しさえしなければ、私はいつまでも安全でいられる気がするのです。その毛糸だけしっかり辿っていけば、いつか私たちがまた会うことになるその目的地が現れるはずだと信じる気持ちは、そうやってどんどん丸く、大きくなっていきます。ところが……

ところが私はすっかり眠りから覚めて目を開け、見てしまうのです。ぽっかり空いた向かいの席を、埃が降りたその温もりの無い座布団の上を。出来上がった毛糸玉はもう、どこかに転がっていって見あたりません。

「じゃあね……」

しばらく同じ場所でうろうろしたあと向き直り、市内の方へと歩いていくと、頭の上を飛行機が飛んでいきます。飛行機に向かって手を振りながら、私はそしてささやきます。

じゃあね、お姉ちゃん。

＊一段下がった文章は『관객의 꿈: 차학경 1951-1982』(콘스탄스 M. 르발렌 엮음, 김현주 옮김, 눈빛 2003)〔『観客の夢：チャ・ハッキョン 1951–1982』（コンスタンス・M・ルウォレン著、キム・ヒョンジュ訳、ヌンピッ、二〇〇三年）〕に収録されたチャ・ハッキョンの妹チャ・ハグンの手紙から抜粋したものです。

［訳注］

＊1　車學慶（一九五一—一九八二）。韓国人美術家・作家。一九六一年に家族と米国に移住。カリフォルニア大学バークレー校で文学や芸術、映画などを学び、仏パリに留学。ニューヨークで活動を繰り広げていたが、夫の作業室のあったビルの警備員により暴行・殺害された。

＊2　チャ・ハッキョンの最初で最後の書籍。Dictéeは「書き取り」を意味するディクテーションの仏語。詩、小説、日記、自叙伝、エッセイ、手紙、映画脚本などの異なるジャンルの文がギリシャ神話の女神たちの名をとって9章で構成。後半には実在した女性たち（柳寛順、母、マザーテレサなど）の写真や絵が載せられている。

＊3　陰暦八月十五日の中秋節。韓国ではこの日の朝に一族の親戚が本家に集まり、先祖に祭祀を行い、墓参りをする風習がある。

時間の拒絶

軽い散歩になるだろうと、ソッキは空のペットボトルを二本リュックに入れて家を出た。低い小山へと続く道は、仕上げ工事をきちんとしなかったのか所々窪みがあり、砕けたコンクリートの破片がいくつも、軌道を見失った惑星のように道の端に転がっていた。小山が近づくと、木の香りが濃くなった。高さ百メートルにも満たないありふれた山だが、一級の湧き水と雑木《ぞうき》が茂る遊歩道があるらしい。

ソッキは一週間前にこの町へ引っ越して来た。その日は朝から雨だった。チャンが職場の同僚の兄に借りた十五人乗りのワゴン車で、段ボール七箱と二人掛けのテーブル、電子レンジとマットレスを運んでくれた。

「職場の同僚の兄さんって、それ、ほぼ他人よね？」

助手席に座ったソッキが笑いながら訊くと、チャンは二、三回咳払いしては「そうかな」と自信なさそうに答えた。サムホ連立〔連立住宅。四階建て以下の集合住宅を指す〕の前に着いて車から降りたソッキを、誰かがボン、と叩いて通り過ぎた。振り返ると、うつむいたまま何か呟きながら歩く、中年の女が見えた。女の手には傘の代わりに黒いビニール袋が提げられていたのだが、何も入っていないビニール袋は、一瞬一瞬変形する風の形をはらんでひらめいていた。

「ここにもイカれた女がいるな。鐘路《チョンノ》でもそこら中で見かけるけど」

チャンは何気なく言って、ワゴン車のトランクの方へ歩いていった。ソッキは女が道の角を曲がって見えなくなるまで、彼女から目を離せなかった。女は、黒いビニール袋に物化された自分の魂を持ち歩く呪術師のようにも見えたし、生とは悲しみの集積に過ぎないと訓示する孤独な隠遁者のようにも見えた。その日の午後、引っ越しの荷物をサムホ連立二〇一号室に運んで開けてみると、どれも少しずつ濡れていた。チャンが帰ったあと一番小さな箱から開けながらソッキは、この先もずっと雨を避けることはできないだろうという思いに駆られた。夕方に家主が立ち寄り、必要なものがないか訊いてきた。所々破れてカビが生えた壁紙を替えてほしいと言いかけたが、大丈夫だと言葉を濁した。家主は、サムホ連立から二十分ほど歩いた先に小山があることを教えてくれて、去っていった。

いつのまにか遊歩道の入り口が見えてきた。けれどもソッキの視線は、遊歩道入り口の右側、サムホ連立よりずっと落ちぶれた古い多世帯住宅の外壁にかかっているプラカードに止まった。その近所に公衆トイレが設置される予定らしかった。白いプラカードに荒々しい筆跡で書かれた原色の文言には、まだ存在すらしていない公衆トイレに対する強い拒否感が赤裸々に表れていた。ソッキはじっと立ったまま、その文言を何度も読んでみた。住民の意見を無視した工事に怒りを覚えるという文言まではどうにか理解しようと思えたが、直ちに工事の計画を撤回して人間らしい生活の権利を保障せよという文言はどうにも解せなかった。怒り、権利、保障……記者室で、ロビーで、最後のひと月は社屋の屋上で、同僚記者たちとスローガンで叫び、歌い叫んだ単語だった。ソッキはそのまま引き返した。一級の湧き水を汲んでくるつもりだった二本のペットボトルが、リュックの中でしきりにぶつかり合っていた。

家に帰るとドアに鍵をかけ、壁にもたれて座った。日が暮れ始めて街灯が灯ると、二〇一号室の中にオレンジ色の光の束が差し込んできた。指をいっぱいに広げて光の中に浸してみた。オレンジ色に染まった手は、鋳型から取り出したばかりの金属のように、近寄り難いほど冷たく見えたが、小さくて不細工であることには変わりなかった。

「ほんと、小さくて不細工ね」

そう呟きながら目を閉じると、辞表が一部ずつ握られていた様々な手が見えてきた。白くて細長い手、分厚くてがっしりした手、青筋が浮き出た手、結婚指輪をはめた手……労組の強制解散試行があって間もなく、ストライキが終わり次第会社側が労組に損害賠償を請求するという噂が回るころ、ソッキは数人の同僚記者らと一緒に社長室を訪ね、辞表を提出した。その時その一団の中にいたチャンは、今では鍾路にある大手予備校の広報部職員になっていた。いつだったかチャンは、ひところ震える思いで記事を送稿していたその新聞をテーブルの上いっぱいに広げていたアルバイト生に、平手打ちをくらわしてやりたかったと打ち明けたことがあった。昼時で、デリバリーした食べ物が置かれていた。「やるせなくて?」ソッキがいたずらっぽく訊くと、「敷物に使うのも嫌で」と、チャンは仏頂面で答えた。辞表行列が相次ぐうちにストライキはうやむやに終了し、損害賠償請求は噂に終わった。記者の内の一部はソウル駅や光化《クァンファ》門を回りながら一人デモを続け、その他一部は遅ればせに会社側と手を結び、記者室に戻っていった。

街灯はすぐに消えた。消えてはまた点灯し、再び消えてからはずっと消えたままだった。サムホ連立二〇一号室の最も大きな魅力を、ソッキはたった今知った。街灯の明かりの待合室、点灯はするものの持続しないあの代物の誤作動を誰かが修理しない限り、ほぼ毎日繰り返される昼と夜のはざまの停留所……まばらな暗がりが、遠慮深い客のように二〇一号室の中へと一歩ずつ入ってきた。ソッキは立ち上がって窓辺に行き、窓を開けてタバコを一本くわえ火を点けた。ある種の非常食のように、ソッキはタバコを三本ずつティッシュに包んで机の引き出しに入れていた。二か月ぶりにタバコの煙が喉の中に入ると、激しい咳が噴き出した。弱い気管支のせいでタバコを吸うのが苦行でありながらも完全にやめられないのは、通路でしかない人間の身体に、改めて気づかされるのが好きだったからだ。毒素の密度と含有量は変わっても、吸い込んだ煙はまた出てくるようになっている。体の中で永遠に留まる物はない。食べ物も、感覚や感情も、ひところは存在の全てをかけて闘った苦悩と、その苦悩の時間さえも……流れ去ったものは決して戻らないというその実直さが、生の唯一無二の慰めだとソッキは考えてきた。窓の外に広がる白い煙を、一握りの黒い空気がぴたりと封じこんだ。苦しみながらも苦しみ方を知らない純朴な魂がひとつ、その空気を片手に、聞き取れない独り言を呟きながら空へと散っていった。

＊

空へ散るタバコの煙は、人の内側を描いた地図のようにも見えた。特殊な溶液に浸すとひとりでに絵が浮かび上がる紙のように、体の中の隅々へと入り込んだ煙は、目には見えるはずもないその場所の風景を含んで出てくるのである。痕跡かも知れないし、傷跡かも知れないその何かを……ジェインはたった今思いついたこの考えが気に入った。次の制作ではめいめい違った姿勢と表情でタバコを吸うジェインたちを描いたらどうだろう、そう真剣に悩んでもみた。

「寒いなあ」

後ろを振り向いた。

「そこで何してるんだよ、窓閉めろよ」

寝言ではないことをわからせるべく、あとに続いた言葉には多少断固たる響きがあった。イースト川が見下ろせるレキシントン通りの高級マンションで暮らすヘラルドには、あらゆる人種が集まって暮らす貧しいフラッシングの冷たい風が異質的に感じられたのだろう。あらゆる条件がきちんと整ったガラス管の中を脅かす、外部の有害な病原菌といったところだろうか、この風が？　ジェインはタバコを消してからテラスの窓を閉めた。

「何か心配事でもあるのか？」

再びベッドに戻ると、ヘラルドが一糸まとわぬジェインの腰を両腕で抱き寄せながら訊いた。

「何も」

ジェインは短く答えた。あなたが来期の展示会スケジュールに私の名前をあげてくれると約束してくれないことを除いては。あとに続く言葉は言うまいと、ジェインは唇を嚙みしめた。最後の自尊心まで捨てるほど差し迫ってはいない。ジェインはそう信じたかったし、そうでなければならないことも分かっていた。

昨晩、ヘラルドが館長をつとめる美術館のロビーで、開館三周年記念パーティーがあった。ニューヨークとニューヨーク近郊から来た若い芸術家たちが、ワインやカクテルが入ったグラスを手にロビーを闊歩した。知人同士は軽いキスと抱擁をしたあと安否を尋ね、初めて会う人たちは互いの作品について論じながら躊躇《ためら》いなく好感や敬慕を表した。見慣れていても未だに適応できない、この国の大げさな挨拶の流儀だった。パーティーに来たほとんどの芸術家たちはヘラルドに挨拶をした。一見フラットな関係に見える、堂々と握手を交わして名乗る形だったが、一瞬の失態で尊敬の姿勢を疑われるのではないかと、誰もが慎重だった。彼らの心の中では、自分の秀でた芸術性がまともに評価されない悔しさを漠然と抱いた子どもが、難解な地図を一枚ずつ描いているに違いなかった。ジェインも彼に挨拶をした。そして選ばれた。彼は、若いころバレリーナだったという北欧出身の妻や名門私立大学に通う二人の娘とは違った肌、違った体形、違った雰囲気を持つ三十代の移民女性から、欠乏と差別に慣れた若い芸術家の肖像を見たのかも知れない。

ヘラルドがジェインの背中に顔をすり寄せながら、フィリップ・キムを知っているかと訊いてきた。名前は聞いたことがあるが、個人的にはまったく親交がなかった。

「そう？　君もキムなのに？」

「あのね、私の故郷では五人のうち一人はキムなのよ」

ジェインは大したことないように軽く返したが、ヘラルドは真面目に言葉を続けた。

「僕が言いたいのは、君もそういう方向で一度制作をしてみろってことだよ。君の国の歴史や社会に関する制作をね。もちろん、最近のイシューを扱うのならもっといいだろうね」

背中に触れるヘラルドの息は熱くも、激しくもなかった。

フィリップ・キムは挺身隊のおばあさん《ハルモニ》たちの生涯を扱った作品で注目を浴びたことがある、ジェインと同年代のインスタレーターだった。ジェインはその作品を、パンフレットでだけ見たことがあった。部屋の一室に古びた衣服と所持品を広げておき、四方の壁はハルモニたちの若い頃を写した白黒写真で埋め尽くし、写真の上に彼女たちのインタビュー動画を投影した。代わり映えのしないお決まりの作品だった。ジェインが知る限りでは、フィリップはただ両親が韓国人というだけで、生まれは米国だった。九歳になるまで韓国で韓国人として暮らしたジェインより、故国との距離は遠いというわけだ。韓国語では自己紹介もまともにできないにちがいないフィリップが、肌で感じたことのない韓国の歴史を扱った理由といえば、説明を聞かなくてもわかることだった。

「夢も、米国人みたいに見るんだ」

父はいつでもそう言った。彼は二人の娘が米国式発音の英語で本を読むときに最も大きな誇りを感じる類の移民であった。コリアタウンで在米韓国人相手の韓国料理屋を営みながらも、彼は米国的なものを褒め称え、英語を自在に駆使する人であればやみくもに信頼した。異国から来たという特殊性が移民にはせめてもの武器になり得るということを、彼は決して納得できなかった。米国社会に仲間入りできない疎外感を表現したり、離れてきた故国の歴史だとか文化を多様性という名分を掲げて陳列すると、評壇も言論も関心を見せた。国籍を超えた普遍的なテーマ、もしくは倫理的価値判断が排除された絶対的な芸術性は、移民にあてがわれる領域ではないのである。

ヘラルドはすぐに眠りについた。ジェインはベッドから降りてガウンを羽織り、テーブルに座ってノートパソコンを開いた。ジェインはもう、この国の見えない壁との闘いを放棄した。五年ほどまえから、イメージを羅列するスタイルの実験的な画風を捨てた。その代わりに、星条旗をTシャツやスカートのように纏《まと》い、米国の日常的風景を彷徨う自身の姿を描いた。乳母車を押して公園を散歩する若い夫婦、携帯電話やタブレットPCを手に公園を闊歩する会社員たち、リビングのソファに横になりテレビのトークショーを見る気怠い表情の中年男性の傍で、空虚な表情でキャンバスの外を凝視する星条旗の中のジェインたち、内面の不安と同化への欲望を演じる役者……ジェインの作品が美術館に飾られて、少しずつではあるが売れ始めたのもそのころからだった。

ジェインは韓国の主要報道機関のホームページを順にクリックし、政治社会欄を注意深く見てみた。妥協は卑怯ではなく、また別の意味の勇気なのだとジェインは学んだ。他の誰でもない、自分の生から。簡単に変わる人間の感情にしがみつくより、ヘラルドが美術館に飾りたがる絵を描く方が、どのみち捨てられる未来に対応する合理的な姿勢でもあった。マウスを握った手が、暫し止まった。女性、一度見たことがあるような女性の写真に、ジェインの視線が止まった。周りの人は皆、一群の警察と強ばった表情で対峙したり右往左往しているのに、女性はその隙間にぽつんと座り、愛のセレナーデでも聴いたようにただ切なく笑っていた。ジェインは、女性が胸の奥深く抱きしめているであろう、ひとりの人間の信念を想像した。ただの想像に過ぎないというのに、その信念の深さを自分は決して知ることができないだろうと思った瞬間、ジェインは涙が出そうに強烈な嫉妬をおぼえた。

ジェインにソッキの顔が初めて刻印された日であった。

＊

その写真の背景は一年前の春先、社屋の屋上だった。ストライキは三か月を過ぎ、今日が昨日のようで、明日も今日のコピーになるに違いない屋上の下は、この上なく平和に見えた。屋上に集まった記者たちが、敵軍のいない戦場に追いやられた軍人のように見え始めたのはいつからだったのか。思い出せなかった。その日ソッキの頭の中は、屋上に来る前にエレベーターの前で行き合ったインターン記者のあどけない顔でいっぱいだった。既存記者らがほとんどストライキに参加するようになると、会社側は生活保護並みの給与しか払わない、新卒ほやほやのインターン記者たちに記事を書かせた。ストライキ中の記者の目に、インターン記者が良く映るわけがない。鏡を見なくても、自分の視線が冷ややかだったに違いないのはソッキもよくわかっていた。そのインターン記者は緊張したのか、両手を痛いほど組み合わせてソッキの視線を避けていたのだが、ソッキがエレベーターに乗ろうとした瞬間、「先輩」と切羽詰まったように呼びかけてきた。何日も夜勤が続いたのか、インターン記者の目は充血していて、ブラウスとスカートはひどくしわくちゃになっていた。

「先輩、インターン研修中にクビになったら、履歴書にも書けないという事をご存知ですか?」

勇気を振り絞るように、首に青筋まで立てて問いかけるインターン記者を、ソッキはしばらくじっと眺めていた。ピンと張りつめて平均を保っている天秤が、目に見えるようだった。天秤の両側にのせられたのは、切迫感と呼べる気持ちの総量だったのだろうか。

武装警察が屋上に押し寄せたのは、ちょうど正午を過ぎたころだった。面食らった記者たちがどのみち逃げ場も無い屋上で慌てふためく姿を見ながら、ソッキはつぶやいた。

「瞞《まやか》しみたい」

吐き出したあとになって、そんな言葉だったことに気付いた。どこからともなく飛んできたひとひらの桜が宙でくるくると回って、ソッキの手の甲に舞い落ちた。それだけが世界でただひとつの実在であるかのように、ソッキはとめどなくその花びらを見下ろしていた。その時どこからかカメラのフラッシュが焚かれたことに、ソッキは気づかなかった。その一枚の写真が他社の記事に載り、またその記事が遠い国の画家に作品を作らせるインスピレーションを与えるとは、当然想像すらしていない瞬間だった。その日、記者たちを屋上から追い出そうとする警察と抗おうとする記者たちの間で揉み合いになった。誰かは肩の骨にひびが入り、また誰かは頭の片側が陥没した。そしてほとんどの人が痣ができて、血を流して、負傷した。警察の圧倒的な鎮圧のあと、自分よりけがの程度がひどい誰かを支えて屋上から抜け出しながらソッキは、天秤の片方の皿からもう降りてしまいたいと思った。切迫感に率直さが上乗せされたインターン記者の皿が、少しでも上がれるように……

再びＷｅｂメールを開いた。どう見ても招待のメールに間違いなかった。しかし何もかもが不審に思えてならなかった。インターネットに出たソッキの顔からモチーフを得て一連の作品を作りあげたという話もそうだが、展示会を見に来るなら宿と食事を提供するという提案は非現実的に思えた。

「ニューヨークのフラッシングにある古いアパートなんですけどね」

自ら在米僑胞だと明かした画家は、そう付け加えた。

ノートパソコンを閉じていると、携帯電話のアラームが鳴った。一時間後、企業の広報冊子を主に作る小さな出版社で面接があることを知らせるアラームだった。もう鞄を持って地下鉄駅に向かわなければならないのに、ソッキは重要な書類でも失くしてしまった人のように、部屋の中をただうろうろしていた。まだ開けていない引っ越しの荷物が足にぶつかり、床には掃きだしていない埃が積もっていた。

　面接の三十分前になってようやく家を出たソッキは、地下鉄駅の前を素通りした。あてもなくただ前を見て歩いたが、新聞を持った人に出くわすと引き返したり、脇道へと逸れた。二時間ほど街を彷徨ってようやくバスに乗り、チョンノの方へと向かった。チャンに連絡をしたあと、彼と一緒によく行った居酒屋に入り、焼酎とオムクタン〔魚肉の練り物（オムク）を串にさして煮込んだ料理。オデンとも言う。日本のおでんにルーツがある〕を注文して待った。七時ごろ仕事を終えて居酒屋にやってきたチャンは、すでに焼酎を一本あけたソッキを驚いた顔でただ眺めていた。

　ところが時間が経つに連れ、酔うのはチャンの方だった。いつでもそうだった。

　ソッキは、彼が自分よりずっと熱い人間だということを疑ったことがなかった。チャンは短い記事でも資料なしに書くことがなかったし、文化部に配属されていたあいだの休日は、記事にする本や映画を見て過ごしていた。自分が書いた記事をコピーしてラミネート加工し、要らないと断る友人に誕生日プレゼントだと押し付けて来ては、それをまた自慢するのだった。彼が時おり、諦めずに一人デモを続ける先輩記者を遠くから見守って帰って来ることをソッキは知っていた。ひょっとするとチャンは、アルバイト生に平手打ちをくらわしてやりたかったというその日以降、デリバリーした食べ物の下に敷くのにちょうどいいチラシやフリーペーパーを、テーブルの横にきちんきちんとストックしていたのかも知れない。

「面接、受けなかった」

目つきがぼやけて頻繁に荒っぽく顔をこするチャンに、ソッキは思わず打ち明けた。

「よくやった、よくやったよ」

チャンが左右に体を揺らしながら答えた。

「ある人にニューヨークに来るように招待されたんだけど、行ってみようかな」

ソッキはグラスに残った焼酎を飲み干しながら、言葉は気持ちから出てくるものだけれど、中には気持ちを作る言葉もあるんだと、改めて悟った。

「でもニューヨークに行って来たら、面接を受けさせてくれる所はもうないよね？」

「なあ、あのさぁ……」

チャンがうつむいたまま、目元をこすりながら言った。

「あのさぁ、先週俺、死にかけたんだよ」

びっくりしたソッキはグラスを置いて、いつの間にか若白髪がちらほら見え始めたチャンの頭頂部をじっと見つめた。チャンのつぶやきが続き、彼がもたれかかる生成色の薄汚れた壁紙には、横断歩道の真ん中でオロオロと立ちすくむ彼の姿が映し出された。それはお昼時で、食堂を出た職員たちは珈琲を飲みに行く一団とタバコを吸いに行く一団に分かれた。チャンは珈琲は飲まずにゆず茶やハト麦茶を飲んでいたし、タバコといえば服に煙の臭いが付くのも嫌だったので、どちらのチームにも加わらずに一人で学習塾の方へと歩いて行った。地面ばかり見て歩いている途中、ふと辺りが騒がしいので顔を上げてみると、横断歩道の両側で車がクラクションを鳴らしていた。歩行者の信号が赤だったのだ。その時、配達ボックスを後部に載せたオートバイ一台が、ものすごい勢いで風を切りながらチャンの前をビュンと通り過ぎ、遅れてチャンに気付いて慌ててハンドルを切ったタクシー運転手は、窓から顔を出して怒鳴りつけてきた。真昼の八車線大通りでどちらへ進むこともできずに真っ青になって怯えていたに違いない彼は、コメディ俳優のようだっただろうか、アートフィルムのシリアスな主人公のように見えただろうか。

「だから俺が言いたいのは……」

チャンがまた目をこすり、力の抜けた声で続けた。

「俺が言いたいのは、行って来いってことだ。いつ死ぬかも分からないのに、それが何だって言うんだよ、そうだろ?」

ソッキは意味もなく頷いたあと、伝票を持ってカウンターへ行った。電子パッドにサインをしながらふとチャンの方を見ると、彼は瞑想するように目を閉じていた。いつかチャンは、今日話さなかった残りの話を持ち出すだろう。

「がむしゃらに歩いたんだ」

その話は、こう始まるのではないだろうか。

「一度は最後まで行ってみたかったんだ、赤信号だろうが青信号だろうが」

ついでに、ひょっとすると長いあいだ隠してきたソッキへの恨みをほのめかすかも知れない。労組が揺れていた時、辞職を先に決めたのはソッキの方だった。その時悩んでいたチャンにとって、自分がひとつの鏡になったに違いないということは十分見当がついた。最後まで行くことができずにそうやって一緒に引き返した時、春は無残に終わっていた。いつの間にか目を覚まし、壁に手をついて立ち上がりながら転びそうによろけるチャンを、ソッキは支えなかった。危なげない情熱は瞞《まやか》しなのだろうから、公平であるためにはただ、今は彼を放っておくべきだと思った。

チャンをタクシーに乗せて送ったあと、ソッキは終電に遅れまいと、地下鉄駅へと続く裏路地をせっせと歩いた。その時、薄暗い路地の向こうから、肩を目一杯すくめた女が独り言をぶつぶつ言いながら近づいてくると、ソッキをボン、と叩いて通り過ぎて行った。デジャヴを感じた。ソッキは硬直したまま、ゆっくりと後ろを振り向いた。女は路地に向かって歩いていた。女を追うことはできなかった。女の顔をはっきり見てしまうのではないかと、ソッキは怖かった。その代わり、あたふたと鞄をあさってコンパクトを取り出し、震える手で蓋を開けた。鏡はただ白くぼやけていて、その表面には何も映らなかった。こみ上げる悲鳴をやっとの思いで堪え、目をぎゅっと閉じてあけると、地下鉄車両内の風景が見えた。ソッキは、酔っ払いと女子高生の間に座っていた。必死に思い出そうとしたけれど、路地から地下鉄に乗るまでの時間は頭の中のどこにも保存されていなかった。夢を見たのか、それとも単に酔ったせいで記憶の一部が削除されたのかわからなかった。何もかも混乱していた。唯一はっきりしているのは、連続的だと信じてきた時間がぷつりと途切れてしまい、その一部が揮発したということ、それだけだった。

その晩、ソッキは家に帰って一週間後の仁川発ニューヨーク行き飛行機のチケットを予約し、フラッシングに住むという僑胞画家にメールを送った。通帳にはせいぜい二、三か月程度の生活費しか残っていなかったけれど行くしかなかったんだと、後日ソッキはチャンに話した。

「自分の顔を客観的に見てみたかったのよ。瞞しなのか、それとも瞞しだと信じれば楽だから自分を騙しているのか、その絵が教えてくれる気がしたのよ」

後の二文は言わずに飲み込んだ。あの路地で出くわした女がソッキ自身だったということも、ソッキは最後まで言わなかった。

＊

女性の顔は頻繁に浮かび上がった。朝起きてコーヒーを淹れるとき、制作を始める前や終えたあと、ヘラルドから電話が来て出掛ける準備をしているとき、その顔は憚《はばか》りもなく現実の枠を越えて来ては、クローズアップされた画面のようにジェインの視野いっぱいに広がった。女性の顔に滲んでいた、心から滲み出たことを疑う余地のない静かな微笑が、暴力的な鎮圧直前の雰囲気の中では奇跡に近いと思えたからだろうか。妹から電話が来た日もジェインは、ひょっこり何度も浮かんでくる女性の顔を振り払えないまま、イーゼルの前に座っていた。その日はジェインの三十五回目の誕生日だった。誕生日が、年齢の境界線を示してくれる、生という原野にぽつりぽつりと立った標柱のようなものになってからかなり久しい。自分の誕生日を覚えている誰かのおめでとうコールだろうと、ジェインは何気なく電話をとった。

「ロサンゼルスからかけてるの」

受話器の向こうで、妹が落ち着きはらった声で言った。アトランタに住む妹がロサンゼルスにいる理由といえば、ひとつしかなかった。

「危篤なの？」

そう訊きながらジェインは腕時計を外し、テーブルの上に伏せて置いた。彼女の習慣だった。直面した現実から逃れたい瞬間が訪れたときは、規則的な間隔に背いてひょいと飛び越えてしまう時間の他に、すがるものがなかった。

「今夜が山だって。今も酸素呼吸器でどうにか持ちこたえているの。お姉ちゃん《オンニ》〔女性が使う呼称。男性は「ヌナ」と呼ぶ〕に会いたがってる。もしもし？　聞いてるの？」

妹は涙声でたたみかけ、ジェインは時間の刻みを感じられない虚空でするすると溶け落ちていく自分の言葉を、成すすべもなく見つめていた。

「ごめんね」

言えたのだろうか。確信できなかった。我に返って再び腕時計を確かめた時、電話はもう切れていて、その間に流れた時間はカウントされていなかった。

ジェインはそれまでずっと片手に握られていた筆を置き、服を着替えた。ヘラルドが企画した秋の展示会に間に合わせるには一日たりとも休めないが、到底作業ができるような日ではなかった。自分に敵対的な誰かが胸の中いっぱいに息を吹き込んだように、吐く息さえも汚らわしく感じるとき、ジェインは他人の絵がある空間へ行くのだった。幸いニューヨークには美術館がいたる所にあった。コーヒーショップや画材店でアマチュア画家のための小さな展示会が開かれたりもした。最初に行き着いた個人所有の小さな美術館は休館日で、バスに乗ってたどり着いた現代美術館は開館していた。

その木製の機械を見たのは、時間をテーマにした特別展が設置された、美術館二階の隅にある暗い部屋だった。ミステリアスに歪んだエレキ・サウンドに導かれ、ジェインはその部屋に入っていった。部屋の真ん中に陣取ったその木製の機械は、分針と時針の無い新しい概念の時計らしく、しかしジェインの目にはそれが、生涯情け容赦ない捕食者として生きてきた末に皮だけを残してゆっくりと死んでゆく、巨大な獣のように映った。紐に繋げられたいくつもの箱やチューブが入れ違いに動く機械の内側は獣の内臓と重なり、一種のポンプ装置でもある箱から空気が噴き出るときは、その獣の呻き声を聞くようだった。ジェインは木製の機械の前から離れることができなかった。病室のベッドで酸素呼吸器を頼りに、辛うじて息をしている父を見ているようだった。

「どうしてあの人の娘なんだろう」

ロサンゼルスで、父の家や父の食堂で、ジェインはその不毛な問いかけと闘っていた。コリアタウンでの父の評判は悪かった。彼は食堂の従業員が皿を一枚割っただけでも電卓を叩いては弁償しろと迫り、ホームレスが物乞いに来れば虫けらを扱うように邪険に追い払った。パスポートの期限が切れた不法滞在者を雇っては給料を出し渋り、彼らが不満を言うと解雇するというやり方で懐を肥やしもした。法の庇護を受けられない彼らは怒りと鬱憤をのみ下し、父の食堂を去っていった。時々その内の誰かが復讐しようと家の前に身を潜め、門が開くと泥水をぶちまけたり、狂ったように摑みかかって、生まれてこの方聞いたことも無い罵声を浴びせた。彼らのほとんどは、地獄を見てきた人の如く死に物狂いになっていた。何気なく家を出たジェインが、彼らの標的になることもあった。侮辱感よりも羞恥心の方が、いつも大きかった。思春期以降、ジェインはほとんど毎日父と喧嘩した。父はすぐに自制力を失い、そのような状態になると妻や二人の娘たちに向かって、何の役にも立たない虫けらみたいな奴らだと怒鳴り散らした。母や妹に比べてかなり攻撃的な態度を見せていたジェインは、夕飯も食べられずに部屋に閉じ込められることがよくあった。そんな日には、ジェインは部屋の中の時計を全部伏せて置き、一晩のうちに大人になって家を出る夢を見た。その夢だけが、ジェインを耐えさせてくれた。それでも彼がずっと変わることなく冷たくて厳しい父親であり続けたなら、ジェインは人生のある時点で彼を受け入れただろう。完璧な人間はいないという平凡な悟りにすがって、否定と冷笑が絶えず上がったり下がったりしていたシーソーから、そのうち疲れて飛び降りたに違いない。公的機関で処理しなければならない用件ができるたびに父は、手のひらを返すように態度を変えた。そわそわとジェインの顔色を窺い、頼むときは気後れした様子で口ごもりもした。ジェインは中学に入学したころから銀行や保険会社が送ってきた書類を翻訳し、父に連れられて移民局や税務署などを回りながら通訳もさせられた。ジェインより五歳年下の妹とは、役目を分担することができなかった。やっと十三歳か十四歳にしかならないころから経験した大人の世界は氷のように冷たくて、絡まった糸束のように複雑だった。ようするに許可、登録、確認、罰金のような単語が支配していたあの世界……父の手に押し込まれたあの世界で、ジェインは英語ができない東洋人に向けられる官公庁職員の見下しと軽蔑を読みとり、その感情の根底にある人種主義という慣習を身をもって知った。ジェインの隣でただ目をぱちくりさせながらぽかんと立ち続け、用事が大体済んだのを感じ取ると、父は官公庁職員に向かって頭が腹につくほどお辞儀をした。父は彼らからただの一度も、挨拶を返してもらえなかった。

閉館時間になり、ようやく木製の機械から離れて美術館を出ると、思いもかけない強風が吹いてきた。空の果てで絶望した神が、巨大な時計を伏せて置いたかのように、風にのみ込まれた街の風景は、早送り画面のように非現実的に見えた。建物はバラバラになりながらガラガラと崩れ、通行人や車は宙にひらひらと舞っていた。鞄の中に入れてあった携帯電話が鳴って取り出して見ると、父の臨終を知らせる妹のショートメールが届いていた。時が吹き荒れるようなあの奇異な風景は、ひとつの世界の終末を知らせるシグナルだったのだろうか。どこへ行けばいいのかわからなくて狼狽えていると、女性の顔がまたもや現実の枠を越えて来てクローズアップされた。声も体温も持たなかった女性が熱い声で、あまりにも具体的な感覚で問いかけているようだった。知らないふりをしてきたけれど、知らないはずがないひとつの真実。父とさほど変わらない生を生きていることについて……瞬間、カクンと膝から崩れた。ジェインは落ちてくる髪の毛を無造作にかき上げながら携帯電話の通話ボタンを押し、電話に出たヘラルドに挨拶もせずに、たった今下した決定だけを速やかに伝えた。短い沈黙が流れたが、ただそれだけだった。ヘラルドは、望み通り秋季の展示会からジェインの名前を外しておくと事務的に答えたあと、ジェインより先に電話を切った。

一年後、ジェインはアパートのテラスに立ち、通り過ぎる列車を見下ろしながら、チューブと箱がぶら下がっていたあの木製の機械を思い浮かべていた。韓国から来たゲストを迎えに行くには、せっせと美術館に向かっていなければならなかったが、列車に向けられた視線をなかなか離すことができなかった。出発したらひたすら前に向かって進み、時が来れば止まるしかない列車は、また違ったもうひとつの時計だった。既に終着駅に到着した父の列車は絶対に戻ることができないという真実だけが、慰みであると同時に苦痛だった。安堵感と悔恨が入り混じる言いようのない感情が、内側の地図に新しく重ねられていた。地図が完成した瞬間、ジェインは両手で顔を覆い、しばらくすすり泣いた。自分の三十六回目の誕生日であり、父の一周忌になる命日であった。

＊

住宅の真ん中にある駅は、普通の駅とは違っていた。駅舎や切符売り場、案内窓口などはひとつも見当たらず、代わりに階段の入り口に設置された自動券売機で、乗客が自分で切符を購入するようになっていた。空中に建てられた簡易駅みたいだと思いながら、ソッキは自動券売機にコインを入れて、フラッシングーメインストリート発ポート・ワシントン行きの切符を買った。矢印を辿って階段の方へと歩いて行くと、人がぽつりぽつりと立っているプラットホームが見下ろせた。

ポート・ワシントン駅で降りれば、画家の友人が出迎えに来ているはずだと言っていた。その女性が自分の車で、ソッキを美術館まで連れて行ってくれることになっていた。入国手続きを終えてから空港ロビーで電話をかけると、画家は空港に行けなくなった状況について説明しながら、何度もお詫びを言った。ソッキが仁川とニューヨークを跨ぐ雲の上で機内食を食べたり眠ったりしている間に、画家には後に回せないインタビューが入ったらしい。ソッキは大丈夫だと答え、画家は迎えに出る友人の人相着衣とポート・ワシントン駅まで行く方法を詳しく教えてくれた。プラットホームに降りて行って十数分待っていると、ロング・アイランド方面の列車が入って来た。列車には乗客がほとんどおらず、速度は驚くほど遅かった。改札パンチを手に客室を回る改札員を、前世紀の人物写真を見るように興味深く眺め、ソッキは窓の外へと視線を移した。列車が通過しているフラッシングは、ニューヨーク旅行冊子で見た華やかな建築物や洗練されたお店とは程遠い、むしろ落ちぶれた小都市が連想されるような雰囲気だった。

「私が住んでいるフラッシングはロング・アイランドの西側で、私の絵が展示される美術館は東側にあるんです。元はとある富豪の別荘でしたが、今回美術館に改築したのを機に、若い作家たちに展示のチャンスをくれたんです」

画家はニューヨーク行きを決心したというソッキのメールに、そう返事を書いて送ってきた。その返事には、こんな文章も書かれていた。

「信じられないでしょうけれど、そこにいるあなたの顔がここにいる私に、大切な質問をひとつ投げかけたのです。それによって世界観までが変わったとは言いきれませんが、他人《ひと》を利用して得たチャンスを自分の意志で捨てたということ、それだけは紛れもない事実です。だからあなたは私に、勇気を貸し与えてくれたというわけです」

ソッキはそのメールを何度も読んだ。読むたびに、アーチ型の城門の前でひとり舞う、踊り子のイメージが目の前に描かれた。城門は固く閉ざされていて楽師もいないのに、踊り子は傷ついた裸足で孤独に舞うのだった。ソッキは画家にこう書きたかった。

「あなたは、瞞しを見たのかも知れません。その顔の内側にはがらんとしたお城がひとつあるんです。枯草ばかり伸びている、荒れ果てたお城がね」

サムホ連立二〇一号室を照らす街灯が消える直前になると、ソッキはそんな内容の返信を送って飛行機のチケットを取り消してしまいたい衝動に駆られたが、行動に移すことはできなかった。むしろ、画家の絵をどうしても見たいという慣れない欲望に、自分でも驚いていた。

列車が交差点に引っ掛かりしばらく停車していた時、ソッキは灰色の建物の三階テラスに立っている、一人の女性を見つけた。女性が手に触れそうなほど近く感じられたのは、列車が住宅街を横切り、そのうえこれといった外壁もなかったせいだろう。女性の水色のスカーフと黄色のトレンチコートがやけに風になびいていたせいか、女性はまるで水色と黄色が交じり合った旗のように見えた。「ここを見て」というように、旗は弛まずはためいていた。ある瞬間、女性は両手で顔を覆った。肩が震え、長い髪がしなやかに波打った。何が女性を泣かせたのか知るよしもないのに、ソッキは女性の悲しみに感染するのを感じた。あらすじを知らなくても役者の身振りや佇まいだけでも難なく感情移入できる映画を見ているときのように……列車が再びのろのろと動き始めると、女性は少しずつ後ろへ遠ざかっていった。女性はたちまち視野から消えてしまったが、ソッキはテラスの女性がその後も長らく、その場でむせび泣いたに違いないと思った。深く共感した映画は、映写機が止まったあともスクリーンの中に役者がまだいると思わせるものだから。

約三十分後、列車はポート・ワシントン駅に到着した。駅の前には画家が言った通り、背の高い黒人女性が立っていた。画家の友人ジュディスに違いない。ちょうどソッキの方を見た彼女が先に近づいてきて挨拶をし、ソッキがひいてきたキャリーバッグを車のトランクに入れてくれた。ソッキが助手席に座るとジュディスは、ジェインもすぐに美術館に来るはずだと知らせてくれた。ジェイン、画家の名前だった。

車がロング・アイランドの東側に向かうあいだ、車窓の外には海と港、船着き場が広がっていた。船着き場に停泊している船舶のほとんどが、個人所有のヨットらしかった。ロング・アイランドは東に行くほどリッチタウンだと、ジュディスが笑いながら言った。車が停まった場所は、海が見下ろせる丘の上の古風な木造建築物だった。建物の入口にはジェイン・キムの展示会を知らせるポスターが貼られ、簡易テーブルには何枚ものパンフレットが置かれていた。

ソッキはテーブルの方へと歩いて行き、パンフレットを一枚手に取った。パンフレットには、今回の展示会がジェイン・キムの情熱的な挑戦と作品世界の転換を披露するのに不足がないだろうと書かれていた。ソッキはパンフレットを目でなぞりながら、美術館の中へと一歩一歩入っていった。四方の壁に飾られた二十点近い絵は皆、似たような雰囲気を醸し出していた。建物がばらばらになって崩れた廃虚の都市、風に飛ばされて地上から宙ぶらりんと浮かんだ人々と車、そしてすべての絵に登場する青色を帯びた女性……パンフレットによればその青色の女性は、画家の新たなペルソナ〔人格。心理学では外向きの（表面的な）人格〕だった。ソッキは変だと思った。ソッキが見たところ、画家の青色のペルソナはソッキ自身と全く似ていなかった。だからといってそれほど見慣れないわけでもなく、なおさら妙な気分がした。絵をすべて見終えてからパンフレットを読み返していると、ソッキを呼ぶジュディスの声が聞こえてきた。画家と思《おぼ》しき東洋人の女性が、ジュディスと一緒にソッキの方へと歩いてきていた。ソッキは口元に滲む笑みを抑えきれなかった。画家の水色のスカーフと黄色いトレンチコートは、風が遮断された美術館の中でも依然はためいているように見えた。画家の顔が鮮明になると、青色の女性の真のモデルが誰なのか、ソッキは分かった気がした。美術館を出たあとに起きることなんて何も分からなかったけれど、ひとつだけはっきりしていた。画家のアパートに行って荷解きをすること……そのアパートに着いたらまず先にテラスに出て通り過ぎる列車を見下ろしてみなければと、ソッキは心に決めた。雨が降っても避けずに、濡れた体でいつまでも立っていたかった。生は、そこにもあるはずだから。

＊小説で描写された木製の機械はウィリアム・ケントリッジ（William Kentridge）の『The refusal of time』というインスタレーション作品をモデルとし、この小説の題目もまた同名の作品から拝借したものです。

ムンジュ

よろよろと線路に向かって歩いていった。靴が黄色い安全線を越えて、足の裏の半分以上がプラットホームの外側に押し出された。ふと振り向くと、ソヨンは装備をチェックしているのかカメラに顔をうずめていて、レフ板を持ってきたソヨンの後輩は何か歌を口ずさみながら線路の先を見つめていた。〝わたしはムンジュ〟と書かれたボール紙を手に、プラットホームから線路にひょい、と飛び降りた。プラットホームに点々と立っていた人たちの怪訝そうな視線が集まり、ようやく状況を把握したソヨンとソヨンの後輩は、私の方へあたふたと駆けて来た。

「大丈夫よ」

私は次の列車の到着予定時刻を知らせる電光掲示板を指さし、二人に言った。

「大丈夫だから今撮って、はやく」

おろおろした顔をして電光掲示板と私を代わる代わる見ていたソヨンが、すぐに何かを察したように線路に向かってカメラを押し出すと、ソヨンの後輩もレフ板をすかさず持ち上げた。二人の目にも、プラットホームより線路のほうが映画のオープニングシーンにふさわしい空間として映ったのだろう。故郷と国籍と住所が全て異なる国名で記録される根無し草と、危なげな線路。これが妙にしっくりくるということに気付かないわけがない。しかも映画の主人公である根無し草にとって線路は、根源《ルーツ》に接した代替不可能な空間でもあるのだ。

現に六歳の私が発見された場所は、プラットホームではなく線路だった。線路づたいに歩く危なっかしい女の子を発見した機関士は、力の限り減速レバーを引いて急停車した。駅からそれほど遠くない線路だったので、電車にはまだスピードが出ていなかった。そのまま運転席から飛び降りた若い機関士は、列車が急停車する音に驚いて座り込み泣き叫ぶ女の子を抱きかかえた。私に「ムンジュ」という名前を付けてくれて、その後ソウル近郊の孤児院に預けたのもその機関士だった。木の匂い、生菓子の砂糖の味、やわらかい手のひらと、がっしりした背骨の感触。彼は名前や顔ではなく、そんないくつかの細切れになった感覚で私の中に残っている。

線路を通り過ぎる夏の風から、青い若草の匂いがした。

清涼里《チョンニャンニ》駅でオープニングシーンの撮影を終えて駅から出てくるあいだずっと、ソヨンは満足げな表情を浮かべていた。中学生のように見えるが、分厚いレンズの眼鏡を外すとほんの一瞬二十代の大人の女性の眼差しがうかがえるソヨンの後輩は、映画館でチケットもぎりのアルバイトがあると言って、地下鉄に乗って先に行ってしまった。ソヨンとその後輩は、芸術大学で映画を専攻していた時から互いの映画制作に協力してきたらしい。二人のうちどちらかが監督を務めれば、もう一人がスタッフになるというやり方で、つまり、アンリと彼の友人たちのように……ソヨンと私は、どの国にもある映画人たちの自主映画制作コミュニティについて話をしながら西村《ソチョン》行きのバスに乗った。西村にはソヨンの職場であり作業部屋としても使っているコーヒーショップがあった。ソヨンは西村のその小さなコーヒーショップで週に三日働き、仕事がない日にも頻繁に立ち寄ってはシナリオを書いたり、撮影の絵コンテを描いていた。

「『ムン』に該当する漢字は百以上あって、『ジュ』は二百を越えるんです。なので、ムンとジュが組み合わさる可能性は二万通り以上になりますね。もちろんウズラの雛を意味する鴋《ムン》だとか、牛が息を荒らげる音を意味する犨《ジュ》のようにあまり使われない漢字を除いた場合、その数はぐっと減りはしますけどね」

コーヒーショップに着くとすぐにドリップコーヒーを一杯淹れ、私に差し出しながらソヨンが言った。私は飲み物を用意するスペースとL字につながったカウンターに座り、カウンターの表面に「ムンジュ、ムンジュ、ムンジュ」と指で書きながら、二万通りのそれぞれ違う形をした家を想像してみた。実際、長いあいだ私にとって「ムンジュ」の意味は「門柱《ムンジュ》」だった。大学時代、四年近く私と言語交換をしていた韓国人留学生が、標準国語大辞典に載っていると教えてくれたその意味を一度も疑わなかったのだ。もしかすると「門柱」が気に入ったからなのかも知れない。屋根を支える根本であり、また建築物の重心となる門柱は、私の人生とは最も遠い場所にある遺跡のようだった。気に入らずにはいられなかった。標準語国語大辞典の中の「ムンジュ」カテゴリに「門柱」以外にまた別の意味が登録されているということは、ソヨンに会った後にようやく知った。

埃。

一週間前、空港で初めて会ったソヨンは、門柱の話を聞くとすぐに携帯電話を取り出して辞書を調べると、そう教えてくれた。韓国の東北地方で「ムンジュ」は「埃《モンジ》」にあたる方言だったのだ。その日、空港鉄道に乗ってソウル駅へと向かいながら私は、「埃」がムンジュの本当の意味のようだという思いから抜け出すことができなかった。一か所に定住することなく、小さな風にも敢えなく飛ばされる埃のように、私は生きてきたのだから。もしかするとその機関士は私が記憶している見かけとは違って、性根は残酷な人だったのかも知れないという、誇張された裏切りまで感じてきた。線路なんて場所に捨てられた子どもなら、何処にも痕跡を残さずに姿を消すのがふさわしいと彼は思ったのかも知れないから。すべての生命体が消滅する直前、最後に残る形は埃だろうから。空港鉄道の車窓の外に流れる風景は、仁川《インチョン》からソウルまで続いた鮮明な夏の一部であったにもかかわらず、私の頭の中では有害な埃ばかり朦々とたちこめる空っぽの街が、虚像のように積みあがっては崩れたりを繰り返していた。

「忘れちゃいなさい。人の名前に埃を取ってつけるなんて非常識だし、それにその機関士が東北地域出身だという可能性がどれくらいあるかしら?」

やっぱり「埃」だと思うと私が再び言い出すと、ソヨンが少々強硬な口ぶりでそう答えた。そうね、あなたが正しい。この国ではいつでもあなたが正しいのよ。そう思いながら私はソヨンにもらったコーヒーを一口飲んだあと、椅子から立ち上がった。明日は私が二年近く預けられていた孤児院を訪ねようとソヨンと約束してあった。修道女ベロニカ。彼女はもうその修道院に籍を置いてはいなかったけれど、ソヨンは直接孤児院を訪ねて正面からぶつかれば、彼女と接触できるチャンスにつながるはずだと期待しているようだった。

コーヒーショップを出て、自分の臨時居住地へと私は歩いて行った。出演料は出せないけれど映画を撮影するあいだの宿泊場所は用意できると、二か月ほど前に私に送ってきたメールにソヨンは書いた。その宿泊可能な場所とは、ソヨンが一人暮らしをする部屋だった。ソヨンは、ドイツで劇作家として活動する韓国系フランス人という私の特異な履歴を取材した記事を読んで、「私はただ、ひと頃の映画学徒としてあなたについてのドキュメンタリー形式の短編映画を撮りたいだけなんです」と、健気にメールに綴った。

「家ですから」

この文で始まる彼女の二通目のメールは、一通目よりも強烈な印象を残した。どうして根無し草の名前なんかに関心を持つようになったのかと問いかけた、私の質問に対する彼女の返事だった。「名前は、私たちのアイデンティティというか、存在感が住まう家だと思うんです。ここでは何でもすぐに忘れてしまう。私は名前ひとつでもきちんと記憶することが、消え去った世界に対する礼儀だと信じています」

二通目のメールに私の心が動いたのは間違いないけれど、実のところ私は彼女から最初のメールをもらった時から彼女の提案に魅かれていた。宿泊費の心配をせずに韓国でひと月近くものあいだ過ごすというのは理想的なバケーションプランに思えたし、私の昔の名前の意味を追跡していく映画の内容も興味深かった。何よりも映画の撮影中にその機関士に会えるかも知れないという期待は、仕事が手に付かないほどに私を圧倒した。私がひと月あまり身を寄せていた彼の家に一度だけでもまた行けるのなら、どんな代償も払うつもりでいた。そうして私は韓国行きの飛行機に乗ることになり、ソヨンの家は私の臨時居住地となった。私がソヨンの家で過ごすあいだ、ソヨンは一人暮らしをする友人らの家を転々として世話になるつもりだと言った。

ソヨンの家の前に到着した。

急な坂道の先にある古びた建物、ポクヒ食堂の上の階、建物の外に設置された古い階段を昇らなければならない虚空の隠れ家、それで時おりその外付けの階段が、この世界を抜け出す通路のように感じる場所……今日もポクヒ食堂に客はおらず、老婆は口を半開きにしたまま、背面が出っ張った旧型テレビを見上げていた。ポクヒ食堂はソヨンが引っ越して来た時から建物の一階に入っていたのだが、そのころも客はほとんど入っていなかったとソヨンが私に話したことがあった。食堂があまり衛生的には見えないうえに料理が大方しょっぱいせいもあったが、それよりも神経質で不親切な老婆の性格のせいだろうとソヨンは踏んでいた。私もやはり、ポクヒ食堂で食事をしたことは一度もなかった。ソヨンが聞かせてくれた話のせいだけではなかった。私が一番恐れる老年の姿が、老婆にはあった。慣性となってしまった孤独と、世の中に向けた冷ややかな怒り、そういったものを丸くかがめた体とどんよりした顔色にそっくり湛《たた》えている姿。私は他人を見てそんなふうに、世間に見放される自分の未来を連想したくはなかった。「ポクヒ」は誰かの名前だろうか。気になることもあったけれど、それを確かめようと敢えて老婆とプライベートな話をするつもりはなかった。階段の先でソヨンがくれた合鍵を取り出して玄関のドアを開けながら、看板に書かれた「ポクヒ」、その名前を私は意味もなくつぶやいた。

背後で玄関ドアが閉まった瞬間、視界が真っ暗になった。センサーライトは故障しているし、外出する前にカーテンを全部閉めておいたせいで外の光は少しも入って来なかった。私は次の台詞とアクションを指示されなかった俳優のように、暗闇を凝視してただぼんやりと立っていた。アンリがあれほどまでに心を奪われていたスクリーンの外側が、こんな場所ではないだろうか。そう思うと、ついさっき自分の手でドアを閉めた背後の世界がよそよそしく感じられた。もっとも、ドアの外の世界というのはいつも、平面に広げられた四角形に定型化されて記憶される場所だった。

＊

十二歳の時に両親に連れられて初めて映画館に行ったアンリを魅惑したのは、スクリーンに映し出される光の場面ではなく、俳優がスクリーンの外に消える断絶の瞬間だった。彼は、もしくは彼女は何処へ行ったのか。いったい何処でシナリオにはない未定の人生を生きているのだろうか。映画が上映されているあいだ、アンリはとめどなくスクリーンの外側を想像していた。スクリーンと並行して存在するけれど、証明されることはない場所。カメラの欲望が押し隠された空間でありながら、永遠に未完のまま残る無限の領土……アンリには映画を見るたびにスクリーンの外側で動き始めるもうひとつの話を作る習慣ができ、その習慣は自然と映画監督になりたいという熱望へと繋がった。

思い通りにはいかなかった。いや、彼は絶対的に不運だった。彼は貧しくて、大学で映画を学ぶことも叶わず、彼のシナリオは投資者たちの関心を引くことができなかった。たった一度だけ、有名俳優がアンリの映画に出演するという話が持ちあがり投資を受けたこともあったのだが、後にその俳優が決定を覆し、投資資金が回収されるという痛い経験もした。アンリの映画の中で正式に映画館に掛かった作品は一本もなかった。私が家族の一員となり、リサが服用していた薬が値上がりしてからは、映画制作コミュニティで低予算の映画を制作することすら難しくなっていた。スーパーのレジ係、ビルの清掃員、クリーニング店の管理人。彼は手当たり次第働いて、映画からだんだん遠ざかっていった。

ソヨンの家は依然真っ暗だった。

暗がりをかきわけて奥へと入りスイッチを入れてみたけれど、蛍光灯はつかなかった。停電かも知れないし、数日前からしょっちゅうチカチカしていた蛍光灯の物理的な欠陥のせいなのかも知れなかった。携帯電話の明かりを頼りにろうそくを探そうとして、すぐに諦めた。部屋一つにキッチンとトイレがついたソヨンの家は、食べて寝て洗って排泄するのに必要な生活必需品だけですでに窮屈だった。ろうそくのような非常時のための物があるとは思えなかった。

財布と鍵を持って、ソヨンの家から出てきた。停電は局所的に起きたのか、ソヨンの家を中心に周辺のいくつかの窓だけが暗く、遠くに見える大通りの方は夜の明かりをしっかりと抱いていた。手探りで手すりを確認しながら階段を降りると、ポクヒ食堂のガラス戸に揺らめく微かな光が目を引いた。老婆はろうそくが置かれたテーブルの前に座っていて、壁には老婆の三倍にもなる大きな影が、とても心配そうに老婆を見下ろしていた。その風景から私はなかなか視線を離すことができなかった。食堂の中のろうそくの灯りはまるでフラッシュバックのためのツールのように、大小の光となって少しずつ広がり、いつの間にか私の記憶の中を明るく照らし始めた。

光、そしてまた光。それはケーキの上で揺らめくいくつものろうそくの灯りだった。誰かがそのケーキを持って仄暗い病室の中へと入っていくと、みんな一斉に拍手をしてバースデーソングを合唱した。アンリが五十八歳になる日で、同時にこれ以上の延命治療を拒否して翌日に退院を控えた日でもあった。大多数が無名の映画監督だったアンリの友人たちは、様々な動物の形をした風船の下でビールを飲みながら近況を話したり、冗談を交わしていたけれど、永遠の別れを前提にしたパーティーは始終沈鬱だった。

「ナナ……」

パーティーが終わるころ、車椅子に座っていたアンリが私を呼んだ。

「ナナ、私が最後に撮りたかった映画について、知りたいかい？」

アンリの傍に近寄り座るとアンリはそう訊ね、「知りたい」と私は答えた。アンリの遺言がまさに始まろうとしていた。離れたところでリサはひとり光を失ったまま、人々の狭間に立っていた。編集技術で色抜き加工したモノクロの俳優のように見えたが、もしかするとその瞬間彼女は、ただ誰かが脱いでおいた影だったのかも知れない。話を全て終えたアンリが、片手を伸ばして私の頬をさすった。砕けて破片になって散らばっていた私の存在を、元の形に復元して抱き寄せる手だった。私は生まれてまもない子猫のように目を閉じたまま、しばらくその手のひらに頬をすり寄せた。

次の日アンリはリサと一緒に自分の故郷へと旅立ち、そこでひと月を過ごして亡くなった。

アンリは死んだ。アンリは死に、それは人生の幕がひとつ下りたということを意味した。私にとっては第二幕、リサにとっては第三幕か第四幕だったはずだ。葬儀を終えたあと、リサはアンリの故郷で彼との最後の旅先だったフランス南部の小さな町に根を下ろし暮らし始めた。この十年、リサはアルプス山脈の端に囲まれたその牧歌的な町を一度も離れなかった。新しい職場となった保健所で掃除や洗濯などの下働きを終えたあと、行きつけの食堂――その食堂はアンリが故郷を離れる前にウェイターとして働いていた場所だった――で夕飯を食べてから帰宅する単調な日常の連続だけれど、正念〔仏教用語。正しい考え〕や神と戦わずに済んでおだやかだと、いつかリサは葉書に綴った。私は時々、彼女がほぼ毎日立寄るというその行きつけの食堂を頭の中に描いてみる。通りの角にある食堂。大きな体をした孤独な女が入ってようやく、組立品のように完成される空間。そこに座って食事をするあいだはどこへでも彼女を連れていける、この世界のキラキラ光る小さなカケラ……

私は衝動的にポクヒ食堂の戸を開けて中に入っていった。大きな影に守られながら揺らめくろうそくの灯りの前で温かい食べ物が食べたいという思い、ただそれだけだった。チリン、という鈴の音に老婆が後ろを振り返った。

＊

私が生きられなかった人生が、ここにそのまま残っているはずだという想像をよくしていた。六歳のムンジュが三十七歳になるまで韓国のどこかで生きているかも知れないという、その想像が私は好きだった。韓国でムンジュはどんな女性になったんだろう。どんな仕事をして、誰と恋をしたんだろう。ナナとは違った生き方をしただろうけれど、ナナの人生と一致する場面もあるはずだ。たとえばムンジュも私のように青魚を食べたらお腹を壊すだろうし、前を見ずに地面を見て歩く癖があるはずだった。錆びた指輪や破れたTシャツみたいなものもなかなか捨てられなくて、家の中はいつも不用品で散らかっているに違いないし、机の上には読みかけの本が何冊も積まれていたりするのだろう。尻上がりに高くなる特有の笑い声。背中を丸めて小さくなる絶望の姿勢。列車の車輪の音が耳鳴りのように耳元を覆うと、冷たい沈黙の中でとめどなく歩く習慣。そのすべてはムンジュからも見出されるしかないのである。仮想のムンジュは私にとって、自分の人生の外側に投げ出された未知の存在であると同時に、もうひとりの自分だった。

ベロニカ修道女は、ソヨンと私が予想していたより遠い所に住んでいた。彼女は三年前からカトリック財団が運営する介護施設で、うつ病を伴う認知症の治療を受けていた。ベロニカの後任として院長となったジェンマ修道女は、あの騒動の前までは誰も彼女の病に気付けなかったと言った。ただの一度も表に現れたことのないその病の症状は何の変哲もないある日の夜、爆発のように噴き出した。あの日、ベロニカは部屋の中のあらゆる聖物を壊し、割り、そしてその破片のひとつを摑んで自身の腕と太ももを切りつけた。

「主よ！」

ジェンマが話しているあいだ、私の耳元ではリサの叫びが何度も波動を起こした。ソヨンのカメラには収めることができないサウンドだった。アンリの全身に広がったがん細胞を、医学的には除去できないという医師の診断を聞かされた時、酒に酔って帰宅したリサはクローゼットや冷蔵庫、バスルームの扉を順に開け放しては、その中に向かって首に青筋がたつほど叫び続けた。

「あなたは犬畜生ですか、主よ！」

アンリは病院にいたので、その場面の目撃者は私ただひとりだった。どうしても必要な言葉以外は声を出すことがほとんどなく、どこにいても前かがみの姿勢を滅多に崩さなかったリサが、あの日のように荒れ狂う姿を見せたことはなかった。ムンジュとナナみたい、と私は思った。巧妙に隠されていたのにある瞬間、日常を突き破り表出せざるを得なかったベロニカとリサのその孤独な奮闘は、目に見えない鏡の前で向かい合った二つの像のように似ていたのだ。無力な傍観者に過ぎない神の前では、虚しい脅しにしかならない苦痛のアクション……

ベロニカとは違い、リサが極限まで追い詰められなかったのは、これもまた皮肉にもアンリがいたからに違いない。百九十センチに迫る長身、しなやかな曲線が見当たらない体のシルエット、太い骨格にガラガラ声。人々はリサを小人の国に放り込まれた巨人扱いをしたけれど、アンリはリサを肩の上の小鳥のように、いつも用心深く接した。リサはその記憶があるおかげで、第四幕、もしくは第五幕の人生をまた始めることができたのだと私は信じている。

「その方はもしかすると、チョン・ムンジュさんを連れ戻すつもりだったのかも知れませんよ」

孤児院に残っていた私の書類——その書類には孤児院で新しくつけてくれた名前のパク・エスダーで、私の身体測定値と性格や養子縁組番号が記録されていた——に見入っている私にジェンマが言った。私は書類から視線を離し、言葉を失ったまま彼女を見つめた。

「チョン・ムンジュさんを見つけた方のことです。道で泣いている子どもを見つけたら警察署に届けるか近くの児童保護施設に連れて行けばいいのに、名前をつけてあげて臨時保護を申し出るケースはほとんどありませんよ。その行動は、後からでもチョン・ムンジュさんを引き取ろうとした意図として解釈しても良いのではないでしょうか？　だとしたら、その方の姓はチョン氏だという可能性が高いですよね」

私は唖然とした顔をして、黙ってただ頷いていた。孤児院のシーンはおそらく、頷き続ける私の顔をクローズアップしながらフェードアウトされるのだろう。ソヨンのカメラが私の顔にアングルを合わせたまま、ズームレベルをマックスまで引き上げるのを感じた。

孤児院を出たソヨンとソヨンの後輩、そして私は孤児院近くのバス停の方へとぼとぼ歩いていった。後輩が持ってきた、先端に毛糸のようなものがふさふさとぶら下がったブームマイクは、竿のように長くて折りたたむこともできず、まるでおかしなカツラをかぶって私たち三人について来る無口な連れ合いのようだった。突拍子もなくどうしてブームマイクなんか持って来たんだとソヨンが訊くと、朝に撮影機材のレンタル店で高価なブームマイクを発見して、あとさき考えずに摑んで来たんだと、ブームマイクが必要な野外撮影がないということまで考える余裕がなかったと、後輩はいつもの彼女らしからず何だか悔しそうにいじけた表情で長々と話した。沈鬱な雰囲気を察していたずらっぽく話したのだろうけど、ソヨンと私は明るく笑ってあげることができなかった。

西村に着いたのは午後の三時になった頃だった。次の撮影日を決めないまま、私たちはコーヒーショップの前で別れた。ソヨンの家に行く途中、果物を売る屋台があったので、足を止めて桃を一袋買った。桃が入った黒いビニール袋を前後に振りながら歩いていた私は、ある瞬間から走り始めた。ポクヒ食堂の前に停まっていた救急車は、けれど私が着く前に、けたたましい音を立てながら大通りの方へと去っていった。ポクヒ食堂で遅い昼食を済ませてから、ポクヒと桃《ポクスンア》を一緒に食べようと思った私の計画はふいになってしまった。私はしばらくその場に立ちつくし、「ポクヒ、ポクヒ」と何度もつぶやいた。

ソヨンが自動販売機のコーヒーを二つ手に、私の隣に座った。夕闇が降りた病院の廊下には、ふたりが交互にコーヒーを飲む音だけが波のように長々と響き渡った。

＊

自動販売機でコーヒーを淹れてくる前までソヨンは、この四日間にあった出来事を一つひとつ話してくれた。その話は、ソヨンが鉄道庁に勤める大学の友人のお兄さんを通して、機関士たちが親交のためにまとめた住所録を手に入れたところから始まった。住所録の中から、今ごろ五十代や六十代になっている機関士たちを絞って連絡を試みたけれど、ほとんど電話番号が変わっていたり、仕事を辞めてうまく連絡がつかなかったと言った。彼らの中には、どうやって番号を知って電話をかけてきたんだと詰め寄る人もいたし、ソヨンを他人の裏を嗅ぎまわるよこしまな輩だと疑う人もいた。精神的に負担の大きい作業だった。

けれどもソヨンは諦めることなく、忍耐強く同じ質問を繰り返した。

「ひょっとして三十年前に清凉里駅発の列車を運転されませんでしたか？　線路で女の子を助けた覚えは？　チョン・ムンジュという名前を知りませんか？」

返ってくる答えはほとんどが不確かで、不親切だった。電話を一本かけ終えると、強烈なサウンドの音楽を聴きながら心の中に残るいたたまれなさや気恥ずかしさを掃き出さなければならなかった。数十回の試みの末、線路で発見されたという子どもを見た覚えがあるという機関士と電話がつながった時、すっかり疲れ果てていたソヨンは思わず歓声をあげそうになった。

新米機関士時代、だからおそらく三十年ほど前に、同僚の機関士が小さなやせ細った女の子を駅にある宿直室に連れてきたことがあったと、同僚はまたすぐに列車を運転しに行かなければならなかったので他の機関士たちが泣く子どもをなだめようと食べ物やおもちゃを買ってきたりしたんだと、そんな日が確かにあったと、彼はゆっくりと話を続けた。ソヨンは電話を両手で握り締め、何度も「ありがとうございます」と涙声で言った。子どもを助けたあの機関士だったのか、それともその機関士を忘れていなかった電話の向こうの機関士だったのか。ソヨン自身もあの瞬間、誰に向かってあんなに心のこもった感謝を伝えたのかわからなかった。

「その機関士さんのお名前は何とおっしゃいますか？　その方もまだ鉄道庁にお勤めですか？連絡先はわかりますか？」

涙が少し収まってから、ソヨンは辛うじて訊ねた。沈黙が流れた。胸が張り裂けそうだった。

「よくあるじゃないですか、何というか、写真の折られた部分みたいなもの。開いてみて重要な手掛かりだったことに気付くような……明日その方に会うことが、そんな過程になるのかも知れません」

空になった紙コップを半分に折りながらソヨンは言い、私は何も答えずにただ頷いた。手掛かり。ありそうでないようなその手掛かりが、今の私が持てる最大値の幸運だった。

私たちはすぐに椅子から立ち上がった。病院のロビーに向かって一緒に歩きながらソヨンは私を気遣ったのかやけに明るい声で、ポクヒ食堂のハルモニの病室に付き添っていると言う私の電話を受け、実はとても驚いたんだと話した。無理もなかった。たった一度しかポクヒ食堂で食事をしたことがない私が、いつ心臓が止まるかわからないポクヒの傍で付き添うなんて、私にだって予想すらできなかったことだった。ポクヒは脳出血で倒れ、今は意識がない状態だった。心臓の拍動をグラフで表示する心電計が異常を示したり動きを止めたら当直医や看護師を呼ぶこと、それがポクヒの病室にいる私の役目だった。

はじめから韓国での残りの時間を心電計という名を持つ見慣れない機械と過ごすつもりではなかった。人に聞いて回った末にポクヒの病室を訪ねた時、ちょうどポクヒの新しい入院着を持ってきたあどけない印象の看護師が、必要以上に私を歓迎した。患者との関係を尋ねるので、ただの隣人だと答えると、彼女は失望の色を隠せなかった。いつ臨終を迎えるやも知れない患者が、保護者や雇われた看病人もいないままひとりで病室に放置されているので気がかりだと、入院手続きをしてくれた患者の姉やお見舞いに来た何人かの知人たちは一様に自分の身一つ支えるのが精いっぱいの老人ばかりで、病室で付き添う余力もなさそうだったと、だれか心電計だけでもチェックしてくれればいつ死んだのかもわからないまま亡くなるようなことは避けられるのにと、誰だってそんなふうに死ぬのはあまりにも悲しいじゃないかと、いつの間にか彼女の傍でポクヒの入院着の着替えを手伝っている私に、彼女は長々と訴えるのだった。何もわかっていないのか、暢気に深い眠りに落ちているポクヒを私はじっと見下ろした。停電の晩、

「ご飯もっとあげようか？」と訊きながらさりげなく向かい側に座り、水を注いでくれたりおかずを私の方に寄せてくれた彼女が思い浮かんだ。噂とは違って彼女は親切だった。子どものように好奇心も強かった。私のぎこちない発音を不思議に思い、どんな事情でポクヒ食堂の上の階に暮らすようになったのかも知りたがった。

「いちばん、わかる？　いちばん、ナンバーワン！　あたしがナンバーワン愛していて申し訳ない人、その人に似てるんだよ。あたしゃ、びっくりしたよ」

私が外国から来たのを意識したのか、急に子どもに話しかけるような口ぶりに変えたポクヒは「びっくりしたよ」と言う時は目を丸く見開いて口を大きく開ける表情で演技までして見せた。私は食事をしながらも度々、腑に落ちない眼差しで彼女を見た。向かい側にいるポクヒは終始穏やかに微笑んでいたが、私は彼女の悲しそうな印象を振り払えなかった。絶えず内壁の傷を掻きむしりながら、時間とともにボールのように転がしてきたと思われるその心の形が人間の顔になるのなら、きっと彼女のように見えるのではないだろうか。たしか私はそんなことも考えた気がする。

抜け殻のように剝がされたポクヒの入院着を持って病室を出る看護師を、私はあとから呼び止めた。そして私の方を振り返る彼女に、時間があるときは病院に来て心電計をチェックすると、思わず言ってしまった。

そうやって始まったことだった。

「ところであのハルモニのお名前、ポクヒじゃないんじゃないですか？　病室には違う名前が書いてあったけど」

熱心に私の話を最後まで聞いたソヨンが、病院ロビーの扉を開けかけてそう訊いた。

「でもこの前食堂でご飯食べた時、ほかの近所のハルモニが来て『ポクヒ』って呼ぶのをはっきり聞いたわ」

「娘の名前かしら」

「娘？」

「韓国では子どものいる女性を、その子どもの名前で呼んだりもするんですよ」

ソヨンは気のない口調でそう説明すると、扉を開け病院から出ていった。

ソヨンが帰ったあと、私は彼女の病室の窓辺に立って、世界の片隅に集まって来る暗闇をしばらくの間見下ろしていた。ポクヒが本当に彼女の娘なら、ポクヒは今どこにいるのだろう。彼女はどうしてオンマの病室に来ないのだろうか。頭の中はそんな疑問でいっぱいだった。推測できる状況はあった。二人が絶縁したのか、どんな通信手段も繫がらない異次元の世に娘だけ既に逝ってしまったのか。目をそむけたいもうひとつの残酷な仮定は、遠い過去の中の不確かな空間に霧のように混沌と垂れ込んでいた。彼女の娘が私のように捨てられたあと彷徨い歩いたであろう未知の場所に。遊園地のチケット売場の前かも知れないし、市場の真ん中や高速道路の休憩所かも知れない、その混沌の真ん中に……私にナンバーワン似た人がいるんだと、申し訳ないしありがたいと、そう話していた彼女の声が不吉に再現されていた。私はゆっくりと彼女の方へ向き直った。

「どこにいるの、ポクヒ？」

そう訊く声が私の耳にも刺々しく聞こえた。酸素呼吸器を外して彼女の肩を強く揺さぶれば、彼女が戸惑った顔で目を覚まし、私をじっと見上げてくる気がした。捨てたんじゃないと、まだしてやいつ死んでしまうかもわからない線路になんてぜったいに捨てなかったと、そう言ってくれと、目覚めた彼女にもしかすると私は半狂乱でそう叫ぶかも知れなかった。彼女の穏やかな顔と均一に動く心電計のグラフを何度も交互に見つめ、私はすぐに病室を出た。今夜は善意を持って彼女の心電計を見守る気にはなれなかった。もしかするとそれは、もう二度と私に訪れることのない善意だった。

*

「ナナ、僕は私たち家族の起源《ルーツ》について撮りたかったんだ」

五十八回目の誕生日にアンリは私に言った。

「あれは夏だった」

顔中の筋肉をしかめて力を振り絞り笑ってみせたあと、彼は再び話を続けた。

遠い夏の日、アンリとリサは恋に落ちたばかりの恋人同士、縁《ふち》の方から青く色が差していく時間をともに過ごしていた。その青色の時間に割り込んできたのは、数年前にアンリと映画製作を一緒にしたことがある同僚だった。リサと手をつないで海岸を歩いていたアンリは、向こうから歩いて来る彼を見つけると凍り付いたようにその場に立ち尽くした。ある日、何も告げずに去った彼は、その後それなりに専門的な機関で映画を勉強し、世間に知られた長編映画でデビューも果たした。あちらもアンリに気付き、笑顔で近付いてきて握手を求めた。アンリはいつの間にかリサの手を離していて、彼にリサを紹介することもなかった。アンリはただ、新しく撮影に入る自身の新作映画についてまくしたてる彼を強ばった顔で見つめ、彼が先に海岸を去ってからようやく、リサが傍にいたことに気付いた。アンリとリサは、自身の裸体を初めて目にした太始の人間のように、互いをまっすぐ見ることができなかった。

その日、宿に戻るまでも沈黙は続いた。先に沈黙を破ったのはリサだった。私のことが恥ずかしいのなら別れたいと言うリサの言葉に、アンリは「お願いだから、リサ」と切実に呟いた。一瞬恥ずかしく思ってしまって僕だって混乱している、けれどあなたを恥ずかしく思う自分がもっと恥ずかしいのだけははっきりしていると、この恥ずかしさが真の思いならば、愛はまだ有効だと信じていると、アンリは背を向けたまま立っていたリサに告白した。リサはアンリの言葉を疑わなかったはずだ。もしかすると、ただの一度も疑ったことなどなかったのかも知れない。その晩リサはアンリにはじめて子どもが欲しいと打ち明けた。思春期から長いあいだ成長ホルモン抑制剤を服用してきたせいで妊娠できないリサを、アンリは静かに見つめた。彼らはその日、二つのことを決めた。養子を迎えることと、養子に迎える子どもの名前、ナナ。ナナは彼らが初めてデートをした日、パリ外郭に昔からある古い映画館で一緒に見た、モノクロ映画の主人公の名前だった。

ナナはそうしてやって来た。ひとりの人間の熱望が到底抑えきれない嫉妬にぶつかり、二人の愛の流儀に転換期が訪れた地点で、最後に町外れの映画館で上映されたモノクロ映画を通り抜けて……

ソヨンが働くコーヒーショップを訪ねて来たその機関士――膝を悪くしてから機関士は辞めて、今はムグンファ号だけが停車する小さな駅をひとつ管理しているんです、と彼は話した――は、その同僚が線路で助けた子どもに名前を付けてあげたこと自体知らなかった。元機関士はムンジュの意味を解き明かす手掛かりをはじめから持っていなかったのだ。その代わりその同僚の姓が「チョン」であったことは彼を通して確認できた。ジェンマの推測は正しかった。だとすれば、機関士チョンが後にでも私を連れ戻すつもりだったのだろうという、彼女のもうひとつの推測も正しいのだろうか。そのころ、機関士チョンは結婚を控えていたというから、結婚後生活が安定したら妻を説得して私を養子に迎えようとしたのかも知れない。いつか生まれてくる実の娘や実の息子に私をオンニ、もしくはヌナと呼ばせようと目論んでいたかも知れない。しかし、しかし……

しかし、そのすべては可能性でしかなかった。

彼は私の人生が映し出されるスクリーンの外へ消えてからは二度と登場しなかったのだから。それどころか、去年からはこの世というスクリーンの中にすら入って来られない人になってしまったのだから。今となっては彼の真の思いを判定する根拠はどこにもなかった。

「けれども私はこれだけは確信しています」

元機関士はカメラが気まずいのか、ソヨンの方へしきりに目をやりながらも再び話を続けた。

「清涼里駅で受け付けた児童の失踪届が無い事を確認したあと、つまり親のいない子どもだということがはっきりしてからは、彼がとても慎重に孤児院を調べて回っていたという事です。その時分はまだ、子どもたちを虐待して暴力を振るう無許可の孤児院が珍しくなかったので。新聞にも記事がしばしば載りましたし。そんなたちの悪い孤児院には預けまいと、彼なりに力を尽くしたんです」

機関士チョンがカトリック財団で運営する合法的な孤児院を見つけ出して接触するまでは、ひと月ほど時間を要したらしい。そのひと月のあいだ私は、ムンジュという名前に居住しながら彼の保護を受けた。彼の家は坂にある古い韓国伝統家屋だったのだが、雨が降ると家の隅々に染みついた木の匂いが薄荷《はっか》のようにひんやりと漂ってきた。その家には彼の母親も暮らしていた。彼女はお膳の前に座る私を見てはいつも舌を打ち、毎晩機関士チョンに向かって早くあの女の子をどうにかしなさいとせっついた。もうすぐ結婚する息子が孤児《みなしご》を家に連れてきたのだから、心配はかなりのものだっただろう。それでも彼はひるまず私に生菓子を買ってくれて、お膳に一緒に座るときにはとにかく沢山食べなさいという言葉を欠かさなかったし、孤児院に入所した日にはかなり高い服まで買ってきて着せてくれたのだった。

「ムンジュ」

彼は何度私をそう呼んだのだろう。

思い出せなかった。編集されたり削除されたフィルムのように、ムンジュを呼ぶ彼の声は私の記憶になかった。

ソヨンと一緒に元機関士を最寄りの地下鉄駅まで送って引き返そうとした時、ソヨンが私の手を摑んだ。機関士チョンの実名が分かったのだから、彼の家族——彼らのうち誰か一人くらいムンジュについて知っているはずだとソヨンは思った——を探し出すことは不可能ではないと思うが、長い時間を要するに違いないその作業を進める意向があるのかと、彼女は私に問いかけた。ムンジュが門柱だろうが埃だろうが、もしくは機関士チョンにとって思いの深い人物の名前だったり、電話帳をめくって選んだ一種の記号に過ぎないとしても、今となってはどうでもいいと私は率直に答えた。線路で発見された子どもがムンジュになるしかなかったきっかけだとか、私をムンジュと呼びながら瞬間的に変形したであろう機関士チョンの気持ちだとか、はじめから私が知りたかったのはムンジュの意味ではなく、そういうことなのかも知れないともうち明けた。「今となっては……」。ソヨンが答えた。

「今となっては、知ることができないことばかりですね」

私は頷き、私たちは互いに向き合って少しばかり笑った。

ソヨンは映画の後半作業について会議を開かなければならないと言って今日来られなかった後輩に会いに行き、私は数日後に迫った出国の準備をするため、ひとりソヨンの家の方へ歩いて行った。

ポクヒ食堂の戸が大きく開かれているのが遠くからも見えた。戸の上には黄色い提灯――翌日になってようやくその提灯がひとりの人間の死を知らせるしるしだという説明を聞いたのだが、最初に見た瞬間から私はその意味を直感していた――がぶら下がっていて、看板はすでに外されていた。近寄って見てみると、食堂の奥の隅にはテーブルや椅子が高く積み上げられていた。階段を昇らずに、ほんの少し涙ぐんで食堂の周りをゆっくりとまわった。食堂の裏側の小さな空き地には、生活用品が無造作に捨てられていた。背の低い化粧台とビニール製のファンシーケースは引き出しが開いたまま斜めに立てかけてあり、無彩色の服や毛布、布団などは足跡がついたまま散らばっていた。傘、扇風機、物干しなどがごちゃごちゃに詰め込まれたラーメンの大きな段ボールの隣には、無縁仏の墓標のようなポクヒ食堂の看板が見えた。すべて、ポクヒの遺産だった。私は化粧台の前へとゆっくり歩いて行った。どこへでも私を連れていける、キラキラ光る小さなカケラ。そんなことを思いながら化粧台の鏡を穴が空くほど見つめた。鏡から目を離すと、ナナは鏡の中にそのまま残り、ムンジュひとりだけが鏡の外に押し出されて来そうだと想像した途端、気の抜けた喜びが湧いた。

引き返した。

空き地を出てシナリオも、カメラもないムンジュの領域をがむしゃらに歩いた。背後が気になって遠くまでは行けなかった。ある瞬間足を止め、後ろを振り返った。平らな四角形の世界はそこになかった。内側も外側もなく、ただ崩れている多くの家が見えるだけだった。停電のように、遠くの方から闇が降りていた。暗闇の中で黄色い提灯だけが、唯一色を放っていた。

小さき者たちの歌

ギュンは何かに追われるように、急いで目をあけた。手の中に触れる携帯電話のメタリックな質感はギュンがすでに夢から覚めたことを示していたが、夢の中のみぞれは五坪ばかりのワンルームにまでついてきて、実在のように空中でひらひらと舞っていた。

今しがたギュンは、無限の暗闇のど真ん中で止めどなく墜落していく夢を見ていた。耳元では彼女たちの歌声がぐるぐると廻っていた。いつものようにハーモニーも合っていない、でたらめな聖歌だった。ずいぶん前に児童養護施設を出てからは彼女たちと鉢合わせたことさえないのに、だから彼女たちの顔は紅い唇だけパクパクする肉の塊でしか残っていないのに、まるで現実の外側のどこかに彼女たちの歌を拾い集める装置でもおいてあるように、その騒音は四六時中ギュンの感覚を支配するのだった。

「エリー」

寂しくなるといつもそうしたようにギュンは「エリー」、と低く呟いた。エリーのことを思うと束の間ではあるが、凄まじい寂しさを忘れることができた。自分の健康と平和を死ぬまで祈ると約束してくれた、ただ一人のひと。自分に許された唯一の家族。なのに、どうしてエリーからは六か月も返事がないのだろう。遅まきながらその事実を思い出したギュンは、夢の中でもどうしようもない淋しさを感じ、その感情はたちまち体中が凍り付くような寒気をもたらした。身震いするほど寒いという自覚は、夢を解体する一種の暗号のように少しずつ周囲の闇を消していった。闇を消した白い光が、再び点のように細かく砕けみぞれになって舞い始めるころ、ギュンは目をあけた。何かに追われるように急いで、天井からひらひら舞い降りる仮想のみぞれの中で……

そういえば、児童養護施設から出てきた日にもみぞれが降っていた。ギュンは二十余年をさかのぼり、あの日の初冬の空へと広がっていく生成色の天井をじっと見上げていた。バスも通らない人里離れた場所とあって、いつもは重苦しいほどうら寂しい養護施設が、その日ばかりは大勢の人でごった返していた。彼らは警察や記者で、中にはマスコミの報道通り子どもたちの様子が本当に悲惨な状況なのか確かめに来た野次馬たちもいた。手錠をかけられた院長や教師たちがうつむいたままパトカーの方へ歩いて行くと、あちこちからカメラのフラッシュが焚かれ、野次馬の一団からは途切れ途切れに罵声が飛び出しもした。十一歳のギュンは他の子どもたちと一緒に養護施設の窓にぴったりと張りついて、無言でその光景を見守っていた。彼らが捕まっていく状況にただ戸惑うばかりで、世間の遅すぎた関心は今更ちっともありがたくもなかった。ギュンが思うに大人の到着は遅すぎたのであり、それは何も元に戻せないということを意味した。ギュンは窓際からひとり離れ、狭くて暗い養護施設の廊下をいつまでも歩いていた。歩きながら、猛獣の檻におもちゃを放りこんで思う存分見物して楽しんでは、おもちゃが瀕死の状態になるとようやく扉を開けてあげる門番の、いんちきな思いやりについて考えていた。その後時が流れ、施設の子どもたちの虐待事件が起こるたびにあの養護施設が一種の標本のように取り沙汰されたが、そんな類の事件に毎回同じ分量で憤怒する人々を、ギュンはいつも冷淡な視線で眺めていた。同調もせず、口出しもせず、あの問題の養護施設で六年の歳月を過ごしたことを誰にも明かさなかった。

あの日、輸送バスに乗って児童相談所に到着した子どもたちは大人に無作為に選択され、その選択の瞬間、子どもたちの未来もある程度決定された。親戚が迎えに来るケースもあったし、極一部ではあるが実の親が来て泣き叫びながら子どもを抱きしめる場面も演出された。残された子どもたちは焼けるほどに妬ましい視線で、目の前に繰り広げられるそんな場面を黙って見ていなければならなかった。ほとんどの子は一定期間カウンセリングを受けて栄養補給したのち、それぞれ別の養護施設に移るか、海外へ養子に出される運命だった。ギュンもやはり翌年の春、児童相談所で手配してくれたソウル近郊の児童養護施設に居場所を移すことになった。高校を卒業したあとU市に移り現場を転々とする溶接工という未来も、すでにその時から宿したのだろう。互いの新しい連絡先もわからないまま散り散りに離れていった子どもたちの内、養護施設で過ごした時代を完全に忘却した運のいい子もいるだろうかと、ギュンは時おり気になっていた。ひとりでもそのような恩恵を受けているのなら、実の親に抱かれた友だちを見届けていた遠いあの日よりも、もっと熱い妬みを抱くに違いなかった。ギュンはまだ多くのことを覚えていたし、体に染みついたもの、たとえば何でも人より早く食べる習慣だとか、なかなか他人を信じられない性格は簡単には直せなかった。朝六時になると自然に目が覚めるのも、いつもその時間になると養護施設中に響いていた起床ベルが、聴覚器官だけでなく体の隅々に刻み込まれたせいだろう。時々ぐっすり眠り込んで起床ベルが聞こえなかった日はあっても、起床ベルが鳴ったのを知りながらふてぶてしく横になっていたり、起きるのが嫌だと駄々をこねたことは一度もなかった。そこでは、ギュンだけではなく誰ひとりとしてそんな振舞いをしなかった。子どもたちはその代わりに勘が鋭く、危険を本能的に察して、名前を呼ばれればとにかくひたすら謝った。みんな子どもらしからぬ能力で立ち回ったにもかかわらず、ほとんどの子どもが三、四日に一度は閉じ込められたり、食事を抜かれたり、ひどく殴られた。養護施設では六時の起床の他にも数えきれないほどの規律があった。食事をする時にはおしゃべりをしてはいけなかったし、食事を済ませたらどんなに寒くても外に出て三十分間体操をしなければならなかったし、ひと月に二回は教師の下手なハサミで髪を短く切られなければならなかった。逃げ場所はなかった。養護施設であると同時に施設の教師がホームスクーリングをする一種のフリースクールだったので、そこにいるあいだギュンは学校に通わず、外出はほとんど許されなかった。悲しみさえも贅沢とされる記憶、忘却の権利を奪っていく強烈な感覚……

もう眠れそうになかった。ギュンはベッドから起き上がり、窓辺の方へと歩いて行った。遮光カーテンを少し開けると、曇った寒いU市の朝の一片が部屋の中に浸み込んできた。ギュンは焼酎の空き瓶と煙草の吸殻で散らかった、食卓と机を兼ねたテーブルから、昨夜書きかけたエリー宛ての手紙を手に取った。手紙を読み直してみると、酔いに浸った感傷的な文章が気に入らなかった。子に弱音を吐くのは親になりきれていない未熟な親がすることで、ギュンはたかがその程度の親になろうと十年近くエリーを支援したわけではなかった。ギュンは手紙を、煙草の吸殻と一緒にトイレのゴミ箱に捨てた。向き直りながら、書き直す手紙には知らせがなくて残念だとか心配でつらいなどという文章はいっさい省いてしまわなければと、ギュンは心に誓った。

＊

チェ弁護士から電話が来たのは、郵便局に着いて順番待ち番号札を取ろうとした時だった。彼は電話がつながらなければ何度でもまた電話をかけてくるに違いなく、早くも疲労感が押し寄せてきた。なるべくチェ弁護士との接触を避け、もし会うことになってもソンの事故についてはできるかぎり言葉を控えろと話したのは造船所の理事だったか、常務だったか。理事なのか常務なのかはっきりしない彼の頼みでなくても、ギュンはいつまでもチェ弁護士の連絡を避けるつもりだった。

ソンの事故はふた月前に起きた。

高さ二十メートルのクレーンで解体作業をしている途中、支えが崩れてソンが墜落した。造船所は救急車の代わりに作業用トラックにソンを乗せて急いで病院に送り、ソンは病院に着く前に内臓破裂によりトラックで死んだ。警察が捜査を始め、労務専門弁護士で名の知れたチェがU市にやって来た。チェ弁護士は、遺族だけではなく事故現場にいたソンの同僚らとも接触を試みた。ギュンも市内のコーヒーショップで彼に一度会ったことがある。彼は、造船所が緊急な状況にもかかわらず救急車を呼ばなかったことや、ソンをトラックに乗せて現場から送り出したのは、その事故が労災として記録されないようにするための手口だったと声を荒げた。ギュンはチェ弁護士の熱弁を黙って聞いてはあげたものの、法廷でソンのために事故現場を証言してほしいという頼みには応じられなかった。ギュンはソンの死に何も関与していなかった。それはその事故が起きてから収拾されていく過程で、ギュンがほぼ唯一価値判断をする必要のない客観的な事実だった。何も関与していないので、自分には証言する資格がないと思うとギュンが答えた時、チェ弁護士の顔は冷たく強張っていった。

「造船所とすでに話をされたんですね」

チェ弁護士はいかつい口調で言い、ギュンは強く否定した。現にそれまでギュンはソンの事故に関連して造船所の職員の誰とも会っていなかった。弁護士はギュンの言葉を信じない様子だった。彼の顔は疑いでひびが入り、眼差しは冷ややかだった。ギュンは彼の心の中にある廃棄物処理場のような場所に、容赦なく捨てられた気分にまでなった。ギュンが三、四日に一度ソンの母親を訪ねては人知れず世話をしていることを、彼が知る由もなかった。いや、知ろうとすら彼はしなかったはずだ。ギュンは早々に席を立つしかなかった。握手を交わした時に受け取ったチェ弁護士の名刺は、コーヒーショップを出た途端、道に破り捨ててしまった。その日も彼女たちの歌声が耳元でぐるぐると廻っていただろうか。たぶん。気持ちがひどく動揺すると、その騒音はより軽々と、より深々とギュンの現実に侵入してくるのだった。そのためだろう。その日のU市の街中は、この世の果ての絶壁へと続く通路のようにひときわ苦しく寂しかった。それ以降ギュンは、自然とチェ弁護士の電話を取らなくなった。理事もしくは常務から連絡が来たのは、その日から一週間ほどが過ぎてからだったと思う。彼はチェ弁護士との接触を避けてくれと言ったあと、警察の捜査が終了したら造船所にギュンの席を用意しようとそれとなく提案してきた。あちこちの造船所でリストラが始まり、今いる職員までが解雇される状況で席をひとつ貰えるというのは、非現実的なほどに惹きつけられる提案だった。ソンの事故以来、ギュンが所属していた下請会社は契約期間と関係なく造船所の業務から外され、ギュンもそれに伴い失業した状態で過ごしていた。下請会社を転々とせずに造船所に所属して働けるというのは、人生の様々な条件が変わることを意味していた。揺らいだ。揺らいだ瞬間は確かにあった。経済的な理由で、付き合ったどの女性にも結婚の話を持ち出せなかったしみったれた恋愛や、仕事を失うたびに朝日を覚ますとまず通帳の残高から確認しなければならなかった貧しい日々にうんざりもしていた。けれどもギュンはその提案を受け入れられないと頑として断り、チェ弁護士とはもう会うことはないから心配無用だと言い添えた。

「見たか?」

造船所を出てU市の港まで歩いていったギュンは、海を見つめて唸るように低い声で繰り返した。

「俺はあんたらみたいに妥協しなかったぞ。それをしっかり見たのかよ!」

チェ弁護士の番号が再び液晶に表示されたが、ギュンはしぶとく電話を取らなかった。ちょうど表示板にギュンの番号が点滅し、ギュンは受付カウンターに進み手紙を書留郵便で送った。消印が押され、カウンター越しのかごに無造作に投げられた自分の手紙を、ギュンはじっと見つめていた。手紙は一旦支援団体に届けられ、そこでエリーが読めるように英訳されたあと、またフィリピンへと送られるはずだ。翻訳の過程で重要な内容が抜け落ちたり、変えられてしまわないだろうか。ふとそんな疑惑がギュンの心にまとわりついてきた。あるいは翻訳者の悪意あるいたずらで、エリーに見限られるような下品な文章が差し込まれたのかも知れないと。一度湧き始めた疑惑はパン生地のように膨れ上がり、あげくにあたふたと携帯電話の連絡帳を開いているうちに、一週間ほど前にも同じ疑惑が沸いて担当職員に電話をしたのを思い出した。その日ギュンは、翻訳は翻訳専門ボランティアによって差し障りなく行われているという形式的な返答を受け、特に言い返すこともなく電話を終了したのだった。電話を切ったあとは、自分が余計な言い掛かりをつけるくだらない人間に成り下がった気がして、一日中悶々としていた。ばかげた騒ぎだった。

携帯電話を鞄にしまい郵便局を出ると行く当てがなく、朝よりもややはっきりと寂しさも感じた。おのずとギュンは、ソンの母親を思い出した。いや、もしかすると彼女を思い出すために、行く当てがないということを改めて思い返したのかも知れない。気が向いたらいつでも遊びに来いと、息子の友だちは息子みたいなものだと彼女も言っていたじゃないか。その言葉を聞いた瞬間、体の一部が焼きつくようだった恍惚とした苦痛を、ギュンは忘れたことがなかった。今まで誰もギュンに、そんなふうに言わなかった。母親ではないけれど、母親に似たような人と食卓に向かい合い、つまらない話を交わしながら夕飯を食べる場面を想像すると、心の片隅がじんとくることもあった。遠い将来、フィリピンから来たエリーが同席することになる食卓だった。

＊

ソンが亡くなる前にも、ソンの母親に何度か会ったことがあった。ソンは同僚たちを家に連れて行くことをいとわなかったし、ソンの母親も息子の客にご飯を作ってあげることを大いに楽しんでいるようだった。ソンはとりわけ、U市で一人暮らしをする同僚たちに寛大だった。ギュンもはじめはソンの誘いを断ることなく、彼の家でよく夕飯を食べていた。誰もいない家で、ノートパソコンにダウンロードした海外ドラマや映画を流しながらコンビニ弁当などを急いでかきこんでいると、ソンの母親が作ってくれたご飯が胸を締め付けられるほど恋しくもなった。ところがそのような期間はさほど長く続かなかった。いつからかギュンは、ソンの家に行くまいと抗うようになった。ソンにプライベートな連絡をしなくなり、彼に招待されるとあれこれ言い訳をしてその場を避けた。時間と愛情が注がれた料理を他の人たちと分け合って食べる味わいは充分価値があったものの、食事が終わりその家の玄関を出る時はいつも、説明のつかない剝奪感が押し寄せてきた。息子が帰って来る前にご飯を用意しておいたり、食事のあいだ中ずっと料理の材料や作り方を説明してくれる母親をギュンは持ったことがなく、これからも永遠に持つことはできないのだった。ギュンは誰かの家に客としてしか居られない自身の身の上を、チクチクと意識しながら生きたくなかった。

後ろ姿でだけ残った女性……

ギュンが胸に秘めている母親という存在は、それがすべてだった。いい所へ行くんだと言って、やけにきれいな服を着せてくれたあと、背を向けて座り煙草を吸っていた後ろ姿。三回もバスを乗り換えて養護施設に着いた時、握り締めたこぶしで必死に鉄門を叩いていた後ろ姿。養育放棄の念書に判を押すと、追われるように急いで養護施設を出ていった後ろ姿。そのすべての後ろ姿の総合が、まさに母親だった。後ろ姿には顔がないので、彼女の眼差しや声は復元することができなかった。ギュンが預けられた養護施設が連日マスコミに取り上げられていた時にも、彼女はギュンを迎えに来なかったし、ギュンの様子を訪ねる電話の一本もよこさなかった。その頃ギュンは、母親が死んだと思い込むようになった。母親に二度捨てられたという絶望よりは、本当の孤児になったという寂しさの方が馴染めそうだった。その思い込みは欠乏感を与えたものの、鋭く尖ってはいなかったので、寄りかかっているのにも楽だった。二十四歳の冬、見慣れない番号から掛かってきた電話を取る前まで、その思い込みは頑なに保たれていた。携帯電話の向こうでは若い女性が、市立病院に安置された身寄りのない遺体について短く伝えてきた。ソウル駅地下道のゴミ箱の隣で発見された、死因はアルコール中毒と低体温症と推定され、通し番号Sa06―02と記された遺体ひとつ……ギュンはその遺体を確認しなかった。遺体が仮埋葬される前日、列車に乗ってソウルに上京し、市立病院を訪ねては行ったものの、夜明けまでその周辺をうろうろしただけで、病院の中にはとうとう入らなかった。ゴミ箱の隣で寒さに震えながら惨めに死んでいく、ホームレスの後ろ姿……母親の最後のパズルはあまりにも重くて、夜が明けるころに地下鉄駅へ歩いて行くあいだ、ギュンは何度もふらついた。

その日ギュンは地下鉄の中で、多国籍支援団体の広告を目にした。発展途上国の児童の親になってくださいという文章と、黒人の男の子を抱いている心優しそうな老夫婦の写真を穴が空くほど見上げていると、思いもよらず涙が込み上げてきた。声を殺して、けれども長いあいだギュンはむせび泣いた。地下鉄の始発車両の中で身をすくめたまま涙を流す成人男性の姿勢、それはギュンが示せる最大限の哀悼でもあった。U市に戻ってからすぐにその団体に電話をかけて支援を申し込んだ。仕事が途絶えて無職だったが、さほど悩まなかった。その時に割り当てられた子どもがエリーだった。フィリピンの田舎で貧しいシングルマザーの子として生まれ、看護師を夢見る、とても大きく澄んだ瞳をした僕のエリー……十年のあいだに、七歳のちびっこだったエリーは今や都会で高校に通う女子高生になっていた。一歳ずつ歳をとるたびにエリーは自分の写真を手紙に同封し、最近の手紙には、大学に入ったら韓国語を習う予定で、ギュンに会いに韓国に行きたいとも書いてあった。

「お父さん《アッパ》〔「お父さん」という意味の「アボジ」を子どもが呼ぶ表現にした形〕の健康と平和を死ぬまでお祈りします。娘エリーより」

エリーが送って来る手紙の最後はいつもこのように終わった。得体の知れない翻訳者の手を介した文章ではあったが、それでもその文章は地下道のゴミ箱の隣で独り迎えた匿名の死とは一番遠い所にいるという安堵感を与え、ギュンはそれで充分だった。

いつの間にか、ソンの母親が暮らす古い連立住宅の三階にギュンは立っていた。呼鈴を押して待つあいだに髪を整え、服装をきちんと正した。ソンの葬儀を終えてからは三、四日に一度ここを訪ねるようになったのだが、玄関の前に立って扉が開くのを待つ時はいつも、招待状もないのにパーティーに来た人のように気まずくて、時に恥ずかしくもなった。いざ家の中に入ると気まずいとか恥ずかしいと思う間もなく、ギュンがやるべき仕事が見えてきた。ずれた簞笥を直して、蛍光灯を交換し、掃除機をかけた。もう料理をしなくなったソンの母親を街の食堂へ連れて行った日もあったし、スーパーで一緒に買い物をしたあと生活用品を家まで運んであげた日もあった。にもかかわらず彼女にソンにまつわる話をしてあげてからやっと、ギュンはようやくその家に居てもいいという許可証でももらったように気持ちが楽になるのだった。ソンが食事会で歌った歌だとか、彼女と電話する時に見せた表情などといったとても些細な話にも、ソンの母親は元気を取り戻し、「もっと話して」という顔でギュンに集中した。いつでも遊びに来なさいだとか、息子の友だちも息子みたいなものだと言う彼女の言葉を聞いた人が自分だけではないという事を、ギュンもよく分かっていた。彼女はソンの弔問に訪れたソンの同僚や友人すべてにそう話した。彼女はギュンに先に連絡しなかったし、あれほど何度も訪問したにもかかわらず、玄関の前に立っているギュンを見るたびに戸惑う様子が見て取れた。偶然視線がぶつかるたび、一緒にいるのがソンではなくギュンであることにがっかりしたというように辛そうに顔をしかめ、いつの日だったか床を叩きながら、どうしてよりによってうちの息子が死ななきゃならなかったんだと悲しそうに泣いた。寂しいとは思わなかった。ただ、自分の善意が、ソンの空席にそれとなく居座ろうという計算ずくの行動だというところに考えが及ばないように気をつけるだけだった。考えは自由なもので、いくら気をつけてもだめな時が多々あった。一度囚われると低劣で致命的な言葉で自らを責め立てないと抜け出せない、煩悶の沼。その沼の底にある恋しさには、対象がなかった。

玄関の扉が開いた。ほんの少し開いた扉の向こうにいるソンの母親が、今日に限って冷ややかな表情をしていると感じた瞬間、彼女の後ろの方から誰かがこちらに歩いて来るのが見えた。その人物の顔が少しずつはっきりしてくると、ギュンは一歩後ずさりした。胸の中でうっすらと埃が舞い上がり、朦朧とたちこめる埃の中には壊れた食卓があった。壊れたのは食卓だけではなかったのだろう。食卓の上で自然に重なる手、口を付けた箸が無遠慮にぶつかり合う音、愛情が前提とされた助言や心配、そして互いにずっと傍にいるよという暗黙の同意、そういったものたち……ほかの人たちは生まれる時から享受するその時間を手に入れようとあれほど頑張ったのに、もうその期待感さえも捨てなければならない時が来たのだ。

「お久しぶりです」

チェ弁護士がソンの母親に代わって玄関の扉を開け放って言った。ギュンはチェ弁護士に向かって気のない目礼をしたあと、再び彼女の方へと辛うじて視線を向けた。彼女は依然ギュンを睨みつけるだけで、一言の挨拶もよこさなかった。ギュンの接近を根元から封鎖する彼女の沈黙が、ギュンは悲しかった。いっそのこと彼女が、どの面を下げてうちを訪ねてきたんだと、造船所が偵察でもさせたのかと問い詰めたのなら、無念ではあっても悲しくはなかっただろう。

「お入りください」と言うチェ弁護士を、ギュンは空っぽの目で見つめた。ギュンがこつこつと積み上げていた未来の夕飯の食卓を一瞬にして壊してしまったとは露知らぬ様子で、至って暢気な顔をしていた。ギュンは手のひらで荒っぽく顔をなでおろし、無言で引き返した。後ろでギュンを呼ぶチェ弁護士の声が聞こえてきたが、一気に階段を降りていったギュンは門を抜けると全身の力を振り絞り、やみくもに走り出した。

*

しばらく走り続けてからようやく、彼女たちの歌がまた始まったことにギュンは気づいた。今回はとりわけその声が大きかった。ほとんど耳が聴こえなくなるような騒音だった。走る途中で耳を塞ぎ、耳を塞いだまま再び走り、それを繰り返した。左だったか、右だったか。しばらく立ち止まったまま息を整えていたが、左かも知れないし右かも知れない片方の頬がひりひりしてきた。傷は魂と共に成長するのではなく、脅迫的な誠実さで魂を蝕む。傷に打ち勝ちながら成熟したという言葉は、ギュンが生きてきた世界では受け入れられない美しさだった。嫌気がさすほど美しい言葉……何ひとつ忘れることができなかった。殴られているときは遠巻きで黙って眺めている子どもたちを死ぬほど憎んでいても、次の日になると殴られている子とは無関係であることを見せつけるように見物の群の中に隠れていなければならなかった日々は、絶対に忘却されなかった。暴力は徐々に広がり、子どもたちの中でも頻繁になっていった。ひとより殴られずに、ひとより食べられるように、互いを叩いて、誹謗して、醜聞をでっちあげて言いふらした。妬んで、裏切って、恨んで、嫌がらせをした。きっと忘れたに違いない。刑期を終えたであろう院長や教師たち、施設管理人や給食担当の食堂職員、異常に痩せこけた子どもが足を引きずりながら通り過ぎても声を掛けてこなかった養護施設周辺の農家の住民たち。みんなとっくに忘れてよろしく暮らしているに違いない。なのに、どうして自分は高い塔のように積み上げられた記憶の山から抜け出せないのか。こんなにもしつこい苦痛、一生を終えても小さなひび割れひとつできないであろう頑丈な結晶体、そして……

そして、彼女たちがいた。

養護施設と提携する教会の主婦聖歌隊だった彼女たちは、養護施設を訪ねてくるほぼ唯一の部外者だった。ギュンをはじめ子どもたちは、彼女たちの公演がある復活祭と生誕祭を待ちわびた。彼女たちが力の強い大人を連れて来てくれることを、その力の強い大人たちが一人一人の服の下に隠されている青痣や、がりがりに痩せた体を見つけてくれることを切実に待って待って、待ち続けた。しかし彼女たちの訪問が続いた数年間、そのような事は起こらなかった。彼女たちの傍に近づいてこっそり暴力を打ち明ける子もいたし、両親や親戚の名前を教えながら連絡を頼む子もいたが、どの子も応えてもらえなかった。彼女たちはただ、彼女たちだけで集まって座り、化粧を直したり、若草色のサテンが垂れ下がった白い聖歌隊衣装を羽織り、公演が始まると壇上に上がって神の愛と人間の信頼を歌い、公演が終わると似たり寄ったりのプレゼントの箱を抱えた子どもたちと記念写真を撮っては、そそくさと養護施設を後にした。彼女たちが乗って来たワゴン車は、いつも荒々しいエンジン音を立てて遠ざかっていった。それは、半年間抱きしめてきた希望を砕く破裂音であり、再び世の中と断絶されることを知らせる警告音でもあった。いつだったかギュンは、トイレに向かう聖歌隊メンバーのあとをこっそりついて行ったことがあった。おそらく今のギュンと同じような歳の、彼女たちの中で一番若く見える、善良そうな若い主婦だった。ギュンは彼女に、とにかくどこにでも連れ出してくれと頼むつもりだった。それ以外は何も頼まないつもりだったし、もし頼み事ができたとしても彼女が負担に思うほどしがみつくのはよそうと心に決めていた。しかしギュンは、用意していた言葉を口にすることすらできなかった。トイレに続く狭い廊下でギュンが彼女のスカートの裾を摑んだ時、びっくりして振り返った彼女は、ギュンの片方の頬を叩いた。押しのけるように軽く叩いただけだったが、左だったかも知れないし、右だったかも知れない片方の頬はひりひりと痛かった。叩くつもりはなかったけれど叩くしかなかったんだと抗議するように、ギュンを見おろす彼女の両目の瞳が黒く揺らいだ。彼女はすぐさまトイレの反対方向に向かって小走りに去っていき、公演が終わってワゴン車に乗るまでギュンの視線を避けた。次の公演からギュンが彼女を見かけることはなかった。誰とも、彼女たちの内の誰とも二度と顔を合わせたくなかったが……

あの頃から二十数年も経ったのに、彼女たちはせっせとギュンの軌跡をついてまわった。むしろ院長や教師たちよりも、彼女たちの方が頻繁に思い浮かんだ。思いの先は想像へと続き、想像は我がもの顔で蔓延《はびこ》りながら事実の如く定着していった。公演を終えワゴン車に乗って去って行った彼女たちが、市内の食堂に行って食事会をする場面。肉を焼く前に祈りを捧げる様子。翌日にはご飯を炊いて家族を起こし、皿洗いや掃除をしたあと納付書を持って銀行に行く些細な日常。お隣と道端で笑いながら挨拶を交わし、子どもたちに優しい言葉をかけ、テレビの前に座って悲観的なニュースを見ながら舌を打つ、テラテラしたそれぞれの唇。その全てがあまりにも具体的に想像されるのだ。復活祭や生誕祭が近付くと公演準備で忙しかっただろうし、定期的に集まって練習しながらたまに休憩するときには、養護施設の子どもたちについて話をしたのかも知れない。誰かが不憫だと言えば他の誰かは、不憫には違いないけれど、恐ろしい気もすると返したのではないだろうか。その子どもたちの未来が恐ろしいと、ああやって叩かれながら育った子どもたちがまともな大人になれるだろうかと、だからもっと熱心に祈ろうと、もっと良い贈り物をして心を込めて歌ってあげようと、一様に真剣な顔をして意見を交わしたのかも……そんな想像をしていると苦痛が押し寄せて来て、苦痛はそのまま憎しみへと変わった。傷痕が魂を蝕むように、憎しみは腹の奥底で長い時間をかけて着実に腐敗していった。内臓や血、骨を汚した。意志や楽観や単純な幸福を嘲笑《あざわら》えと導いた。憎しみは再び彼女たちを呼び、彼女たちは既存の憎しみに寄生してより大きな憎しみを育てた。どこか遠くで、おそらく忘却へと続く道を塞いで輪になって立ったまま、彼女たちは疲れを知らずに歌った。

「嬉しいか？」

　彼女たちの中から誰でもひとり捕まえて容赦なく頬を殴り飛ばし、ギュンは訊きたかった。

「まだおもちゃが生きていて、もてあそべてそんなに嬉しいのかよ、なあ？　おい！」

　しかし彼女たちにギュンの声が届くはずがなかった。彼女たちは歌いながら思う存分ギュンを苦しめてきたというのに、ギュンは彼女たちに指一本触れることすらできないのだ。ギュンの傷、ギュンの憎しみ、ギュンの記憶。そんなものは彼女たちにとって、意識すらされないゼロと変わりなかった。それでも彼女たちに意味あるものとして刻まれたものがあるとすれば、その不憫で恐ろしい子どもたちに年に一、二度歌を歌ってあげることで教会に献身した、という自負心程度ではないだろうか。児童相談所でカウンセリングを受けていた頃、ギュンもその噂を耳にした。子どもたち一人当たりに割り当てられた国家補助金の一部が、その教会の新築工事の資金として流れていったという醜聞だった。中身が空っぽな希望を頼りに耐えた時間が少し悔しかっただけで、裏切られた気分にはならなかった。いや、悔しさすら感じなかった。ただ、虚しかっただけだ。

ギュンは再び走り始めた。彼女たちの歌はまだ耳元をぐるぐると廻り、ギュンは寒かった。もしかすると寒さではなく、寒さと区別がつかない惰性的な寂しさかも知れなかった。「エリー」と呟いたとたん、ようやく既視感を覚えた。周りの光や背景を消し、今走っている道を垂直に立てると、昨夜の夢とまったく同じ状況になりそうだった。灰色の冬空があんなに近く降りてきているし、もしかすると今にもみぞれが舞うかも知れない。ならば、僕は今墜落しているのだろうか。ソンは僕の鏡だったのか。一番近くて遠い鏡、そんなものだったのか。

あの日、ソンが墜落した日、ギュンは見た。クレーンの上のソンとクレーンの下のギュンが一直線上にいたので、造船所でソンの墜落を一番近くで目撃した人は、もしかするとギュンかも知れなかった。ギュンの意志や選択ではなかったものの、その場面をはっきりと見届けたこと。それはギュンが思う自身の最も大きな不運だった。

＊

クレーンの下で足場の溶接をしていたところだった。はじめは砂埃のような軽い物質がヘルメットの上に落ちるのを感じ、しばらくしてコン、という金属の摩擦音がヘルメットの中で響いた。反射的に両腕で頭を抱えたまま足場から降りたギュンは、顔をあげて上を見た。ソンが宙にいた。墜落は一瞬のうちに起きるものだからそんな場面はあり得ないのに、宙で固定されたように止まっているソンを、ギュンは見たような気がした。ソンの身体は弓のようにしなやかに曲がり、下に垂れた腕と足はとても気怠そうだった。変だと感じた。その見慣れない非現実的な場面をただ変だと感じるばかりで、ギュンは何とかしてソンを助けなければと考えることもできないまま、身じろぎもせずに宙を凝視していた。

「変だ」。心の中でもう一度繰り返しながら、ゆっくりと目を閉じてから開けた時、ソンはすでに地面に堕《お》ちていた。彼は意識を失ったように目を閉じていて、後頭部からは血が滲み出たが、顔は信じられないほどにきれいだった。船舶のあちこちで作業していたほとんどの作業員が瞬く間に集まり、ソンを取り囲んだが、ソンの生死をすぐに確認しようとする者はいなかった。高さ二十メートルのクレーンから落ちたのだから、致命的なダメージを身体が負ったのは明らかだったが、具体的に身体のどの部位が損傷したのかは知りようがなく、むやみに触れることができなかったのだ。作業用トラックが入って来てからようやく作業員たちは道をあけるために沈黙の中、少しずつ身体を動かした。誰が救急車の代わりにそのトラックを呼んだのか、その時は気にもとめなかった。とにかくできる限り早くソンを病院に連れて行かなければならないという思いだけだった。血痕を洗い流して崩れた支えを補修するのは、残された者たちの役目だった。一時間余り経ってソンの死が告げられた時、ギュンは造船所のトイレでソンの血が染み込んだ自分のスニーカーを水ですすぐのを途中でやめて、排水溝へと流れる血をじっと見下ろしていた。その日仕事を終えたあと、人々は三々五々集まってソンが安置された病院に向かったが、ギュンは家に帰り、そのまま倒れこんで眠った。ソンの葬儀はその翌日、しめやかな気持ちでひとり赴《おもむ》いた。葬儀場では心から悲しみ、葬儀を終えたあとには下請会社の作業員らを集め、安全設備をすべて再整備するよう造船所に要望した。造船所は下請会社を替えることでそれに応え、ギュンは職を失った。ギュンは自分でやれる範囲ではすべてやった。そう、信じた。

信じたかった。

しかしこのすべてを証言すれば、世間は口々にギュンを非難するだろう。ヘルメットの上に砂埃が落ちた時、ソンに危険を知らせなかった配慮のなさを。もしくは事故が起きる前に、支えの安全問題を造船所に積極的に訴えなかった無責任さを……誰も救急車を呼ばなかったこと、突然現れたトラックに乗せられていくソンを黙ってただ見ていたこと、それらをもっと具体的に話してみろと詰め寄るかも知れない。砂埃が落ちて危険を察知するのは能力外のことだし、溶接工がクレーンの支えの安全まで確認できるわけもなく、事故直後はソンを一刻も早く病院に運ぶことしか頭になかったというその先の説明は、言い訳に聞こえてしまうのが目に見えていた。関与したわけではないのに、ただ目の前に投げ出されたソンを見るしかなくて見ていただけなのに、証言を終えた後、非情で怠慢な傍観者として誤解される状況が、ギュンにはぞっとするほど理不尽に思えた。すべてを知りながら知らないふりをして歌など歌っていた彼女たちと同じ人間とみなされるなら、醜い虫けらへと堕ちていく自分を、どんな意志をもってしても防御したり保護することはできそうになかった。恐れ。先の見えない道の上をこんなに休まず走っているのは、もしかすると恐れのせいなのかも知れなかった。

*

ワンルームのアパートに戻り、エレベーターへ向かっていると、郵便受けに新しい封筒がはみ出ているのが見えた。ギュンは足早に郵便受けに向かい、封筒を抜き取った。エリーからの手紙ではなかった。「親愛なる、エリーの支援者の皆様へ」と始まる支援団体からの手紙だった。

途切れ途切れに灯りが点いたり消えたりするアパートの共同玄関にぽつんと立ったまま、ギュンは手紙を読み進めていった。十文にも満たない短い手紙だったが、ギュンが手紙を読み終えるまでのあいだ、玄関の灯りは数十回も点滅した。手紙はこのような文章で終わった。

「当団体は貴方様に、この間エリーの近況をお伝え出来なかったことについてご理解をお願いしつつ、変わらぬご支援をお願い申し上げる次第でございます」

ギュンはその最後の文章をもう一度読んだあと、エレベーターの方へ向かった。エレベーターに乗りこむと倒れるように壁面に寄りかかり、しばらく絶望について考えていた。手の中にあった手紙はもう、しわくちゃになっていた。古いエレベーターは、重い機械音を立てながらのろのろと上昇し、四階で停まった。押し出されるようにしてエレベーターを降りると、十室の小さなワンルームが相向かいに所狭しと並んだ、狭くて暗い廊下が延びていた。こうしてみると、養護施設のそれと大して変わらない廊下だった。もしかすると養護施設の廊下が時間の外側を遠回りして、ここまで延びてきたのかも知れない。ギュンの部屋は廊下の先にあった。思い出そうともしていないのに、廊下を通り過ぎるあいだ、猛獣だとか門番といった単語がひとりでに浮かんできた。玄関ドアを開けて部屋の中へ入ると、長い旅行を終えて帰ってきた人のように、コートも脱がずにそのまま座り込んでしまった。手紙の内容よりも、「エリーの支援者の皆様へ」という表現に受けた大きなショックが、ギュンの心を痛めつけた。今までのエリーの愛情が、複数の親たちに均等に分配されてきたということが信じられなかった。エリーは他の支援者たちにも「アッパ」もしくは「オンマ」と呼びながら、彼らの健康や平和を祈ったのだろうか。大学に行ったら韓国語を習うつもりだとか、韓国を訪問したいとも書いたのだろうか。まったく同じデザインの便箋を積み重ね、まるで面倒な宿題でもするように機械的に手紙を書いたであろうエリーの後ろ姿を想像した途端、ギュンはこっぴどく捨てられた人間のように孤独を感じた。

しばらくしてギュンは辛うじて起き上がり、エリーの手紙や写真をしまっておいた箱を持ってきた。ライターを取り出し、迷わずその一枚一枚に火をつけた。エリーが、いや、エリーたちが、燃やされたあとスチール製のごみ箱に捨てられた。学校の休みに故郷へ帰り、近所の貯水池で溺れたエリー。必死に泳いで貯水池から這い上がったものの、そのまま気を失ったエリー。救急隊の到着も遅れ、応急処置のタイミングを逃したエリー。今は意識不明の状態で病院に横たわるエリー。無事に目が覚めたとしても、ゆっくり目が閉じていく自分をぐるりと取り囲んでただ見ていた近所の人たちを、忘れられなくなるエリー。憎しみを知っていくエリー。自分を傷つけるだけの独り言を言いながらどんどん孤独になっていくエリー。そのうち墜落するエリー。日々墜落しながらも、また別の墜落に備えるようになるエリー。そのすべてのエリーたち……

　手紙をすべて燃やしたあと、ギュンは床に横たわり、窓辺のテーブルにしゃがみこんでむしゃむしゃとご飯を食べる老人の幻影を、息を殺して眺めていた。今見てみるとそのテーブルは、ソンの母親とエリーの席などそもそも作れないほど小さかった。例にもれず、耳元でまたしても彼女たちの歌声がぐるぐると廻った。もうすぐ、彼女たちの歌を拾い集める機械装置が作動し始めるだろうし、彼女たちも慌てて化粧を直し、聖歌隊の衣装を羽織っては列をそろえて壇上に上がっていくだろう。

　歌は、そうしてやってくるだろう。

解説

彷徨う存在の記憶と光

ハン・ギウク

◆最初の感覚

小説家の中には、作品が始まる最初の感覚を持つ人がいる。例えばアメリカモダニズム小説の傑作『響きと怒り』（*The Sound and the Fury*）は「兄と弟たちは木にのぼる勇気を出せずにいる中、ペチコートを泥まみれにした女の子が木にのぼってリビングの窓を覗き込む光景[1]」から始まった。フォークナー（William Faulkner）はこの最初の感覚を具現化しながら小説の主要人物たちと特有の雰囲気を引き出した。チョ・ヘジンの場合も小説を始める最初の感覚があり、その顕著な例が自伝小説『ムンレ（文来）』である。ここでの最初の感覚は、三歳の頃の話し手を残して仕事に出掛ける母親が、外から鍵をかける音である。「ガチャン。そのあとすぐ記憶の中にある部屋のひとつに灯りがともり、そのころの時間が点字のように触れてくるのを感じた」（『文学トンネ』二〇一四年春号、一四五頁）『ムンレ』は、このような「最初の感覚」の意味を探っていくことを小説の主なモチーフとした。

閉ざされた部屋の中の子どもはどうなったのだろう？　今回の小説集に収められた九編の小説は、作家がその問いの前に長く留まりながら当代の人生や芸術の様々な可能性を探索した結果として迫ってくる。その子どもは一人きりで夢と現実が入り混じる孤独の時間を耐えながら、自身が徹底して孤立した個であることを学ぶ。その子は最初の感覚が始まる一人きりの部屋は持っているが、親兄弟や隣近所が有機的に繋がる共同体としての故郷は喪失したのである。部屋の外では狭い路地の貧しいバラック集落が撤去され、高層アパートが建てられる急速な都市化が進められている。このような都市で家や故郷もなく、部屋一間を借りて暮らしながら世界を彷徨う存在たち、留学生、外国人労働者、コンビニのアルバイト、サービス業職員、失業者、貧しい芸術家、養子に出された子どもなどがチョ・ヘジン文学の主要居住者である。

こうしてみると、フォークナーをはじめとしたモダニズム文学における最初の感覚が持つ志向性と、チョ・ヘジンが持つそれは若干異なる。モダニズムの最初の場面は、没落する伝統社会でポール・ド・マン（Paul de Man）がモダニティの定義として提示したもの、即ち「真の現在と呼べる一地点にたどり着くことを願い求め、以前あったすべてのものを消そうとする欲望の形[2]」から始まりがちである。その「真の現在」を真理の顕現（epiphany）の如く永遠のものにしようとする衝動が最初の感覚を生み、他のすべての物を破片化する傾向があるのである。例えば『響きと怒り』の場合、フォークナーが没落する南部で「真の現在」として捉えたのが、問題のあの光景である。これに対しチョ・ヘジンの場合の最初の感覚は、孤立した個の人生と芸術の始まりでありながら、直視することが辛い真実と想定される。

（1） Frederick L. Gwynn and Joseph L. Blotner, *Faulkner in the University*, Rabdom House, 1959, p. 1

（2） Paul de Man, *Blindness and Insight : Essays in the Rhetoric of Contemporary Criticism*, 2nd Ed. Methuen Co. & Ltd,1983, p. 148

この小説集の表題作「光の護衛」で最初の感覚がすぐに現れないのは、主体がその感覚を喪失していたというよりも、それがそれほど心の奥深く秘められていたことを暗示している。時事雑誌出版社の記者として働いていた話し手は、幼い頃のクラスメイトで今は紛争地域専門写真家となったクォン・ウンに二十数年ぶりに会いインタビューするのだが、彼女に一目で気づくことができない。話し手が班長だった幼いころ、担任の指示を受けてクォン・ウンの家を訪ねた時、「ドアノブを回す金属音」を聞きながら覗き込んだ部屋が、話し手にとっては最初の感覚に当たるだろう。「不意に扉を開ける羽目になった十三歳の少年は、暗順応できていない両目をパチクリさせながら、怯えた声でこう尋ねるはずだった。『あ、あのぉ、クォン・ウンさんの家、ですか？』」（二〇頁）しかし、話し手にとって最初の感覚が込められたこのような「記憶は、閃光の如く一瞬で私の頭を強打したのではなく、とても遠い場所から、ひとかけらずつ、私の感覚の中へと流れ込んできた」（一七―一八頁）のである。

実際、話し手が幼いころのクォン・ウンと格別な関係であったことに気付くには、二人だけが共有したものの意味を「ひとかけらずつ」とり戻す過程を経なければならなかった。幼いクォン・ウンは、台所もトイレもない小さな寒い部屋にひとりきり捨てられたまま悪夢を見たくなくて、スノードームの雪降る世界に浸っていたのだから、スノードームはひとりきり捨てられた悪夢のような現実の、最後の避難所の役割を果たしていたのである。クォン・ウンのために話し手が持ってきたカメラは、より意味深長だ。その輸入カメラは話し手の目には「中古品で売れるお金の束」（二五頁）に見えたのだが、クォン・ウンにとっては「単に写真を撮る機械装置ではなく、別の世界へとつながる通路だった」（二五頁）のだ。クォン・ウンは自身のブログに話し手に向けて「班長、あなたがくれたカメラが私をすでに救ったということを、あなたは覚えておく必要があるのよ」（二七頁）としたためる。幼いクォン・ウンにとってカメラが何であったからこそ、彼女を救えたのだろうか。

人を救うということがどういう意味なのかを問う瞬間、「光の護衛」が話し手とクォン・ウンの間の物語だけではなくもうひとつの物語を、言わば「物語の中の物語」を有していることに着目することになる。クォン・ウンの物語の中にはアルマ・マイアとジャン・ベルン、ノーマン・マイアの物語が折り込まれ、「人を救う」という意味はこの二重の物語を行き交いながら探求される。このような枠物語と対を成すのは、話し手の「意識の流れ」に沿って現在と過去を交互に映し出す非線形的「フラッシュバック」叙事法である。小説の叙事は、話し手がヘルゲ・ハンセンのドキュメンタリー『人、人々』を観ることになる現在と、クォン・ウンとの出会いについての回想が交互に登場しながら、ふたつの物語――話し手とクォン・ウンの物語、そしてアルマ・マイアとジャン、ノーマン・マイアの物語――の交織で構成される。

枠の中の物語はこうである。ユダヤ人バイオリニストのアルマ・マイアは、ナチスのユダヤ人迫害が始まるとすぐ、同じオーケストラのホルニストであるジャンの助けで地下倉庫に隠れて暮らすことになった。ジャンは食料と一緒に自分が作曲した楽譜を一枚ずつ籠に入れてくれたのだが、毎日死ばかり考えていたアルマにとってジャンの楽譜は「明日を夢見させてくれる光」だった。アルマはその楽譜で沈黙の演奏をしながら、その「光」のおかげで単純な生存ではなく彼女なりに満ち足りた人生を生きることができた。「だから私はこう言えるのです。その楽譜が、私の命を救ったんだと」(二二頁)クォン・ウンにとっては話し手がくれたカメラが、その楽譜のような「光」であった。なので真の人生というものがあるのなら、チョ・ヘジン小説においてそれは「光の護衛」を受けて生きる人生なのだろう。

◆野蛮な歴史が刻んだ傷跡

チョ・ヘジンの小説は、しばしば歴史的暴力の問題を扱う。登場人物がホロコーストとパレスチナ人紛争の悲劇に遭う「光の護衛」も然り、「モノとの別れ」や「東の伯の林」は野蛮な歴史による個人の傷跡に焦点を合わせた作品である。それぞれ在日同胞留学生スパイ事件(一九七一年)と東伯林(東ベルリン)事件(一九六七年)を扱っているが、『ロ・ギワンに会った』(チャンビ、二〇一一年)を含めたチョ・ヘジンのすべての小説がそうであるように、特定の歴史的事件の一部始終を重視するよりも、その野蛮な歴史の刃が特定の個人にどのような模様の、どれだけ深い傷跡を残したのかを繊細に掘り下げていく。言わば歴史そのものの問題よりも歴史的暴力が個人にどのような結果を招くのかに焦点を当てている。なので、孤立した個としての人間が残忍な歴史の暴力をどう耐え抜くかが関心事となるのだが、これは芸術の問題であると同時に倫理の問題となる。閉ざされた部屋の中の子どもが外に出て成長する時、その子に最も大きな傷を与えることができるのは荒涼とした都市環境ではなく、国家の権力的メカニズムなのである。もしかするとその不義の権力による抑圧の結果、その子の内面に到来する自己不信や自己検閲、罪悪感などがより大きな傷になり得るのだ。

国家暴力の被害は暴力の直接的な犠牲者に劣らず、その人と縁を結んだ人々にまで深刻な影響を及ぼしもする。このような派生効果がよく現された作品が「モノとの別れ」である。地下鉄忘れ物センターで働く話し手は、アルツハイマーを患い療養院に入った伯母の初恋の人「ソ君」にまつわる話を聞く。在日朝鮮人留学生だったソ君は遅い春の日、清渓川を歩いている途中に伯母（テヨン）の名前をとったレコード店（テヨン音盤社）に立ち寄り、伯母と初めて会う。運命の瞬間だったその時を、伯母は甥に「こんなに歳をとって病気にまでなったというのに、朝目を覚ますと私がいる場所は、今でもあの春の夜のテヨン音盤社なのよ」（六八―六九頁）と吐露した。ソ君は朝鮮総連と接触した友人によって当局の捜索を受けるかも知れないと思い、原稿の束を伯母に預けるのだが、これが火種となる。伯母は自分がその原稿を誤って渡したせいで、ソ君が留学生スパイだと決めつけられたと思い、自分の行動を「許し難い罪の塊」（七六頁）と認識し、生涯その罪の意識から抜け出すことができなかった。

刑期を終えて結局教授になったソ君は、野蛮な歴史に傷を負わされたが、致命傷を負ったのはむしろソ君に片思いした伯母だったのかも知れない。「ソ君という名の領土の真ん中には空想の法廷があり、伯母は捜査官と被告人、証人の役割をすべて担い一生涯を生きた。拷問し拷問され、罪を問うと同時に自白しながら、昨日の証言を今日また否定する、それを繰り返しながら……」（七六頁）伯母は無期限のむごい刑を受け続けた。チョ・ヘジンはこのように歴史の裏側に目を向け、可視化されずにいた傷に深い関心を示す。

話し手は認知症の病状が酷くなる伯母とソ君を、もう一度会わせてあげようと決心する。話し手には意識が行ったり来たりする伯母の姿が、「忘却の中へと沈没していくしかない忘れ物がこの世に送る、最後のＳＯＳ」（七三頁）のように見えたのだ。ところがこの再会は、話し手の思い通りにはいかない。いざ約束の場所に出てきた二人は、互いが誰なのか分からないのだ。そのうえ伯母は他の人をソ君だと思い込み、その人に刑務所への差し入れだと思われるショッピングバックを渡しながら「申し訳ない」という言葉と「忘れてくれ」という願いを伝える。伯母の悲運の人生に添えられた笑劇のような結末である。

しかし国家暴力による個人の人生が、必ずしも苦々しく虚しい結末に終わるわけではない。「東の伯の林」もまた、独裁政権の捏造事件によって壊される無念の人生にスポットを当てるものの、捏造された歴史の暴力に立ち向かう個人らの意義深い行為を浮かび上がらせる。小説は最近「ドイツ作家とアジア作家の交流の夕べ」で会ったヒスとヴァルターの書簡のやり取りを通じて、ヴァルターの祖母ハンナと韓国人留学生アンス・リーの悲恋を辿る。一九六四年ベルリンで作曲を学んでいたハンナは、ベルリン自由大学校哲学科に通う留学生アンス・リーに出会い恋に落ちる。ヴァルターはヒスに、半月前にハンナが臨終を迎えたことを伝えながら、アンス・リーが生きているのなら彼を探してほしいと頼む。アンス・リーがハンナの死を「哀悼する瞬間にようやくハンナは（……）真っ当な存在になれる」（九五頁）というのである。

はじめヒスは返事の中で、ハンナが一九六七年にベルリンで失踪したアンス・リーを積極的に探さなかった点を挙げ、ヴァルターの要請に否定的な反応を見せる。アンス・リーが失踪して二か月後、西ドイツ内にいる相当な数の韓国人留学生と鉱夫が韓国警察に連行されたことから、アンス・リーが軍事政権に協力した人物だという疑惑があり、このためハンナがアンス・リーを捜さなかったのではないかというのである。ヴァルターはそれについて、アンス・リーが「スパイだったかも知れないという、その可能性が事実だとしても、ハンナもまたその可能性を案じて一生苦しみ続けたとしても、ハンナとアンス・リーの友情、そして僕にまで及んでいるその友情の力を否定する合理的な理由にはなれない」と答える。要するにヴァルターは、「個人が世界をリードするということ」（一〇二頁）が自身の信念であることを明かすのだ。ハンナがアンス・リーを捜そうとしないのには、記者だった彼女の父親が戦争を指示したナチスの同調者であった事実に遭遇したショッキングな体験も影響していたのだ。ハンナは自分が愛するアンス・リーがスパイであった可能性を、とても直視できなかったのである。ヒスは紆余曲折の末にアンス・リーが改名して在野研究者として生きてきたことを突き止め、彼から当時の真相を聞く。彼は一九六七年に拉致同然で韓国警察に連行され、地下取調室で「剝き出しにされた時間」（一一五頁）として記憶される残酷な拷問を受けた末、自らスパイだと名乗る者が現れたことにより釈放される。以降アンス・リーはドイツ行きを諦めるのだが、それは彼がハンナをはじめとする留学生の同僚たちと顔を合わせる勇気がなかったためであった。ヒスからハンナの死を知らされたアンス・リーは「ハンナの墓地を訪ねて、きちんと哀悼の思いを伝えるんだ」（一一六―一一七頁）と話す。

「東の伯の林」は、愛し合う恋人ハンナとアンス・リーが野蛮な捏造事件により苦難を強いられながらも、互いに自身の真実を知らせることができなかったものの相手との大切な縁を裏切らないことで「個人が世界をリードするということ」を再確認する作品である。他の言い方をするならば、アンス・リーはハンナに「明日を夢見させてくれる光」を残し、ハンナは訝しい状況でもその「光」を捨てなかったのである。「個人が世界をリードするということ」は即ち、その個人を救う「光」が何よりも大切だと言うことと通じる。これが一番の原則なのだが、これだけで終わるのは残念だ。実際、歴史において世界と個人が対立的な関係に置かれがちだが、個人が世界と歴史の主体になる瞬間、個人の多数が光化門のキャンドルの灯火のように驚異的な「光」を享受できるということも事実だからである。

◆両極化する世界、「根を抜かれた」存在

グローバル化が進むほど、富と権力の両極化現象が深刻化する様子が至る所に現れる。世相と

風俗に敏感なジャンル的特性上、両極化する世界で労働者の益々悲惨になる生活像が小説によく登場するのは当然のことである。注目すべきは、チョ・ヘジン小説が両極化の外形的な世相描写は節制する一方で、両極化による人物内面の変異を繊細に捉えるという点だ。例えば「時間の拒絶」では話し手が労組のストライキ闘争から離脱し、「小さき者たちの歌」では造船所の下請会社職員が同僚の墜落死を目撃するのだが、ふたつの小説はこの事態を両極化と関連した社会的問題としてスポットを当てるより、人物の内面で繰り広げられる特異な現象を探求しようとする。「散策者の幸福」もやはりこの点で例外ではなく、失職した非常勤大学講師の微妙な内的変化を、繊細かつ抜きんでた感覚で追跡する。小説は哲学講師ホン・ミヨン（ラオシュ）と、彼女の最後学期の講義を受講してドイツに渡った留学生メイリンが交互に登場し、彼女らそれぞれの実存的な人生について叙述する方式を取っている。メイリンの叙述はラオシュに送る手紙として書かれているようだが、返信がないので日記のようにも感じる。一方が一方の呼びかけに応じないので一見各々が勝手に話している格好だが、底辺には互いを切実に必要としている欲求が見て取れる。

チョ・ヘジン小説がしばしばそうであるように、この小説も意味深長な事件がすでに起きた後の時点で始まり、その事件と関連した出来事を回想するスタイルだ。メイリンにとって重要な事件は、韓国人の親友イ・ソンの自殺と、哲学科講師ホン・ミヨンと特別な関係を結んだことなのだが、ホン・ミヨンにとってはリストラの余波により二十年続けた講師職を失ったことが最も深刻な事件である。そのうえ腫瘍が見つかった母親の手術と入院の末に自己破産し、生活保護を受けながらコンビニのアルバイトで生活費を稼ぐ身の上となる。あっという間に貧困層へと転落したのだ。

ドイツ留学中のメイリンは、勉学に集中できずに滞在中の都市を散策する。その中で難民流入に反対するデモ行進や暴動、クルド系ドイツ人ホームレス（ルーカス）の事情に触れながら少数民族を差別する雰囲気を伝えてくる。しかしメイリンの話の頂点にはラオシュとの関係、特にラオシュが失意と罪悪感に陥った自分の手を握り慰めてくれた言葉、「生きている間は、生きているという感覚に集中してほしい」（二二九頁）という発言が置かれている。メイリンはその発言を思い出しながら「思い出すたびに驚異的なその言葉を、ラオシュ、私は一度も忘れたことがありません」（二三八頁）と告白する。ラオシュの発言は死を考えていたメイリンにとって「明日を夢見させてくれる光」だったのだ。

皮肉なのは、この発言をした当の本人は「生きているという感覚に集中」できていないという事実である。いや、もしかすると「生きているという感覚」が一体何を意味しているのかが試験台に上がったと言えるだろう。午前零時から朝までコンビニのカウンターに立つラオシュは、若い男性が入って来て自分と目が合い「フードを外し、丁重にお辞儀」する瞬間、一気に緊張する。その前にもある若い女性が自分に気付き「ホン・ミヨン教授ではありませんか？」と訊ねる質問に「ち、ちがいます」と否定したように、ラオシュは大学の講師からコンビニのアルバイトに変わった自分の姿を隠そうとした。これは「生存は自ら解決するにしろ、世の中が認めて優遇してくれる職業に執着するなと」(一二六頁)教えた自身の発言ともそぐわない行動であった。実際彼女は、一人やもめであるコンビニ社長との生活が提供してくれそうな「心地よいベッドと自足的な食卓を手に入れたいと密かに願い」(一三九頁)もする。

ところが早朝に帰宅する途中、犬に追いかけられてひどい目に遭ったあと、「たまらなく生きたい」(一四二頁)とメイリンを呼びながらむせび泣く場面は、両価的な印象を与える。コンビニバイトのひっ迫した人生は人生ではないというホン・ミヨンの偏見が露呈する反面、彼女が今ようやくはっきりと生きているという感覚が伝わるからだ。この小説は、一人の哲学科講師が失職を境に世間が持て成してくれる人生の外側に追いやられ、「生きているという感覚」を失い漂流する状況を秀逸に描き出している。その過程で知的省察というものの下に潜んでいるかも知れない俗物性や虚偽意識の側面もまた、鋭く摑み取ることに成功した。

チョ・ヘジン小説ではあらゆる理由で国境を越え、見知らぬ国を彷徨う人たちがかなりの数に及ぶ。その中には中国人留学生メイリンや「翻訳のはじまり」のテホのように競争力を高めようと留学する場合もあるが、より典型的なケースは「翻訳のはじまり」で家族のために大金を稼ごうとアメリカに渡り行方がわからなくなったヨンスさんだとか、故郷のアルゼンチンを離れてアメリカに密入国したアンジェラ、「じゃあね、お姉ちゃん」で心臓の弱い妹のために画家の夢を諦め早々に結婚し渡米して黒人の銃撃により殺害された話し手の姉のような人たちである。チョ・ヘジンは共感的想像力を通じて、国境を越えて彷徨う存在たちの内面に目を向け、その心の内側の雰囲気を感性的イメージで形象化する。例えば「翻訳のはじまり」の話し手にちょくちょく聞こえてくる列車の音は、どこにも定住できずに果てしなく彷徨う存在のあられのようにも感じる。

国境を越えて彷徨う人たちの中には自身のアイデンティティの根底を知ることができず、捨てられたという思いを振り払えない養子のケースまである。なので、六歳の時にフランスの家庭に養子にもらわれた「ムンジュ／ナナ」の人生を追跡する「ムンジュ」は、彷徨う存在の物語「完結版」のような印象を与える。「ムンジュ」の話し手は、韓国での名前は「ムンジュ」だがフランス人の両親（アンリとリサ）からは「ナナ」という名前を授かった。彼女は「ドイツで劇作家として活動する韓国系フランス人」（二〇六頁）という珍しい履歴のおかげで、自身についての短編ドキュメンタリーを撮りたいというソヨンの提案に応じて韓国に来る。ムンジュが清涼里駅で線路づたいに歩く光景を映画のオープニングシーンで撮ることにより、養子ムンジュと線路の特別な結びつきが強調される。「故郷と国籍と住所が全て異なる国名で記録される根無し草と、危なげな線路。これが妙にしっくりくる」だとか、「映画の主人公である根無し草にとって線路は、根源《ルーツ》に接した代替不可能な空間」（二〇二頁）といった叙述がそうである。実際ムンジュは線路づたいに歩いているところをひとりの機関士に発見され、彼に「ムンジュ」という名前をもらったのであり、ムンジュがソヨンの提案を受け入れた理由は「何よりも映画の撮影中にその機関士に会えるかも知れないという期待」（二〇六頁）によるものだった。

小説でムンジュのアイデンティティ探しは二方向である。一方はムンジュがポクヒ食堂の店主のお婆さん「ポクヒ」に会い、「あたしがナンバーワン愛していて申し訳ない人、その人に似てるんだよ」(二一九頁)と言われてから始まる。ムンジュはその後、脳出血で入院したポクヒを看病するうちにポクヒが彼女の娘の名前で、自分に似たその娘が自分のように捨てられたあと彷徨い歩いた可能性に囚われていく。心の中で意識不明のお婆さんに「捨てたんじゃないと、ましてやいつ死んでしまうかもわからない線路になんてぜったいに捨てなかったと、そう言ってくれと」(二二一頁)叫ぶ場面で、ムンジュ自身の傷ついた胸の内が露わになる。話し手自身を発見した機関士に会って自分が養子にもらわれるまでのてん末を聞こうとしたのも、アイデンティティ探しの一環である。孤児院の院長とその機関士の同僚を通じて確認した事実は、三十年ほど前に機関士「チョン」が女の子を宿直室に連れて来て、慎重に孤児院を探していたということ、そうしている一か月のあいだその女の子は「ムンジュという名前に居住しながら彼の保護を受けた」(二二四頁)ということだ。しかし、その機関士がムンジュを後で迎えに来るつもりでいたという孤児院院長の推測は確認する術がない。

話し手が「ムンジュ」と「ナナ」のうちひとつを選択できないことは明らかだ。この作品における話し手の悩みどころは、今まで人生のほとんどの時間を占めてきた「ナナ」としてのアイデンティティではなく、根っこすらあやふやなまま残っている「ムンジュ」としてのアイデンティティである。物語が進むにつれて話し手は、ムンジュとしてのアイデンティティが相当部分あやふやだが、だからと言ってそれを無くしてしまうことはできないことを悟り、確認はできずただ想像することだけ可能な「仮想のムンジュ」までも受け入れる。末尾で「シナリオも、カメラもないムンジュの領域をがむしゃらに」(二二七頁)歩く場面に至り、「ムンジュ」としての新たな人生を始める可能性も匂わせる。チョ・ヘジンは、暮らす故郷とそこに根ざしたアイデンティティが初めから不可能な世界で、文学を通じて新たな故郷とアイデンティティ作りを試みているのかも知れない。もしかするとそれこそが『ムンレ(文来)』のおしまいで「私の故郷はムンレなのよ、私の文章はそこから来たのよ……」そう話した時に込めた意味なのかも知れない。

彷徨う人物は小説のジャンルにはよく登場するのだが、チョ・ヘジン小説では中心を占めており、そのような存在に対する作家の視線や感覚も格別である。チョ・ヘジンの彷徨う人物たちは、農村で幼年期を過ごしたが今は近代的都会暮らしに適応した世代、例えばコン・ソノクとシン・ギョンスクの小説によく登場する農村出身の都市労働者とはまた違う。彼らは故郷の地の農本主義的様式と都市移住者の様式を等しく経験し、移住による苦痛だけではなく都会の新しい暮らしで新しい感覚や開放感を享受できた。これに比べてチョ・ヘジンの人物たちは、この小説集でよく現れたように都市で生まれ、生涯孤立した人生を生きながら、様々な理由で内面の傷を抱えて彷徨う個別の存在たちだ。彼らは故郷の記憶や農本的連帯感が欠如しているばかりか、都市文化の活力からも疎外されたように見える。

チョ・ヘジンは大地の生から「根っこを抜かれた」人生を、例外的な状態ではなく人生の基本的な条件として受け止めている。仮に一か所にとどまるとしても、この「根っこを抜かれた」事実はどうしようもない。彼女は「根っこを抜かれた」存在たちから「脱出」や「生成変化（becoming）」の可能性を見る最近のポストモダンな傾向とは異なり、むしろ実存主義的な孤立や欠乏、傷を感知する。チョ・ヘジンの彷徨う存在たちは共感的想像力を通じて、自身も気づかぬうちに他の彷徨う人たち――他者――に「明日を夢見させてくれる光」にもなる。刹那的であっても一時、一瞬間、他者を生かした微かな光。その光が一縷の希望となったという記憶が、彷徨う存在の現在的な生を支え、新たな出発を可能にする。

韓基煜（文学評論家）

作家のことば

どんな物語も、人一人《ひとひとり》の人間に代わることはできない。人一人の生涯には、表現することができない瞬間が、表現される瞬間よりもはるかに多いということはよく分かっている。それにもかかわらず、物語の向こう側に伸びていく地平に数多くの文章と考えと感情が散らばっては集まり、もうひとつの小さな道になっていく想像は、いつでも怖ろしいほどに魅惑的だった。

小説を書く私の人生に、ありがたくないことなど一度もなかった。

共に本を作り上げてくださったすべての方々に感謝を贈る。特にこの小説集の最初の読者になってくれたキム・ソニョン編集者と、解説を書いてくださったハン・ギウク評論家へ、そして傍で勇気を呼び覚ましてくれる大切なひとたちにも感謝の気持ちを伝えたい。

実はずっと、今回の小説集を心待ちにしていた。

わたしとわたしの世界を越えた人物たち、彼らは時代と地域を超越して心を通わせ、連帯を結んだ。彼らはわたしよりも大きな人たちであり、より人間的だった。

今やっとわたしは、
本当に他人について書けるようになったのかも知れない。

二〇一七年　春の入り口で
チョ・ヘジン

収録作品発表紙面

빛의 호위・・・・・・『한국문학』２０１３년 여름호
〔光の護衛・・・・・『韓国文学』二〇一三年夏号〕
번역의 시작・・・・・『현대문학』２０１４년 ７월호
〔翻訳のはじまり・・・・・『現代文学』二〇一四年七月号〕
사물과의 작별・・・・・『문학과사회』２０１４년 겨울호
〔モノとの別れ・・・・・『文学と社会』二〇一四年冬号〕
동쪽 伯의 숲・・・・・『현대문학』２０１３년 １월호
〔東の伯の林　・・・・・『現代文学』二〇一三年一月号〕
산책자의 행복・・・・・『창작과비평』２０１６년 봄호
〔散策者の幸福・・・・・『創作と批評』二〇一六年春号〕
잘 가, 언니・・・・・『한밤의 산행』（한겨레출판 ２０１４）
〔じゃあね、お姉ちゃん・・・・・『真夜中の山登り』〔ハンギョレ出版、二〇一四年〕〕
시간의 거절・・・・『실천문학』２０１４년 여름호（「그녀의 생을 살다」로 발표）
〔時間の拒絶・・・・・『実践文学』二〇一四年夏号〔題名「彼女の生を生きる」で発表〕〕

収録作品発表紙面

문주・・・・・『문학사상』2015년9월호
〔ムンジュ・・・・・『文学思想』二〇一五年九月号〕
작은 사람들의 노래・・・・・『대산문화』2015년 여름호
〔小さき者たちの歌・・・・・『大山《テサン》文化』（二〇一五年夏号）〕

訳者あとがき

本書は二〇一三年から二〇一六年に発表した短編九作が収録されたチョ・ヘジン三冊目の短編集『光の護衛』（原題『빛의 호위』創批《チャンビ》）の全訳である。表題作「光の護衛」をはじめとする九作それぞれに重みと光を感じるのは、登場人物ひとりひとりの物語が、忘却や絶望に抗《あらが》おうと立ち向かう切実な思いで綴られたからなのだろう。文学評論家ハン・ギウク氏による具体的な解説が本書に寄せられているので、ここでは小説家チョ・ヘジンが物語を書いた経緯などについて、いくつか書き記しておく。

チョ・ヘジンは二〇〇四年に中編小説『女たちに道を尋ねる』（「文芸中央」新人文学賞）で登壇し、小説集『天使たちの都市』（二〇〇八）や長編小説『ロ・ギワンに会った』（二〇一一）など、疎外され苦しむ人々に光を当て、その孤独と痛みに寄り添った作品で注目を浴びた。作品を書き続ける中で、小説が時代を無視することはできないという思いに至った著者は、人々が目を向けようとしなかった歴史的事件にも光を当てていく。本書収録作品のうち最初に書かれた「東の伯の林」を書きはじめたころから「記憶や時代を越えて俯瞰した小説を書きたくなった」とチョ・ヘジンは語っている。冷酷で凶暴な世界で捨て駒にされてしまう人たちの孤独と痛みを真摯《しんし》に想像し、葛藤の末に抽出された結晶のような言葉で人々の記憶に刻むように綴った九つの物語を集め、二〇一七年に短編集『光の護衛』が刊行された。

「東の伯の林」は、韓国の公営放送ドキュメンタリーで「東ベルリン事件」を経験した人々のインタビューに触れたチョ・ヘジンが、当事者の一人である作曲家ユン・イサンをモデルとして、その周囲の人々が受けた深い傷を描いた物語である。「東ベルリン事件」は一九六七年に韓国中央情報部がドイツとフランス在住の韓国人教授、留学生、芸術家などを、東ベルリンにある朝鮮民主主義人民共和国大使館と接触し韓国に対するスパイ活動などを行った嫌疑で大量に逮捕した事件である。二百三人もの関係者が取り調べを受けたが、最終審でスパイ容疑が認められた者は一人もいなかった。「真実和解のための過去史整理委員会」の報告によると、中央情報部の要員が現地で海外居住者を誘引もしくは強圧的方法で拉致し、取り調べの過程で暴行や電気拷問、水責めを行った事実が確認された。歴史的暴力の前で成すすべもなく傷つけられ、その心身の痛みは未だ癒えることがない。しかし人々の記憶からは昔話のように遠のいていく独裁権力による残酷な過ちを、哲学科留学生アンス・リーと音大生ハンナの悲恋の物語として刻んだ。「モノとの別れ」もまた、軍事独裁政権時代に起きた「在日同胞留学生スパイ事件（八九頁注釈参照）」を証言するように、在日朝鮮人留学生ソ君（「徐勝の獄中十九年」の著者である徐勝氏をモデルにしたと思われる）への切ない想いと、彼が投獄されたのは自分のせいかも知れないという罪の意識を抱き続けながら生きたチャン・テヨンの、長くも痛々しい孤独を書き綴った物語である。

「光の護衛」は、ポーランドの大学で韓国語講師を勤めていたチョ・ヘジンが、アウシュビッツツ収容所を訪れ、ガス室と銃殺場と隣り合わせの空間で眠らなければならなかった当時の悲惨な状況を目の当たりにして生まれた物語である。写真記者クォン・ウンとホロコースト生存者アルマ・マイアの二つの物語は、ホロコーストのような野蛮な事件が、富と権力の両極化による深刻な貧困や差別という形に姿を変えて、今の時代にも繰り広げられていることを映し出している。（念のため申し上げておくが、作中のドキュメンタリー「人、人々」は仮想の作品である。韓国の読者の多くが実在する映画だと思ったらしく、日本の読者も誤解するかも知れないとチョ・ヘジンさんから言伝《ことづて》があった。映画監督ヘルゲ・ハンセン、ノーマン・マイア、アルマ・マイア、ジャン・ベルンも、歴史的事件を個人の物語として語るために生まれた仮想の人物である）

「光の護衛」を書いた後、「セウォル号事故」が起きた。その直後に書かれた物語が「小さき者たちの歌」である。軍事独裁政権時代の韓国を、法も常識もまるでない国だったと人々は振り返る。しかし「龍山《ヨンサン》惨事」（二〇〇九年、開発地域の建物で退去住民五名と警察一名が強制退去中の火災により死亡）や「セウォル号事故」のような犠牲の前で、権力による個人への残酷な仕打ちは今もなお変わらないということを、児童養護施設での虐待により身も心も傷つけられたギュンの孤独と、劣悪な労働環境で命を落としたソンの物語として刻んだ。

「時間の拒絶」は作品の末尾にも記されたように、著者がニューヨーク現代美術館でウィリアム・ケントリッジのインスタレーション作品を見てから書かれた物語である。「時間の拒絶」「翻訳のはじまり」「散策者の幸福」「じゃあね、お姉ちゃん」には、社会から振り落とされた人々の疎外と、振り落とされるかもしれない人々の不安が繊細に描かれ、生きるために国を離れて生きる人々の不安定な身分の危うさも映し出している。
韓国の海外養子縁組問題に光を当てた「ムンジュ」は、長編小説『かけがえのない心』(原題『단순한 진심』)として二〇一九年に出版された。長編では米軍基地村の女性たちも登場し、海外養子縁組問題に加え基地村の女性たちの差別や貧困問題にも光を当てている。彼女たちの痛みが個人の問題にとどまらず、朝鮮半島の歴史を遡《さかのぼ》った先にある植民地支配からはじまり、今もなお休戦中である朝鮮戦争の結果もたらされた社会や国家、政治的な暴力による犠牲であることを喚起させる。長編小説『かけがえのない心』は呉永雅(オ・ヨンア)氏により訳され、二〇二一年に日本語版が亜紀書房から出版されている。

ヨーロッパの人たちは、ユダヤ人を乗せた列車がどこかへ行き、彼らを殺害するということを知らなかったのだろうか——イタリアの作家・プリーモ・レーヴィ(強制収容所からの生還者であり、この体験を記した『これが人間か』で世界的に知られる)のこの問いかけが、今の時代にも絶妙に当てはまるとチョ・ヘジンは語る。真実を知ろうとするには努力が必要で、悲しみを甘受しなければならない。それが辛くて、メディアの声や世の中の噂を鵜呑みにしてしまうのではないだろうかと。そして自然と、政治哲学者ハンナ・アーレントが語った「悪の凡庸さ」についても描くようになったという。

「光の護衛」でチョ・ヘジンは、アルマ・マイアの口を通して「知ろうとしたなら知りえたものを知らないふりしておいて、あとになって自分は知らなかったのだから何の責任もないと主張」する、「戦争が終わったあとになってホロコーストの残忍性に良心的に驚愕していた、あの大勢の非ユダヤ人」のとぼけた欺瞞《ぎまん》の醜さを容赦なく晒した。学校に来ないクォン・ウンの体調を気にもとめなかった担任教師（「光の護衛」）、がりがりに痩せて足を引きずる子どもたちに気付かないふりをした児童養護施設周辺の住人たちや主婦聖歌隊（「小さき者たちの歌」）の「平凡な無関心」の残酷さも。そして「モノとの別れ」「じゃあね、お姉ちゃん」「時間の拒絶」の中で、韓国社会から振り落とされ異国での不安定な身分を余儀なくされる在外同胞をも一括りに「僑胞」と呼ぶ、その呼称の意味すら意識されない「平凡な無神経」も潜んでいるのだろう。

チョ・ヘジン小説が放つ光。それは「他者」に向けられた優しい眼差しだけではない。「平凡な人々」が目を向けようとしなかった痛みを、「見よ」と映し出す毅然《きぜん》とした光だ。決して「他者」への憐憫《れんびん》に終わらない。傍観するのか、共感し連帯するのかを問いかける光だ。不条理な事件が起こるたびにチョ・ヘジンは灰色の街に飛び出し、ピケットを手に声を上げながらも、その資格が自分にあるのか葛藤するという。それでもやはり声を上げ、証言しなければという思いで現実に目を凝らし、物語を書き続けるのだろう。

そして、九つの物語の登場人物が放つ光。彼らは互いに疎通しようとし、そこで生まれる小さな善意に治癒され、互いが互いにとっての生き続ける理由――希望の光となる。私たちが生きる世界がいくら凶暴で冷酷だとしても、時代の大きな流れの中で個人が成すすべもなく傷つけられるとしても、クォン・ウンに渡したカメラやアルマ・マイアに届けた楽譜のように、救われた瞬間の記憶が、その先を生きる希望の光になり得るのだろう。その光を諦めずに摑み取る思いで、この小説を手にされた方ひとりひとりが物語を記憶し続ければ、私たちの世界に光の護衛が、明日を夢見ることができる希望の光が射すのではないだろうか。

この物語を訳す資格が私にあるのだろうかと自問自答を繰り返し、登場人物たちの声に耳を傾け、懸命に想像した翻訳の時間。この幸運に感謝しない瞬間などありませんでした。貴重な物語が収められた『光の護衛』の翻訳を寛容な心で承諾してくださったチョ・ヘジンさんと、本書の重みに共感し、刊行を決断してくださった彩流社・朴洵利さんに、心からの感謝を申し上げます。

二〇二三年二月十八日

金敬淑（キム・キョンスク）

【著者について】

チョ・ヘジン

1976年ソウル生まれ。2004年「文芸中央」新人文学賞で登壇。小説集『天使たちの都市』『木曜日に会いましょう』、長編小説『限りなく素敵な夢に』『誰も見たことのない森』『ロ・ギワンに会った』『夏を通り過ぎる』など。シン・ドンヨプ文学賞、文学トンネ若手作家賞、ムヨン文学賞、イ・ヒョソク文学賞など受賞。多くの作品が「他者」に目を向け、疎外された者の痛みに対して傍観するのか共感し連帯するのかを読者に問いかけている。邦訳に『かけがえのない心』（亜紀書房、2021年）、『天使たちの都市』（新泉社、2022年）がある。

【訳者について】

金敬淑（キム キョンスク）

1972年生まれ。在日三世。ハングル教室講師。2020年、韓国文学翻訳賞翻訳新人賞受賞。

光《ひかり》の護衛《ごえい》

2023年4月10日　初版第1刷発行　　定価はカバーに表示してあります。

著者　チョ・ヘジン
訳者　金　敬　淑
発行者　河野和憲

発行所　株式会社　彩　流　社
〒101-0051　東京都千代田区神田神保町3–10　大行ビル6階
TEL 03-3234-5931　FAX 03-3234-5932
ウェブサイト　http://www.sairyusha.co.jp
E-mail　sairyusha@sairyusha.co.jp

印刷　モリモト印刷㈱
製本　㈱難波製本
装幀　大倉真一郎

ISBN 978-4-7791-2869-1 C0097